唐宋诗词中的诗性思维与修辞策略探究

丁石林　刘燕芳　著

辽宁大学出版社
Liaoning University Press

图书在版编目(CIP)数据

唐宋诗词中的诗性思维与修辞策略探究/丁石林，刘燕芳著. —沈阳：辽宁大学出版社，2019.12
ISBN 978-7-5610-9932-2

Ⅰ.①唐… Ⅱ.①丁… ②刘… Ⅲ.①唐诗—诗歌研究 ②宋词-诗词研究 Ⅳ.①I207.2

中国版本图书馆CIP数据核字（2019）第296234号

唐宋诗词中的诗性思维与修辞策略探究
TANGSONG SHICI ZHONG DE SHIXING SIWEI YU XIUCI CELÜE TANJIU

出　版　者：	辽宁大学出版社有限责任公司
	（地址：沈阳市皇姑区崇山中路66号　邮政编码：110036）
印　刷　者：	定州启航印刷有限公司
发　行　者：	辽宁大学出版社有限责任公司
幅面尺寸：	170mm×240mm
印　　张：	14.25
字　　数：	273千字
出版时间：	2019年12月第1版
印刷时间：	2020年3月第1次印刷
责任编辑：	李振宇
封面设计：	孙红涛　韩　实
责任校对：	齐　悦

书　　号：ISBN 978-7-5610-9932-2
定　　价：58.00元

联系电话：024-86864613
邮购热线：024-86830665
网　　址：http:// press. lnu. edu. cn
电子邮件：lnupress@ vip.163. com

前　言

　　中国诗歌创作贯穿中国文学发展历史的整个进程，先秦时期的《诗经》《楚辞》，至今仍然焕发出迷人的艺术魅力。唐宋诗词成为诗歌创作历史上高耸的里程碑，明清诗歌以及现当代的古体诗与自由诗，是中国"诗言志"传统的延续。

　　诗性智慧以诗性直觉和诗性思维作为基础，是人们在长期的诗歌文化氛围熏陶下形成的创作天赋。中国许多少数民族以歌代言，出口成章，就是这种天赋的直接体现。中国文化的根基是以人为本的现实精神，中国人不执迷于虚幻的神灵崇拜，却在情景交融的文学世界里体验激情的荡漾，用比兴手法，含蓄地表情言志，从中体验生命的价值和意义。

　　唐宋时期是中国古代文化与文学的全盛时期，唐宋诗词为中国古代诗歌的两大范式，它们既各树一帜，又互相补充，对后世的诗歌创作产生了深远的影响，其地位无与伦比。

　　诗性思维是格律诗词创作的基本思维方式，诗性思维的主要特征有行文跳脱，背离常情，从而衍生出新的思维感触和思维形象，因而可以说诗性思维是一种创造性思维。人的日常思维方式主要是逻辑思维，即人在认识过程中一般是借助概念、判断、推理来反映现实。前人说过的话、一些定性的判断、结论等，往往又使人们形成一种定式思维。逻辑思维、定式思维都是不宜用于诗词创作的。诗性思维的特征为主客不分，运用想象力将主观情感过渡到客观事物上，使客观事物成为主观情感的载体，从而创造出一个心物合融的主体境界。诗性思维与日常思维有着本质的不同，因而思维的悖常性即是它的第一特征。思维的悖常，是指在诗词创作中，不受逻辑思维、定式思维、职业思维等思维方式的束缚，变生新的思维角度、思维感触和思维形象。在文学创作和欣赏中，诗性思维具有举足轻重的作用。诗性思维在我国古代文学作品中皆有体现，在《诗经》《楚辞》《庄子》等先秦文学典籍中，皆闪烁着诗性思维的光芒，如《豳风·东山》，一般认为是征人在归途中的怀乡之词，思乡情切，浮想联翩，征夫的心早已飞到了娇妻身边，"鹳鸣于垤，妇叹于室。洒扫穹窒，我征聿至"。虽然此为情语，非理语，属于形象思维，但也闪烁着换位思考的理性光辉。最近几年，有关于"诗性思维"与唐宋诗词的研究还是比较多的，但也是众说纷纭，仁者见仁、智者见智。

诗性思维对于文学创作具有重要的意义。而诗性思维又是通过修辞策略来体现的，要想探究诗性思维与修辞策略之间的关系，必须弄清楚什么是诗性思维、什么是修辞策略。本书以唐宋诗词为语料来探讨诗性思维与修辞策略之间的关系及语言价值，同时对修辞策略做了重要研究，主要通过情景交融、动静结合、虚实相间、拟人、比喻和夸张等修辞策略来探讨"诗性思维"在唐宋诗词中的体现。

本书由丁石林和刘燕芳共同撰写，其中第一章、第五章、第六章为丁石林撰写，共计14.2万字；第二章、第三章、第四章和第七章为刘燕芳撰写，共计13.1万字。在本书的撰写过程中，我们参考了书刊和网络上的许多相关的研究成果，在此表示衷心的感谢！

由于时间仓促，著者水平有限，书中难免存在疏漏或不足之处，我们真诚地希望读者和同仁对本书提出宝贵的意见和建议。

著 者

2019年5月

目 录

第一章　诗与词 / 001

　　第一节　诗词的种类 / 001

　　第二节　诗词的联系与区别 / 004

　　第三节　诗词的语言思维 / 006

第二章　诗词的艺术形式 / 030

　　第一节　立意与意境 / 030

　　第二节　赋、比、兴 / 041

　　第三节　谋篇布局的技巧 / 048

　　第四节　以小见大和化实为虚 / 060

　　第五节　夸饰和用典 / 066

　　第六节　以文为诗和以诗为词 / 072

第三章　唐宋诗词与中国诗词文化 / 076

　　第一节　唐诗与宋词 / 076

　　第二节　中国诗文化 / 083

　　第三节　中国词文化 / 089

第四章　唐宋诗词与诗性思维 / 101

　　第一节　诗性思维的内涵与特质 / 101

　　第二节　中华民族诗性思维的历史渊源 / 108

　　第三节　诗性思维的运作模式 / 111

　　第四节　唐宋诗词中的诗性智慧 / 114

第五章　诗词与修辞 / 120

第一节　辞格 / 120
第二节　汉语辞格的发展演进 / 121
第三节　诗词的修辞手段 / 125

第六章　唐宋诗词中的修辞运用 / 145

第一节　比喻 / 145
第二节　借代 / 147
第三节　引用 / 153
第四节　移就 / 166
第五节　比拟 / 169
第六节　回文 / 174
第七节　仿拟 / 186
第八节　析字 / 189
第九节　镶嵌 / 192
第十节　顶真 / 200

第七章　唐宋诗词中的意境构成 / 207

第一节　情景交融 / 207
第二节　动静结合 / 210
第三节　虚实相间 / 216

参考文献 / 221

第一章 诗与词

第一节 诗词的种类

诗词的种类可以根据不同的标准来划分。当今诗坛习惯将五四新文化运动催生出的自由诗（又称"白话诗"）称为新诗，而将包括格律诗词在内的其他体裁的诗词统称为旧体诗。本书所称的格律诗词，包括唐代近体诗所代表的格律诗和宋代诗词所代表的格律词。

一、古体诗与格律诗

古代诗史上古体与近体的分流，始于南齐时期永明体的出现。所谓永明体，就是在齐武帝永明年间产生的一种新诗体。该诗体的特征是：句式渐趋于定型，以五言四句、八句为多，律句大量涌现，平仄相对的观念比较明确，但是还没有形成"粘"的概念。唐代以后，随着"格律"的逐步完善，古体诗与格律诗（即唐人所称的近体诗）作为两种体裁完全区别开来。

（一）古体诗

1. 古体诗的种类

根据诗体特征与盛行时代的不同，古体诗包括以下几种：

（1）以《诗经》为代表的周代以四言（即四字一句）为主的古体诗。

（2）以屈原作品为代表的楚辞，即以六言为主体兼有杂言的战国时期的骚体古体诗。

（3）汉代乐府以五言（即五字一句）为主兼有杂言的古体诗。

（4）魏晋南北朝的七言（即七字一句）古体诗。

2. 古体诗的"六无"特点

五言与七言古体诗又称为古风。相对于近体诗而言，古体诗在形式上比较自由，体现为"六无"特点。

（1）篇无定句。即每首诗均无规定的句数，短的只有四句，长的达数百句之多。

（2）句无定言。即一首诗中，各句的字（言）数可能只有一种，也可能是以某一字数的句子为主，但杂有其他字数的句子。

（3）言无定声。即古体诗所有字都没有"平仄声律"的规定。尽管有些唐代的古风，由于受律诗的影响，一些诗人有意或无意之间以符合声律的句子入诗，进而出现了半律半古的古风，但这不是一种正式的诗体。

（4）脚无定韵。即古体诗用韵灵活，可以用平声韵，也可以用仄声韵，还可以平仄韵通押；可以句句用韵，也可以隔句用韵；可以一韵到底，也可以两句或几句一换韵，甚至还可以重韵。

（5）篇无定对。即古体诗尽管有的用了对仗联，但却没有规定的对仗要求。

（6）章句无定法。即古体诗没有明确的如近体诗"起承转合"之类的章法，诗句的意义与字词也无"上几下几"之类的明确句法。

（二）格律诗

格律诗即唐人所称的近体诗，是唐代以来兴起的以讲求格律为显著标志的一种诗体，也简称"律诗"。与古体诗的"六无"特征相对应，格律诗的特征体现为"六有"。

1. 篇有定句

每种格律诗体都有固定的句数，可细分为三种：一是标准律诗八句；二是律绝（格律绝句或简称绝句），为标准律诗的一半，可截取前半、后半、中间两联或首尾两联；三是排律或长律，十句以上，长度按创作需要，可长至几十上百句，其规则与律诗相同，实际上是在律诗四联八句的基础上再增加若干联对仗句，从而延长了律诗的长度。排律最少为十句（即在律诗的基础上增加一组对仗联），最多的达一百多句。此外，还有一种试帖诗（即旧时科举考试的诗），唐代限定用十二句，清代限定用十六句。

2. 句有定言

格律诗每句的字数固定，只有五言与七言两种。五言律诗称为五律，七言律诗称为七律；五言绝句称为五绝，七言绝句称为七绝。五律八句四十个字，七律八句五十六个字。五绝四句二十个字，七绝四句二十八个字。律诗的奇数句与偶数句为一联，每联的第一句叫出句，第二句叫对句。八句一首的律诗共有四联；四句一首的绝句，只有两联。

3. 言有定声

格律诗中每个字的平仄，都须遵循平仄声律。其中，前后或上下两句的平仄声律，还体现为相对与相粘的要求。

4. 脚有定韵

格律诗必须押平声韵，且一韵到底，不可重韵与换韵。

5. 篇有定对

对标准律诗和排律而言，除首联与尾联外，一般要求中间各联对仗。但对绝句而言，则没有对仗要求。

6. 章句有定法

格律诗的篇章结构大体有起、承、转、合的要求。例如，八句一首的常见律诗共有四联：第一、二两句叫首联，第三、四两句叫颔联，第五、六两句叫颈联，第七、八两句叫尾联。一般而言，"首""颔""颈""尾"四联，又分别对应为"起""承""转""合"。同时，一句中字词的意义结构与诗句的节奏结构即节律相吻合与协调。如五言诗句大多为"上二下三"句式，七言诗句大多为"上四下三"句式。

需要指出的是，近体诗中的"近"是对唐代而言的，当时也称为"今体诗"，而与我们今天的"今"无关，但此名称一直沿用至今。由于今人常将五四新文化运动催生出的自由诗称为新体诗（或简称新诗），而将唐人所称的"古体诗""近体诗"及其变体——诗余（词）统称为旧体诗。因此，为了不至于将唐人所说的"古体诗"与"近体诗"混淆起来，今人干脆将唐人所说的"近体诗"直接称为格律诗更为合适。

二、词

格律诗词中的词与诗一样，都是按照特定规则创作的文学体裁。它起源于唐代，盛于宋代，是从诗的基础上发展起来的，所以又叫"诗余"。实际上，"词"最早称作"曲子词"，简称"曲"或"曲子"。曲指的是乐调（也称词调），词指的是文辞，就像今天的歌词一样。尽管从诗词的发展过程看，是先有诗，后有词，但自诗词与音乐分离以后，对于讲究格律的诗与词来说，其实都可以理解为是必须遵循格律规则的韵文。根据不同的标准，词可以分为不同的类型。

（一）按照词的字数多少分类

按照词的字数多少，可分为小令、中调与长调三类。但这种分类也是相对的，如《品令》就有五十一字至六十六字等多种格式，《八六子》就有八十八字至九十一字等多种格式。

1. 小令

即五十八字以内的词。

2. 中调

即五十九字至九十字的词。

3. 长调

即九十一字以上的词。

（二）按照词的段落多少分类

按照词的段落多少，可以分为四类：

1. 单调

即不分段的词，往往是小令。

2. 双调

即分为前后两段（或称前后两阕、上下两片）的词。

3. 三叠

即分为三段的词。

4. 四叠

即分为四段的词。

上述四类词，双调最为常见，三叠与四叠很少。单调的词很像一首诗，只不过是长短句罢了。双调的词前后两阕的字数相等或基本相等，平仄相同或基本相同。字数不相等的，一般是开头两三句字数不同，或平仄不同，这叫作"换头"。

第二节　诗词的联系与区别

清代陈廷焯认为，诗与词实际上是同体异用的关系，本原一致，但表现各异。人们常说"诗言志，词言情"，但随着两者之间的不断融合，它们之间的"言志"与"言情"也很难说有根本的不同。纵观唐宋以来的诗词名篇，有的诗也很抒情，有的词也很言志。然而，诗与词毕竟是两种体裁；它们之间还是有些区别的，并主要体现在以下几个方面。

一、从字、句、段的角度看诗与词的联系与区别

诗的段落（只有一段）、句子、字数是一定和一致的，如五言绝句，五字一句，共四句二十个字；七言律诗，七字一句，共八句五十六个字。而词的段落、句子、字数却不一定，也不一致。有的词一段（称单调），有的词两段（称双调），还有三段（称三叠）、四段（称四叠）的。有的词从一字一句，到十一个字一句的

都有。正是由于词的每句字数不一定，所以也将词称为"长短句"。与此同时，诗的韵脚位置与用韵方式则很固定，而词的韵脚位置与用韵方式每种格式都不相同。

二、从格式多寡的角度看诗与词的联系与区别

诗的格式只有四类（即七言绝句、七言律诗、五言绝句、五言律诗），而每一类按首句起声的平仄（由于首句第一字大多可平可仄，所以从实际情况看，则往往是以首句第二字的平仄为准）以及是否入韵再细分为四种（即首句平起入韵式、首句平起不入韵式、首句仄起入韵式、首句仄起不入韵式），这样一共只有十六种。而词的格式却很多，有一千多种。对某一种格式而言，词的段落、句数、字数、韵脚与用韵方式虽也有变化，但总的来说，其长短句结构相对稳定。

三、从语言的角度看诗与词的联系与区别

诗的语言与词的语言相比，后者相对白话或口语化一些。例如，杜甫诗句"夜阑更秉烛，相对如梦寐"。晏几道词句"今宵剩把银釭照，犹恐相逢是梦中"。他们所表达的情感有相似之处，但仔细体会两者之间的韵味，似乎可以慢慢地品味出诗词语言各自的特色。尽管诗与词都可以用来言志言情，但总体来说，诗更偏重于言志，而词则更偏重于言情，即使同为言志或言情，两者之间的语言风格依然各具特色。

一般而言，诗词所抒发的情感，概而言之，不外乎两大类：一类是着重表现社会性的群体所共有的情感，诸如爱国情感、民族情感等；另一类是着重表现作者个体的自我情感，诸如亲情恩怨、爱情悲欢等。这两类情感当然不能截然分开，但它们之间的区别还是很明显的。纵观唐宋诗词，从广义上讲，诗和词都是抒情的艺术，但诗中所抒之情大都属于前一类。也就是说，诗的题材内容偏重于政治主题，以关系到国家兴亡、民生疾苦、胸怀抱负、宦海沉浮等内容为主，即便是写男女之情，也是"发乎情，止乎礼义"。而词中所抒之情，则大多属于后一类。"诗庄词媚"，不仅指题材而言，还体现在与题材相关联的文字风格上。有时即便是同样的题材，诗和词所呈现出的风格也不尽相同，如苏轼《念奴娇·赤壁怀古》，却在豪情壮语之中，插入一句"小乔初嫁了"这样的温情柔笔。

人们爱用比喻来说明诗与词的特色，如清代田同之《西圃词说》有言："词之为体如美人，而诗则壮士也；如春华，而诗则秋实也；如夭桃繁杏，而诗则劲松贞柏也。"王国维《人间词话》说："词之为体，要眇宜修，能言诗之所不能言，而不能尽言诗之所能言，诗之境阔，词之言长。"程郁缀《唐诗宋词》认为词的风格特征是细腻深婉：词不是以表达群体共同的情感为能事，而是以表达个体的特

殊情感为擅长；词不是向所抒情感的广度上横向推进，而是力求向所抒情感的深度上纵向开掘；词不是向情感的强烈显露方面积极扩张，而是向情感的含蓄蕴藉方面刻意追求；词不是向情感的粗率方面努力攀登，而是向情感的细腻方面顽强渗透。当然，全面理解诗与词之间的区别，还需要多阅读唐宋诗词名篇，再用心去慢慢推敲与体会，进而不断提高自身的诗词欣赏与创作水平。

正因为诗与词的这些联系与区别，自古以来的诗词创作实践都表明，大多数诗词爱好者的创作途径都是从写诗开始，再逐步开始填词的。正如清代陈廷焯所言："诗词一理，然不工词者可以工诗，不工诗者断不能工词，故学词贵在能诗之后。若于诗未有立足处，遽欲学词，吾未见有合者。"

第三节　诗词的语言思维

上述各个部分主要就诗词格律问题，以简化的方式进行了简明扼要的阐述，掌握这些内容可以解决格律诗词创作的"有形"与"有则"问题。但是，诗词格律是创作格律诗词的特殊工具，而不是目的。如何让所创作的格律诗词作品不仅"有形"与"有则"，更应"有魂"，这就需要不断提高自身的诗词修养了。

一、诗词的语言与思维

（一）诗词的语言

当代著名文学家朱自清认为："普通人多以为诗是特别的东西，诗人也是特别的人。于是总觉得诗是难懂的，对它采取干脆不理的态度，这实在是诗的一种损失。其实，诗不过是一种语言，精粹的语言。"

通过阅读唐宋诗词，我们可以体会到，一首好的诗词，首先体现为艺术的语言与语言的艺术。当代研究者李黎在思考和回答"诗是什么"这一问题时指出："诗是语言，却不是一般的语言，而是一种具有一整套独特机制功能的语言系统；诗是情思意绪，但又没有现实利害感与直接、狭隘的功利目的；诗是表象，这种表象超然于客观真实世界的物象形态之上，它不依赖于一般客体的常规性法则，而只为诗人心灵的法则所统辖和关照，亦即古人所言：'于天地之外，别造一种灵奇'。"

诗词创作实践表明，诗词的意境与其语言的艺术风格密切相关。所谓诗词语言的艺术风格，指的是诗词语言艺术的特征。通常，每一位诗人词人，都有自己的主流艺术风格。但这又不是一成不变的，即使同一流派的诗人词人，他们之间的艺术风格也不尽相同，即使是同一位诗人词人，虽以某一种艺术风格为主，但还会伴有其他风格。古今研究者都归纳过艺术风格，如刘勰在《文心雕龙》中将艺术风格归并为八体："一曰典雅，二曰远奥，三曰精约，四曰显附，五曰繁缛，六曰壮丽，七曰新奇，八曰轻靡。"刘福元与杨新我在他们的著作《古代诗词常识》中，也将艺术风格归并为自然、平淡、工丽、委婉、流转、直率、奔放、雄奇、雄浑、沉郁、清幽与风趣十二类关于诗词语言的不同风格，有心的读者可以在阅读诗词名家名篇的过程中通过相互比较去细心体会。而对于诗词创作来说，认识和运用这些不同的艺术风格，对于下功夫锤炼诗词语言，不断提高自身的诗词创作水平也是很有必要的。

事实上，诗是用来抒情的，其语言更经济，情感更丰富。例如，朱熹的《观书有感》："半亩方塘一鉴开，天光云影共徘徊。问渠哪得清如许，为有源头活水来。"当我们读起来的时候，既觉得朗朗上口，又觉得回味无穷。这主要是因为诗词的语言，其思维方式、语法特点、修辞手法都不同于散文。朱自清用两个"不完全"概括了诗词语言的特点：一是"传达是不完全的。诗虽不如一般人所说的难懂，但表达时，不是完全的。如比喻或用典时往往不能将意思或情感全传达出来"；二是"了解也是不完全的。因为读者读诗的心情和周遭的情景，对读者对诗的了解都有影响。往往因心情或情景不同，了解也不同"。也就是说，诗是语言、情感与境界"三位一体"的艺术奇葩，写诗是一种创造性艺术活动，读诗与用诗同样也是一种创造性艺术活动。读诗、写诗与用诗的过程，既离不开客体——诗篇的字句及其连贯性，也离不开主体——作者或读者所处的情境。

例如，王国维先生在其名著《人间词话》中有一段用诗的名言，"古今之成大事业大学问者，必经过三种之境界。'昨夜西风凋碧树，独上高楼，望尽天涯路。'此第一境也。'衣带渐宽终不悔，为伊消得人憔悴。'此第二境也。'众里寻他千百度，蓦然回首，那人却在，灯火阑珊处。'此第三境也。此等语皆非大词人不能道。然遽以此意解释诸词，恐晏、欧诸公所不许也"。从这段著名的诗论语言中，我们可以直观地体会到诗词语言的特点，特别是朱自清关于两个"不完全"的观点。事实上，王国维先生所借用的这三段诗词，"非大词人大学问者"所不能道。然而，能用这些诗词来代表成就大事业、大学问的"三种境界"，也是"非大词人大学问者"所不能道。感悟这些诗词语言，我们可以从实证的角度去体会诗词语言的特点，去感受诗词语言的魅力。

（二）诗词的思维

诗学研究表明，诗是"寓于形象的思维"，苏联作家法捷耶夫对形象思维作过极为精彩的解释。他指出:"科学家用概念来思考,而艺术家则用形象来思考。这是什么意思呢?这就是说,艺术家传达现象的本质不是通过该具体现象的抽象,而是通过对直接存在的具体展示和描绘,艺术家通过对现象本身的展示来揭示规律,通过对个别的展示来揭示一般,通过对局部的展示来揭示全体,从而在生活的直接现实中仿佛造成了生活的幻影。"形象思维也就是艺术思维,与其相对应的则是抽象思维。

例如,宋代黄庭坚《薄薄酒二章》:"薄酒可与忘忧,丑妇可与白头。徐行不必驷马,称身不必狐裘。无祸不必受福,甘餐不必食肉。富贵于我如浮云,小者谴诃大戮辱。"黄庭坚的这番话,通篇体现为对"具体现象的抽象",而不是"对现象本身的展示"。因此,这段由抽象思维产生的语言是"文"而不是"诗"。事实上,宋人推崇哲理诗,然而,一些很有韵味的哲理诗,必然是由形象思维产生的语言。例如,苏轼《题西林壁》:"横看成岭侧成峰,远近高低各不同。不识庐山真面目,只缘身在此山中。"苏轼这首诗的妙处,既不在于写景,也不在于抒情,而在于传递理趣,运用"形象思维",通过对"个别"与"局部"的展示,揭示了"一般"与"全体","从而在生活的直接现实中仿佛造成了生活的幻影",让我们感受到哲理诗的不尽韵味。

事实上,诗词要用一般性的语言文字符号,而所表达的意境却又远远超出这些语言文字符号本身的常规性和实用性。那么,诗词靠什么来组合这些平凡的单字,从而实现自身的目标呢?如果要回答这个问题的话,最为核心的是思维方式,也就是说形象思维是诗词语言的"发动机"。

二、诗词的语法特点

阅读唐宋诗词,可以体会到其中的一些语法特点,学习与掌握这些特点,对诗词创作来说是很有帮助的。

(一)省略句子成分

一个完整的句子,有各种成分,分别是主语、谓语、宾语、定语、状语、补语。其中,最起码要有主语和谓语。然而,在诗词中,不完整的句子是常见的。每种成分都有省略的情况,特别是省略主语或谓语的情况更是常态。然而,需要指出的是,诗词的语言不同于散文。所谓诗情画意,就是说一首诗词本来就像是一幅图画,绝不能用抽象思维,简单地从语法结构上去理解。

1. 省略主语

在诗词中,诗人本身就是抒情的主人公,省略主语不会影响对句子意思的理解。例如，杜甫《春望》中的"感时花溅泪，恨别鸟惊心"，这里，主语是抒情的主人公，被省略了。"花""鸟"事实上是状语，即抒情主人公在"看花时""看鸟时"，但这两个字在句子中却被放到动词谓语"溅"和"惊"的前面，也就是放到了主语的位置上。又如，李白《清平调·其一》中的"云想衣裳花想容，春风拂槛露华浓"等。显然，主语即抒情的主人公被省略，"云"和"花"都是状语，即"看到云时""看到花时"，情况与前述类似。

2. 省略谓语

在诗词中，省略谓语的现象也很常见，或者是对景物进行静物写生，不需要动作、形态；或者是巧妙地利用名词的并列，使人很容易就想到了事物的动态。后一种情况将在"名词性词组组成的句子"这一部分再详细介绍。前一种情况的例子，比如刘禹锡的《秋日送客至潜水驿》中的颔联与颈联："枫林社日鼓，茅屋午时鸡。鹊噪晚禾地，蝶飞秋草畦。"比较前后两句，很容易发现后两句的谓语没有省略，"噪"与"飞"是说明"鹊"与"蝶"的动作的；而前面两句却省略了谓语，"鼓"与"鸡"的动作在字面上没有说明，但可以体会出来。又如，王维《送梓州李使君》中的"山中一夜雨，树杪百重泉"，显然，前后两句都省略了谓语。前句从"一夜雨"可知，谓语动词为"下"，而后句所省略的则不仅是一个谓语，将省略的成分补上，全句的意思为：山雨整整下了一夜，好像是许多泉水挂在树上，到处都是悬流直下。

3. 省略宾语

例如，王维《相思》："红豆生南国，春来发几枝。愿君多采撷，此物最相思。"显然，第三句"愿君多采撷"后面，省略了宾语"红豆"。又如，苏轼《江城子·乙卯正月二十日夜记梦》："十年生死两茫茫，不思量，自难忘。""思量"与"难忘"后面都省略了宾语，但意思却十分明显，则是生死相隔已整整十年的妻子。

4. 省略部分成分

在诗词中，还有一种常见的句子成分的省略情况，即省略一种成分的一部分。例如，王维《山居秋暝》中的诗句："明月松间照，清泉石上流。"两句谓语的动词前，都存一介词结构作为状语，而介词结构只剩下"松间""石上"，省略了介词"于"或"在"。又如，许浑《咸阳城东楼》中的诗句："溪云初起日沉阁，山雨欲来风满楼。"其中，"日沉阁"是"日沉在阁后"的省略。

关于省略句子成分的问题，有一种需要注意的情况，那就是应注意句子前后的关系，即省略的字词是在前句出现还是在后句出现。一是省略前面出现的字词，可称之为"承前省"。例如，白居易《赋得古原草送别》中的诗句："离离原上草，一岁一枯荣。野火烧不尽，春风吹又生。"其中，"草"作为"烧不尽"与"吹"的宾语、"又生"的主语，却是因"承前"而省略了。二是省略后面出现的字词，可称之为"探后省"。例如，《诗经·七月》："七月在野，八月在宇，九月在户，十月蟋蟀入我床下。""七月""八月""九月"的后面，都省略了"蟋蟀"二字。

（二）名词性词组组成句子

诗词的语言精确而简练，要在短短的几个字中表现出尺幅千里的画面，句子的结构必然是压缩后的不完全句。其中，最为常见的是"名词性语式"，即完全由名词或名词性短语组成的句子。从修辞的角度看，名词或名词性词组排列成的诗句，称为列锦。例如，孟郊的《游子吟》中："慈母手中线，游子身上衣。"温庭筠的《商山早行》中："鸡声茅店月，人迹板桥霜。"岳飞《满江红·写怀》中："三十功名尘与土，八千里路云和月。"上述句子都是由几个名词性词组组成，省略了作为谓语的动词或形容词，不但不影响句子意思的准确表达，反而由于没有谓语，不把话说完、说全、说尽、说死，更有利于让语言有丰富的联想空间，引导和启发读者的思考与想象。

（三）修饰词语代替中心词语

在诗词中，由修饰词语代替中心词语，往往是由句子成分的省略而造成的。但是，这种省略又不同于一般句子成分的省略，而是省略了句子的中心词语，留下了中心词语的修饰词语，并由修饰词语代替中心词语的作用。例如，杜甫《羌村三首》中的"四座泪纵横"，主语本是"四座的人们"，而让"四座"这一修饰"人们"的词语取代了。又如，辛弃疾《清平乐·村居》中的"白发谁家翁媪？"主语本是"白发老人"，而让"白发"这一修饰"老人"的词语取代了。还有，谓语动词作为中心词语时，也可能会被状语所取代。再如，李贺《雁门太守行》中的"角声满天秋色里"，是"角声在满天秋色里回荡"的意思，"满天秋色里"是一省略"在"的介词结构，本是状语，用来修饰谓语"回荡"的。

（四）语言的倒置与错落

在诗词中，或者为了适应平仄的要求，或者为了增加句子的美感，常常采取倒置或错落等特定的语言处理措施。

1. 倒置

所谓倒置，包括字的倒置、词的倒置与句子的倒转。例如，白居易《望月有感》中的"弟兄羁旅各西东"，这里，"弟兄"与"西东"，都是将习惯用法"兄弟"与"东西"倒置过来了。又如，张继《枫桥夜泊》中的"月落乌啼霜满天，江枫渔火对愁眠",这里,"江枫渔火对愁眠"的正常语序是"对江枫渔火愁眠",笔者将介词"对"与介词宾语"江枫渔火"的位置倒置,将平淡而枯燥的叙述变成了意趣优美的诗句。再如,宋代无名氏的"杏花初落疏疏雨,杨柳轻摇淡淡风",这两句正常的语序是"疏疏雨初落杏花,淡淡风轻摇杨柳",而语序这么一变,就使得景色的描写显得新鲜而有动感。

2. 错落

所谓错落,是指对正常语序的调整。例如,高适《除夜作》中的"故乡今夜思千里,霜鬓明朝又一年",这里,"故乡今夜思千里"的正常语序是"今夜思千里故乡"。然而,这种平淡无味的语句显然不能作诗的语言,笔者把"动""宾"位置颠倒,又把定语和中心词位置分离,于是便化腐朽为神奇,使诗句产生了无穷的韵味。又如,杜甫《陪郑广文游何将军山林》中的"绿垂风折笋,红绽雨肥梅",正常语序为"风折笋垂绿,雨肥梅绽红",这样平铺直叙,仅仅表述了事物的变化过程,而经过"动""宾"兼语式颠倒,显示的是风雨后的一番景色,且包含了风雨中的变化,内容丰富了许多。

(五) 词性的活用

活用词性不但有利于调整诗词的平仄,而且可增加诗词的美感。常见词性活用的形式有:

1. 将名词作动词用

例如,王维《愚公谷》中的诗句:"宁问春将夏,谁怜西复东。"前句中的"夏"和后句中的"东",都是名词用作动词。

2. 将名词作形容词用

例如,刘禹锡《酬乐天扬州初逢席上见赠》中的诗句"病树前头万木春","春"就是名词用作形容词。

3. 将形容词作动词用

例如,王安石《泊船瓜洲》中的诗句"春风又绿江南岸",是"春风又吹绿了江南岸"的意思,"绿"这一形容词起了谓语动词的作用。

4. 将形容词作名词用

例如,白居易《买花》中的诗句"灼灼百朵红","红"指"红花",是形容词当名词用。

5. 将动词作形容词用

这种词性活用的突出特点是,其后的名词不是宾语,而是所修饰的对象。例如,杜甫《泛江送客》中的诗句:"泪逐劝杯下,愁连吹笛生。"前句中的"劝杯"

是"劝人多饮的酒杯","劝"这一动词活用为形容词；后句中的"吹笛"是"吹着怨曲的笛子","吹"这一动词活用为形容词。

（六）语气词的运用

语气词是专门用来标示句子的各种语气，以表达各种句式意义的虚词。古人称之为"助声之辞"或"声之助"。诗词讲究含蓄蕴藉，语气词当然是少用或不用为好，然而，有时通过巧妙地运用语气词，却又可以使得一些寻常的词语被赋予奇妙的效果，显示出独特的艺术魅力。下面，以几个较为常见的语气词为例作一简要说明。

1. 兮

多用于韵文的句末或句中，表示停顿或感叹，相当于现代汉语的"啊"。在诗词中巧妙地运用"兮"字，可以使音节自然延长，增强抒情效果。例如，《楚辞·九歌·国殇》："旌蔽日兮敌若云，矢交坠兮士争先。"

2. 也

也，例如，李煜《浪淘沙·帘外雨潺潺》中的词句："流水落花春去也，天上人间。"一个"也"字，表明了词人对水流、花落、春去的感叹，也暗示着词人一生即将结束，包含了词人内心的太多眷恋、惋惜、哀伤和沧桑。又如，杜甫《春日忆李白》中的诗句："白也诗无敌，飘然思不群。"其中的"也"字，更是增加了对李白赞美的分量。另外，方岳《瑞鹤仙·一年寒尽也》更是韵脚句全用"也"字。

瑞鹤仙

（宋）方岳

一年寒尽也。问秦沙、梅放未也。幽寻者谁也。有何郎佳约，岁云除也。南枝暖也。正同云、商量雪也。喜东皇，一转洪钧，依旧春风中也。

香也。骚情酿就，书味熏成，这些情也。玉堂春也。莫道年华归也。是循环、三百六旬六日，生意无穷已也。但丁宁，留取微酸，调商鼎也。

三、诗词的修辞手法

（一）修辞与诗词的关系

养成良好的诗词修养，必须认识和掌握诗词的修辞手法。陈望道先生的《修辞学发凡》，将修辞分为"消极修辞"与"积极修辞"两大类。"消极修辞是抽象的概念的，积极修辞是具体的体验的。对于语言一则利用语言的概念因素，一则利用语言的体验因素。对于情境也一常利用概念的关系，一常利用经验所及的体验关系。一只怕对方不明白,一还想对方会感动、会感染自己所怀抱的感念。"如果从思维方式来看待这两种修辞手法的话,可以说积极修辞手法主要遵循形象思维方式,消极修辞手法主要遵循抽象思维方式。显然,诗词要用形象思维,要用积极修辞。

诗词创作需要形象思维,而不是逻辑思维。所谓形象思维,简单地说,就是用具体事物的形象来表达抽象的思想感情。

(二) 修辞手法对诗词的作用

修辞格是语言在长期运用过程中形成的具有特定形式和表达功能的修辞格式,具有极强的民族特色与艺术性。

修辞对唐宋诗词产生了很多积极作用。比喻是抓住两种不同性质的事物的相似点,用一事物来比作另一事物,用一种情景来比作另一种情景,起到突出事物特征,把抽象的事物形象化的作用。比喻手法通常用来形象表达人物情感、人物品行、事物属性。设问是为了引人注意,启发读者思考而故意先提出问题,自问自答的一种修辞手法。它能极大地活跃诗词的气氛,更好地描写人物的思想活动。比起直接通过陈述句来抒发情感,设问的方式更加委婉,但同时又起到对话收缩的作用,使读者完全沉溺在诗人和词人塑造的情感意境中。反问是用疑问的形式表达确定意思的一种修辞手法,它可以发人深思,激发读者感情,增强文中的气势和说服力,为诗词奠定一种激昂的感情基调。比起直接通过陈述句来抒发情感,反问的句式加强了诗人、词人与读者之间的情感互动,更容易激发读者内心深处的思想共鸣,使持有相同价值观的读者形成了一个紧密的结盟群体。夸张是运用丰富的想象,在客观现实的基础上有目地扩大或缩小事物的形象特征,以增强表达效果,借以表达诗人异乎寻常的情感。合理的夸张虽不符合事理,却符合情理。中国古诗词往往借助类似"百、千、万"这样的夸张泛指数词来深化诗词的丰富意境。反复是为了强调某种意思,突出某种感情,有意重复使用某些词语或句子的一种修辞手法,可以起到加深读者印象的目的。反复分为连续反复和间隔反复,诗人可以通过反复的手法来增强诗词的内在情感。

(三) 常用的修辞手法

诗词作品中常用的修辞手法很多,这里介绍比较常用的几种:

1. 比喻

比喻是诗词创作中最常用的修辞手法,可以用易见之事来描述难言之理,进而化抽象为具体,化平淡为生动,化深奥为浅显,使语言生动形象,增强感染力。

常用的比喻包括明喻、暗喻、借喻三种。但是，在实际中，作为修辞手法的比喻，除一般情况外，还有返喻、曲喻与博喻等比喻方式。

（1）明喻。所谓"明喻"，是指明显地用彼物比此物，在彼物与此物之间多用喻词连接，常用的比喻词有"如""似""若""同""类""犹""比"等。如李贺《马诗》中的"大漠沙如雪，燕山月似钩"，李清照《醉花阴·薄雾浓云愁永昼》中的"人比黄花瘦"。此外，还有省略比喻词的明喻。例如，刘禹锡《望洞庭》中的"遥望洞庭山水翠，白银盘里一青螺"，这里，在两句之间省略了比喻词"似"，两句的意思是，远望着洞庭湖的水和山，就像白银盘里放着青螺。又如，李清照《永遇乐·落日熔金》中的"落日熔金，暮云合璧"，该句本为"落日映水似熔金，暮云合拢似合璧"，比较两者可以发现，该词句不仅省略了比喻词，而且省略了其他相关成分。

（2）暗喻。所谓"暗喻"，又称"隐喻"，是指比明喻进了一步，它不说"甲像乙"，而说"甲是乙"，在彼物与此物之间多用"是""为""成""作"之类的词连接。例如，杨万里《插秧歌》中："笠是兜鍪蓑是甲，雨从头上湿到胛。"暗喻有时也用不肯定的语气来说，如李白《静夜思》中的"床前明月光，疑是地上霜"。此外，也还有一种暗喻，它不说"甲是乙"，而说"甲不是乙"；或者说"甲不是乙，而是丙"。例如，苏轼《水龙吟·次韵章质夫杨花词》中："细看来，不是杨花，点点是离人泪。"

（3）借喻。所谓"借喻"，是指比暗喻又进了一步，既不说"甲像乙"，也不说"甲是乙"，干脆不提"甲"，而用"乙"代"甲"。例如，李贺《杨生青花紫石砚歌》中的"端州石工巧如神，踏天磨刀割紫云"，这里，用"紫云"取代"紫色的砚石"。又如，苏轼《念奴娇·赤壁怀古》中的"惊涛拍岸，卷起千堆雪"，这里，用"雪"取代"白色的浪花"。

（4）返喻。所谓"返喻"，是指在比喻中，前人用过"甲像乙"或"甲是乙"，后人返回来，用为"乙像甲"或"乙是甲"。例如，人们常用水波比眼光，而王观在《卜算子·送鲍浩然之浙东》中，则用眼波来比水，说"水是眼波横，山是眉峰聚"。

（5）曲喻。所谓"曲喻"，是指比一般的比喻多转一个弯，因而很新巧。例如李贺《天上谣》中的"银浦流云学水声"，用水的流动来比云的飘动，是一般的比喻，再转一个弯，想到水流动的声音，用水流声来比流云，这样的比喻，既有视觉，又有听觉。

（6）博喻。所谓"博喻"，是指用多种事物来比喻同一种事物，如贺铸《青玉案·凌波不过横塘路》中的"试问闲愁都几许？一川烟草，满城风絮，梅子黄时雨",这里,接连用三个比喻来喻愁。

在诗词创作过程中,运用比喻手法时,应注意以下三点:一是应注意用常见易懂而不是罕见难懂的事物(喻体),来说明陌生抽象的事物(本体);二是应注意贴切,即应抓住喻体与本体二者之间某种相似的特征而突出它们,往往夸张喻体,来突出本体的某种特征,以通过联想而产生深刻的印象;三是应注意正确选择喻体,用于歌颂和赞美,大都选用美好的形象作喻体,而用于诅咒和谴责,大都选用丑恶的形象作喻体。

2. 比拟

同比喻一样,比拟作为重要的修辞手法之一,也是"比"所包括的内容,或是以人拟物,或是以物拟人,或是以动物拟静物,或是以静物拟动物。比拟虽然可以看成比喻的一种,但修辞学又常将其作为一个独立的修辞手法。这是因为比喻与比拟还是有区别的:比喻可以直接把拟体当成本体来写,本体和拟体的关系是重合与相融的关系,彼此是相同的。而比拟重在"拟",且本体必然出现。

(1)拟人,包括以物拟人或以人拟人。例如,杜牧《赠别》中的诗句:"蜡烛有心还惜别,替人垂泪到天明。"就是把蜡烛比拟为人,可像人那样感动得流泪。又如,龚自珍《己亥杂诗》中的诗句:"落红不是无情物,化作春泥更护花。"则是将落花比拟为自己,表达愿意为培养新人而牺牲的精神。再如,贺铸《半死桐·重过阊门万事非》中的词句:"梧桐半死清霜后,头内鸳鸯失伴飞。"就是用鸳鸯失伴来比拟自己妻子的亡故,只剩下孤单一身的凄凉心境。

(2)拟物,包括以人拟物或以物拟物。所谓以人拟物,就是把"人"当成"物"来写,使人具有物的动作或情态。例如,杜甫《春望》中的诗句:"感时花溅泪,恨别鸟惊心。"诗人将悲痛的心情比拟成花在"溅泪"、鸟在"惊心"。所谓以物拟物,就是把甲物当成乙物来写,以表达某种强烈的爱憎感情。例如,杜甫《秋夕》中的诗句:"天阶夜色凉如水,卧看牵牛织女星。"诗人以水喻夜晚的寒意。又如,辛弃疾《沁园春·灵山斋庵赋时筑偃湖未成》中的词句:"叠嶂西驰,万马回旋,众山欲东。"词人将"万马"比作"叠嶂"与"众山"。

需要说明的是,上述的这些例子是明显的比拟。另外,在一些诗词中,也常用一些表示人的举动的词语来形容事物的变化,使所描写的静物或抽象的事物活了起来。例如,张先《天仙子·水调数声持酒听》中的"云破月来花弄影",宋祁《玉楼春·春景》中的"红杏枝头春意闹",其中的"弄"与"闹"都是表示人的举动的词语,词人却用来描述静态的"花"和抽象的事物"春意",故极为传神。

此外,还有一种比拟叫作"虚拟",即是指把虚的、无形的感情比拟为有形的、具体的实物。例如,李清照《武陵春·风住尘香花已尽》中的词句:"只恐双溪舴艋舟，载不动、许多愁。"词人把无形状无重量的愁苦比拟成有形状有重量的东西，并且用船来载，进而把人物的内心世界表达得淋漓尽致。

3. 夸张

夸张是诗词创作普遍运用的一种艺术手段，往往只求神似，而不求形似，其目的在于突出地表达作者对事物鲜明的感情态度，从而引起读者的感情共鸣，如李白《秋浦歌》中："白发三千丈，缘愁似个长。"

通常运用夸张有各种各样的情况：一是抓住特征而发挥，如王之涣《凉州词》中的"春风不度玉门关"，把本来到处吹的春风说成吹不到玉门关，以突出古代凉州一带的荒凉。二是借用假设以比况，如王观《卜算子·送鲍浩然之浙东》中的"若到江南赶上春，千万和春住"，说春像人一样跑了，假设到江南能赶上的话，一定要留住春。这种借假设的夸张，大都带有"若"之类的假设词语。三是运用对比来突出，如李白《蜀道难》中的"蜀道之难难于上青天"，用上青天之难来比蜀道之难。四是同比喻相结合，如辛弃疾《破阵子·为陈同甫赋壮词以寄之》中的"弓如霹雳弦惊"，把弓弦的震动声说成像霹雳一样响，以突出表现引弓射箭人的骁勇。

4. 借代

所谓"借代"，是指不直接说出人、物和事的名称，而用另一个名称来代替。一是有关人的名称的借代，如高适《燕歌行》中的"铁衣远戍辛勤久，玉箸应啼别离后"，这里，"铁衣"代称的是边防战士，"玉箸"代称的是战士家属（家属因怀念家人而流泪，"玉箸"先作为"泪"的代称，再以"泪"代称家属）。二是有关物的名称的借代，如苏轼《江城子·密州出猎》中的"老夫聊发少年狂，左牵黄，右擎苍"，是用两种颜色分别借代"黄狗"与"苍鹰"。三是有关事的名称的借代，如杜甫《无家别》中的"召令习鼓鞞"，其中的"鼓鞞"就是借代战争的。

5. 双关

所谓"双关"，是指某一字词表面所指的是一个意思，而内在所指的却是另一个意思。例如刘禹锡《竹枝词》中的"东边日出西边雨，道是无晴却有晴"，"晴"是"情"的双关语。又如李商隐《无题》中的"春蚕到死丝方尽，蜡炬成灰泪始干"，"丝"是"思"的双关语。

一般而言，谐音双关有三种情况：一是字音相同，而字形与字义都不同，但从谐音上联系到不同形与不同义的字词，如从"芙蓉"联想到"夫容"（丈夫的面容）。二是字音与字形都相同，利用同音与同形的字词，由一义联想到另一义，如从"布匹"中的"匹"，联想到"匹配"。三是字音、字形与字义都相同，表面和内在所说的事物却不同，如从莲心的"苦"联想到离别的"苦"等。

6. 叠字

所谓叠字，即字词的重叠。叠字有两种情况：一是两字重叠后产生了新词意，这纯粹是字的重叠。例如，杜甫《自京赴奉先县咏怀五百字》中的"兀兀遂至今"，"兀"重叠后，在这里作"忙碌"讲，已不是原意了。二是两字重叠后，词意没有改变，而是起加强作用，其实是词的重叠。例如，孟郊《游子吟》中的"临行密密缝，意恐迟迟归"，这种情况下词的重叠，以量词或可以作为量词的名词为多。量词重叠后，含有"每一""一切"或连续不断的意思。例如，柳中庸《征人怨》中："岁岁金河复玉关，朝朝马策与刀环。"在诗词中，叠字几乎可以充当句子的各种成分。同时，叠字还容易收到摹状的修辞效果。叠字用来摹色，如白居易《暮江吟》中的"一道残阳铺水中，半江瑟瑟半江红"，"瑟瑟"是摹色的叠字，指的是碧色。叠字用来摹声，如岳飞《满江红·写怀》中的"凭栏处，潇潇雨歇"，这里，叠字"潇潇"就是形容刮风下雨的声音。此外，还有一种重叠情况，是双音词或语句的重叠。如李贺《苦昼短》中的"飞光飞光，劝尔一杯酒"，这里，重叠"飞光"，是对日月的连声呼唤。有些词牌（如《如梦令》等）还专门要求重叠，如李清照《如梦令·常记溪亭日暮》中："争渡，争渡，惊起一滩鸥鹭。"

这里，顺便说一下格律诗应避免重字的问题。如上所述，叠字是一种修辞手法，在格律诗中，除叠字外，还有两种情况可以出现字的重复。一是在一句之中可以重字，如需对仗，必是重字对重字。例如，杜牧《湖南正初招李郢秀才》中："行乐及时时已晚，对酒当歌歌不成。"二是首联或尾联的出句和对句可用重字。例如，项斯《夜泊淮阴》中："夜入楚家烟，烟中人未眠。"除叠字和以上两种情况外，近体诗应避免字的重复，即在一首诗中一般不能出现相同的字。对于词来说，却没有这个限制。

7. 互文

所谓"互文"，就是"参互成文，含而见文"，是指本应合在一起的字词，却因诗句字数的限制而被省略，但领会意思时则应对照前后意思补上。互文既可以收到节约笔墨、以少胜多、表意委婉、耐人寻味的艺术效果，又能避免词语单调重复，还能增强诗词的韵律美，提升诗词的艺术效果。纵观唐宋诗词，互文最为常见的形式是单句互文和对句互文这两种形式。

（1）单句互文，是指在同一句子中前后两个词语在意义上交错渗透、补充，理解时需要把前后两部分词语结合起来。例如，王昌龄《出塞》中的诗句"秦时明月汉时关"，"秦汉"本应合在一起的，但前面省略了"汉"，后面省略了"秦"。如不省略，则是"秦汉时明月秦汉时关"。又如，范仲淹《渔家傲·秋思》中的词句"将军白发征夫泪"，应理解为将军和征夫都因有家难归，或愁白了头发，或哀伤落泪。

（2）对句互文，又称"偶句互文"，是指下句含有上句已经出现的词，上句含有下句将要出现的词，其特点是前后两个句子互相呼应，互相补充，彼此隐含。例如，杜甫《蜀相》中的诗句"映阶碧草自春色，隔叶黄鹂空好音"，这两句需要结合在一起理解，"映阶"与"隔叶"、"碧草"与"黄鹂"、"自春色"与"空好音"都是同一个时空的景物。又如，辛弃疾《西江月·夜行黄沙道中》中的词句"明月别枝惊鹊，清风半夜鸣蝉"，同样，也应理解为在明月下、清风中，传来了鹊和蝉的鸣叫声。

8. 倒装

刘勰《文心雕龙·定势》："辞反正为奇，效奇之法，必颠倒文句。"诗中的倒装，既是为了押韵和平仄的需要，又是为了让诗句词章灵动起来。倒装包括倒字、倒词和倒句。

（1）倒字，即有些词，如名词"兄弟""衣裳"等，动词"往来""遨游"等，方位词"东西"等，通常两字的顺序已成习惯，但为了押韵或平仄，在不影响原意的前提下，有时可以将两字的顺序颠倒过来使用。

（2）倒词，也就是词语倒置使用。例如，李白《峨眉山月歌》中的诗句"峨眉山月半轮秋"，其正常语序应为"峨眉山半轮秋月"。又如，李清照《永遇乐·落日熔金》中的词句"吹梅笛怨"，其正常语序应为"笛吹梅怨"。再如，苏轼《浣溪沙·簌簌衣巾落枣花》中的词句"簌簌衣巾落枣花"，其正常语序应为"簌簌枣花落衣巾"。显然，用了这些倒装，诗词的语言就生动多了。同时，也只有了解这些倒装，读者才能正确理解这些词句的意思。

（3）倒句，即倒装句。例如，苏轼《江城子·密州出猎》中的词句："为报倾城随太守，亲射虎，看孙郎。"其中，"亲射虎，看孙郎"两句就是"看孙郎，亲射虎"的倒装。又如，辛弃疾《西江月·夜行黄沙道中》中的词句："稻花香里说丰年，听取蛙声一片。"前后两句的倒装，不是简单的整句倒装，而是前句的一部分"说丰年"颠倒在前了。两句的意思是：在稻花香里听到一片蛙鸣声，像是在说今年收成一定会很好。

9. 映衬

所谓"映衬"，包括正衬与反衬两种，是指用一个或多个相似或相反的事物去突出某一个主要事物。

（1）正衬，就是用类似的景物或景色来烘托情感。通常即用好衬好，用美衬美，用丑衬丑，以悲衬悲，以喜衬喜等。例如，崔护《题都城南庄》："去年今日此门中，人面桃花相映红。人面不知何处去，桃花依旧笑春风。"诗人用桃花的鲜艳来衬托少女的颜面，让本来就很美的"人面"，在春风中的桃花映照之下，更加充满青春活力，风韵动人。

（2）反衬，就是运用与主要形象相反、相异的次要形象，从反面衬托主要形象。反衬既是一种修辞手法，也是一种艺术表现技巧，从而使主体更加形象。正如王夫之《姜斋诗话》云："以乐写哀，以哀景写乐，一倍增其乐。"例如，王籍《入若耶溪》中的诗句："蝉噪林愈静，鸟鸣山更幽。"就是以动反衬静的手法来渲染山林的幽静。

10. 其他

诗词的修辞手法，除上述手法外，还有对比、排比、设问、反问、婉转、通感、藏词、列锦、顶真、隐括等。

（1）对比。所谓"对比"，是通过不同事物两两之间的比较来增强表达效果。例如，杜甫《自京赴奉先县咏怀五百字》中的诗句："朱门酒肉臭，路有冻死骨。"把严寒冬天中"酒肉臭"与"冻死骨"这两个截然不同的形象进行对比，大大增强了诗的表达效果。

（2）排比。所谓"排比"，则是通过多个类似的句子排列下来，以造成一贯而下的气势。例如，秦观《行香子·树绕村庄》中的"有桃花红，李花白，菜花黄"，"正莺儿啼，燕儿舞，蝶儿忙"。

（3）设问。所谓"设问"，就是为了引起别人的注意，故意提出问题，或回答，或干脆只问不答。例如，苏轼《浣溪沙·游蕲水清泉寺》中的词句："谁道人生无再少？门前流水尚能西。"

（4）反问。所谓"反问"，是指用疑问的形式来表达确定的意思，包括用肯定的形式反问表示否定，用否定的形式反问表示肯定。例如，王翰《凉州词》中的诗句："醉卧沙场君莫笑，古来征战几人回？"又如，晏殊《蝶恋花·槛菊愁烟兰泣露》中的词句："欲寄彩笺兼尺素，山长水阔知何处？"再如，李清照《声声慢·寻寻觅觅》中的词句："满地黄花堆积，憔悴损，如今有谁堪摘？"

（5）婉转。所谓婉转，是指不直说本意，而用委婉含蓄的语言来烘托与暗示。例如，李清照《凤凰台上忆吹箫·香冷金猊》中的词句："新来瘦，非关病酒，不是悲秋。"本意是说相思之苦，却又不直说。又如，陆游《楚城》："江上荒城猿鸟悲，隔江便是屈原祠。一千五百年间事，只有滩声似旧时。"诗人明明是感慨物是人非，却又不明说，只是用景物衬托而已。

（6）通感。所谓通感，又称移觉，是指用形象的语言使感觉转移，将人的听觉、视觉、嗅觉、味觉、触觉等不同感觉互相沟通、交错，彼此移动转换，将本来表示甲感觉的词语用来表示乙感觉，使意象更为活泼新奇。例如，王建《江陵即事》中的诗句"寺多红叶烧人眼",由于叶红似火,所以诗人将视觉移向触觉,让红叶有了灼热的感觉。又如,王维《过青溪水作》中的诗句"声喧乱石中"。诗人看到一堆乱石,就好像听到一片喧闹声,这则是视觉向听觉的转移。

（7）藏词。所谓藏词,是指要用的词已是某成语的一部分,大家都耳熟能详,便有意把这一部分藏了,而将成语的另一部分用来替代本词。例如,杜甫《陪柏中丞观宴将士二首》之一中的诗句:"醉客沾鹦鹉,佳人指凤凰。"其中,"鹦鹉"指的是用鹦鹉螺作的酒杯,凤凰指的是凤凰琴。由于受律句字数的限制,诗人藏去了后半截的本词"杯""琴",因为它们都是饮筵歌舞场合的必备之具,人所熟知,再加上前面又有"醉客""佳人",还有口沾、指弹的暗示,所以很容易联想到杯、琴上来。

（8）列锦。所谓列锦,即由名词或名词性短语组成句子。

（9）顶真。所谓顶真,是用前一句的结尾作为下一句的开头。

（10）隐括。所谓隐括,从狭义上讲,是指在诗词创作中裁减前人的语句,也就是运用语典。

当然,上述修辞手法,都是靠人去运用的。古人有句名言,就是"熟读唐诗三百首,不会作诗也会吟"。如果再模仿一下的话,就是"熟读宋词三百首,不会填词也会填"。这就是说,包括修辞手法在内的各种技巧,如用字、造句、对仗等,只有在博读诗词的过程中去细心体会,并融会贯通在头脑中,才能体现在诗词的字里行间。包括修辞手法在内的各种"技法",尚属于技术层面的问题,而灵活运用修辞手法的关键在于"悟性",而不在于"技法"本身。只有带着"悟性"去多读诗词名篇,才能从中汲取营养,并通过自己的消化吸收,厚积薄发,不断提高自身的创作水平。

四、诗词的用典

用典是诗词中常用的一种表现手法,包括引用古代故事(即事典)和前人用过的词语(即语典)。例如,宋钱惟演《泪》:"江南满目新亭宴,旗鼓伤心故国春。"其中,"新亭宴"就是用《世说新语》中的一个故事。又如,杜甫《寄刘峡州伯华使君四十韵》:"迟暮嗟为客,西南喜得朋。"其中,"西南喜得朋"语出《易·坤卦》卦辞"西南得朋"而添一"喜"字。语典也有几乎照抄一字不易的,例如,杜甫《登高》中的"不尽长江滚滚来"就为辛弃疾所直接引用于《南乡子·登京口北固亭有怀》中:"千古兴亡多少事,悠悠,不尽长江滚滚流。"但多数情况下还是点化前人语句。例如,金昌绪:"打起黄莺儿,莫叫枝上啼,啼时惊妾梦,不得到辽西。"这首《春怨》诗,被苏轼点化成"梦随风万里,寻郎去处,又还被莺呼起"三句话，写进《水龙吟·次韵章质夫杨花词》中。

（一）用典的作用

好的用典既要师承"典意"，又应于故中求新，还须力避生硬，达到"水中加盐，饮水乃知盐味"的目的，其作用主要体现在如下几个方面：

1. 援古证今，服务立论

例如，杜牧《泊秦淮》："烟笼寒水月笼沙，夜泊秦淮近酒家。商女不知亡国恨，隔江犹唱后庭花。"诗中的《后庭花》歌曲名则是引用的一个典故，即南朝陈后主所作的《玉树后庭花》，被后人称为"亡国之音"。

2. 据事类义，寄托情怀

例如，辛弃疾《破阵子·为陈同甫赋壮词以寄之》："醉里挑灯看剑，梦回吹角连营。八百里分麾下炙，五十弦翻塞外声。沙场秋点兵。马作的卢飞快，弓如霹雳弦惊。了却君王天下事，赢得生前身后名。可怜白发生。"词中的"八百里"与"的卢"就运用了两个典故：一是据《世说新语》记载，晋王恺以牛"八百里驳"与王济做赌注，王济获胜后杀牛作炙；二是相传三国刘备所乘的宝马名"的卢"。

3. 精练语词，丰富内涵

例如，杜甫《九日蓝田崔氏庄》中的诗句："羞将短发还吹帽，笑倩旁人为正冠。"诗中"吹帽"系引用古人孟嘉的故事。《晋书·孟嘉传》："嘉为桓温参军，九月九日，温游龙山，参僚毕集，有风吹嘉帽，坠落不觉。"杜甫却反用"孟嘉落帽"典故自嘲，突显饱经岁月沧桑。

4. 增加美感，扩大联想

例如，下面王珪《上元应制》这首应制诗引用神话传说，描写元宵夜的盛况，作者充分发挥了自己的想象力，以仙界比拟灯会的场景，把人与物的活动安排在"仙台""云中""海上"，赋予诗空灵与广阔。

上元应制
（宋）王珪
雪消华月满仙台，万烛当楼宝扇开。
双凤云中扶辇下，六鳌海上驾山来。
镐京春酒沾周宴，汾水秋风陋汉才。
一曲升平人共乐，君王又进紫霞杯。

（二）用典的方法

用典的方法，有明用与暗用、正用与反用之分。但在明用与暗用中，都包含

"正"与"反";在正用与反用中,也都包含"明"与"暗"。

1. 明用

这种用典方法直述其事,让人一目了然。例如,白居易《放言五首》第三首中的诗句:"周公恐惧流言日,王莽谦恭未篡时。"就是明白地借周公和王莽之事来喻指当时之事的。又如,杜甫《江汉》中的诗句:"古来存老马,不必取长途。"就是直接用韩非子老马识途的故事,以表明诗人老当益壮的情怀。

2. 暗用

这种用典方法较为隐蔽,因为它不明确地指出是何人或何事,所以很难一眼看出。只有熟悉所用的历史故事,才能读懂这首诗词;反之,就很费解了。例如,李商隐《寄令狐郎中》:"嵩云秦树久离居,双鲤迢迢一纸书。休问梁园旧宾客,茂陵风雨病相如。"此诗乃以事喻人,暗用了司马相如游梁园,梁孝王令与诸生同宿的典故。如果不知道这一故事,就可能会费解了。

3. 正用

也称直用,是指典故本身的意义与作者在诗文中欲达之意是一致的。例如,杜甫诗:"听猿实下三声泪,奉使虚随八月槎。"诗中"下泪"是实,"奉槎"是虚。杜甫正用上面典故,以典故的本意抒写了自己的真情实感。

4. 反用

前面所讲的明用与暗用,都是正用其意。而反用则是反用其意。比如,汉文帝(刘恒)爱贾谊之才,将他从长沙召回,在宣室接见,而李商隐写的《贾生》,却用"可怜夜半虚前席,不问苍生问鬼神"的诗句,讽刺汉文帝不能真正重用贾谊,这是对汉文帝接见贾谊的反用。通过反用,以慨叹自己的怀才不遇。

(三)用典的注意事项

当然,用典作为一种表现方法,也要一分为二地看待。它既有好的一面,即用典得当,便能以精练的语句包含丰富的内容,可以通过用典提供的材料让诗词留下联想空间。但是,用典也有不好的一面,若用典不当,则会影响诗词的形象性,甚至有可能用典过多或生僻,而使诗词晦涩难懂。连南朝人钟嵘在《诗品》中也批评过用典过度,认为"古今胜语,自非补假,皆由直寻"。因此,在诗词创作的过程中,要用好典故必须注意两点:

1. 用典必须知典

这就要求从事诗词创作需要多读点书,这也是杜甫关于"读书破万卷,下笔如有神"的经验之谈。只有在知典的基础上,才有可能引用那些易见或易识的事,易读或易懂的话,也才有可能实现事如己出,浑然无迹地用典。

2.用典服务立意

这就是说不要为用典而用典,而应让用典的过程成为为立意服务的过程。通常,不管是语典,还是事典,在诗词创作时,用典往往是变化多端的。这种变化最为主要的是典故的"正用"与"反用","明用"与"暗用"。只有将"用典"与"炼意"结合起来,通过适当剪裁典故,让典切中题旨,进而服务与服从于"立意",才可能使用典后的诗词产生含蓄、洗练、委婉与富于联想的效果。

五、诗词的立意

(一)诗词以"意"为主

清人王夫之说:"无论诗歌与长行文字,俱以意为主。意犹帅也。无帅之兵,谓之乌合。"所谓"意",指的是诗词所表现的思想与感情,立意就是确定一个主题,它是一首诗词之魂。诗词的内容以"立意"为主,是古往今来诗词创作的优良传统。毛泽东与诗友梅白在论诗时说道,"诗贵意境高尚,尤贵意境之动态。有变化才能见诗之波澜"。诗词创作时,必须立意为先,炼意为重,写意为优。在有感而发的情况下,只有先明确了所要表达的"意",然后才能按照"立意"的需要剪裁材料,遣词造句,并最终定下题目。就是"命题诗词",也应根据题目先"立意",再围绕"立意"来写具体的诗词内容。这就是说,诗词创作时应紧紧围绕诗词的题目,以及诗人词人心中的"志"与"情"来立意、炼意、写意。从有"意"到立"意",从立"意"到炼"意",从炼"意"到写"意",从写"意"到品"意"(即写"意"后还要仔细斟酌),直至"改而后工",这才是诗词创作的关键。

在有意、立意、炼意、写意、品意的过程中,古人提出了"贵约""贵新""贵深"三个要领。所谓"贵约",是要简明集中,要做到一首诗词,一个中心。所谓"贵新",是说立意要有新意,尽可能从某个侧面反映自身的特色。所谓"贵深",是指应注意言理是至理,发人深省;言情是至情,感人至深;即使是咏物写景,也要形象生动,色调鲜明。总之,诗词的意境很重要。意境包括景与情两种艺术要素,情景交融的艺术效果是诗词创作所追求的目标。我们理解诗词创作的那些"技法",也当然要从如何创造"意境"这个角度去体会和升华。

与诗相比,由于词的格式更加灵活多样,词的意境就更重要了。这是因为,一是词更需要意境描写。虽然词也能"言志",但应该说词的抒情功能更明显,而这些"情"也常常需要环境(意境)的滋养。二是词更适合于意境描写,首先是词的句子长短、句数多少都比格律诗灵活丰富,易于意境的描写。三是虽然有些词的语言与有些诗的语言出现"趋同化"现象，但总的来说，两者的语言倾向是不同的。诗的语言更倾向于文言雅化，而词的语言更倾向于雅俗共赏。

一般而言，诗词创作有"直白"与"含蓄"两种创作手法。无论描写什么，理想也罢，风月也罢，直抒胸臆的都是"直白"的表现手法。而曲折地描写抒发自己的思想与情感，则是"含蓄"的表现手法。豪放词的艺术表现形式主要体现为"直白"，而婉约词的艺术表现形式则主要体现为"含蓄"。至于说对于特定的"志"与"情"，如何去"直白"或"含蓄"地表现，就是诗词无定法，修辞在个人了。但有一条需要特别注意，那就是在诗词的创作过程中，无论是"直白"还是"含蓄"，都应使用诗词的语言，而着力避免罗列口号。当今诗词界有一种关于所谓"老干体"的"戏言"，就是从另一个侧面告诫诗词创作者应注意把握诗词语言的特色。

（二）意境表达的主要形式

意境是诗词创作、欣赏与评论都很注意的一个问题。创作诗词要注意创造意境，欣赏诗词要注意领会意境，评论诗词要注意抓住意境。但是，意境的创造却不是空洞的，而是要通过情与景的和谐统一，把特定的志与情表达出来。通常，"意"是指思想感情，而"境"则是指艺术境界，意境是思想感情与艺术境界的有机结合。这一结合，不是两者的简单相加，而是两者有机地组成一个整体。这正如古代诗词评论者所说的那样，是"情与境偕，思与境共"。从意境构造的角度讲，可以有下述几种形式。

1. 触景生情

即因见到某一景物，某一场景，而情不自禁地引发出某种情感来。这体现在诗词中，常常是情与景的一致，情与景的融合，如下面的这首绝句：

题菊花
（唐）黄巢
飒飒西风满院栽，蕊寒香冷蝶难来。
他年我若为青帝，报与桃花一处开。

这首诗的作者黄巢，因见到菊花在秋天生长的情景而想到改变菊花的处境，让它在春天同桃花一齐开放。触景而生的情，说出来的是"报与桃花一处开"，而内在的还有更深的思想。

2. 缘情写景

即因诗人或词人用某种感情看待某一景物或场景，在其笔下，这一景物或场景也染上了某种感情色彩。此种意境，古人称为"有我之境"，即蕴含着作者自身情感的境界，如下面的这首诗：

春望

（唐）杜甫

国破山河在，城春草木深。
感时花溅泪，恨别鸟惊心。
烽火连三月，家书抵万金。
白头搔更短，浑欲不胜簪。

杜甫此诗是写当时在长安远望时的忧伤，其中，颔联"感时花溅泪，恨别鸟惊心"这两句诗，就鲜明地渗透着作者自身的感情色彩。

3. 情景分明

即在一句或一首诗词中，写景的部分与抒情的部分界限分明，表面上看来，情与景是并列的、分离的，实际上却存在有机联系，两者之间是内在的情景交融，如杜甫《江亭》中的"水流心不竞，云在意俱迟"，这两句是一半写景，一半抒情，"水流"与"云在"是景，"心不竞"与"意俱迟"是情。

在一首诗或一首词中，也可能是一部分写景，一部分抒情，如下面的这首七律：

蜀相

（唐）杜甫

丞相祠堂何处寻，锦官城外柏森森。
映阶碧草自春色，隔叶黄鹂空好音。
三顾频烦天下计，两朝开济老臣心。
出师未捷身先死，长使英雄泪满襟。

显然，杜甫的这首诗上半部分写景，勾画出了蜀相祠堂的景象，下半部抒情，对诸葛亮的远见卓识与鞠躬尽瘁进行了热情讴歌，并惋惜其事业未竟。上、下两部分虽然是分写情与景，但景与情却是融合的。

4. 寄情于景

有的诗词表面看来全是写景，实际上也有情在，是寄情于景，如下面的这首词：

清平乐·村居

（宋）辛弃疾

茅檐低小，溪上青青草。醉里吴音相媚好，白发谁家翁媪？大儿锄豆溪东，中儿正织鸡笼；最喜小儿亡赖，溪头卧剥莲蓬。

辛弃疾的这首词，写的是普通农家的生活场景，除"谁家"的发问和"最喜"的流露，都是生活场景的描写，表面看来，作者没有表示态度，但在生活场景的描写之中，寄有作者的思想感情，那就是对农家生活的热爱。

5. 景略情在

这种情况同寄情于景相反，即有的诗词，表面上看来全是抒情，并未写景，但"境"不完全等于"景",前者比后者的内涵与外延都广泛得多,在特定的语言环境下,直抒胸臆,"情"可由"境"生,而将"景"隐于"境"中,如下面的这首五绝:

　　送朱大入秦
　　(唐)孟浩然
　　游人五陵去,宝剑值千金。
　　分手脱相赠,平生一片心。

孟浩然的这首诗,写的是诗人送别友人时的情形,虽然未直接写送别时的自然景象,但却是将"景"隐于"境"中,意境很完美。

(三)提升意境的注意事项

意境是诗词创作的基本要求。但是,只有平平庸庸的意境,也算不上是好诗词。仔细体会诗词名篇,我们可以感悟到好的诗词,不但要有意境,而且要求意境高远新颖。

1. 要境近而意远

所谓境近,指的是景物要具体、真实,又是人们所熟悉的;所谓意远,指的是思想感情要深远。境近,才能使人感到亲切,有吸引力;意远,才能以深远的思想感情启发人,进而富于强大的艺术感染力。前面介绍的黄巢的《题菊花》,就达到了境近而意远。菊花在秋天生长,这是常见之景,可谓近矣。在这常见之景的描绘中,寄寓的不是一般的情感,而是更深邃的思想,不可不称意远。

2. 要景新和情殊

所谓景新,既包括选择前人没有写过的景物或场景,也包括创新前人写过的景物或场景。因为有些景物或场景,如春花秋月、悲欢离合之类,是永久存在的,古人有之,今人亦有之。今人要完全寻找一种新的景物或场景,也不是一件容易的事情。但写古人已写之景物或场景,需要结合自身的特殊感受,抓住景物的特点,尽可能写出特定的情感来。例如,秦观《八六子·倚危亭》的开头:"倚危亭,恨如芳草,萋萋刬尽还生。"作者所写的景物或场景,都是前人写过的。但是,作者的这一组合,却产生出特别的艺术效果。如一般词人写"倚栏杆",那是很平常的意象,而"倚危亭"三字则非常新颖,别有一番味道。清代周济在《宋四家词选》里对此句的评价是"神来之笔"。

3. 融矛盾为统一

诗词的意境,一般的是情与境在感情色彩上的一致,达到了和谐的统一。可是,也有些作者,故意将感情色彩正好相反的情与景写在一起,并使其和谐统一。这样的情与景,因为既矛盾又统一,对比鲜明,所以有着更强的艺术效果,如辛弃疾的《菩萨蛮·书江西造口壁》就具有这种特点。

菩萨蛮·书江西造口壁

（宋）辛弃疾

郁孤台下清江水，中间多少行人泪？西北望长安，可怜无数山。青山遮不住，毕竟东流去。江晚正愁予，山深闻鹧鸪。

作者通过登高望远，"借水怨山"，抒发自身的特殊情感，既抒发了作者抗战到底的决心，又流露出抗战又不可行的消极情绪，这是作者矛盾心情的反映，而这一矛盾心情却又统一在词中所描绘的青山、流水、山里的鹧鸪啼叫这一特定的画面之中。

当然，在如何创造完美的意境方面，历代诗人和词人积累了不少成功的经验，以上三点注意事项仅是其中的一部分。有兴趣的读者应注意多读名篇，用心去感悟其中的奥妙。

4.变直白为曲折

诗词的意境美妙，还需要语言的曲折与含蓄。尽管直抒情景的诗词也有很多名篇佳句，但古往今来，人们还是认为诗词的语言以曲折与含蓄为佳，"曲说"贵于"直说"。所谓"曲说"，是指用各种曲折的说法来表达自己的情意，使语言婉约含蓄，曲折有致，令人回味。借鉴历代诗人的创作经验，"曲说"主要包括下述几种情况。

（1）凭景物表示曲折。例如，崔涂《春夕旅怀》中的诗句："蝴蝶梦中家万里，子规枝上月三更。"这是以"春夕"（晚春）的蝴蝶和子规构成曲折幽深的意境，表现了诗人梦中欢乐、醒来凄苦的复杂"旅怀"，即思乡之情。

（2）凭推断表示曲折。例如，陆游《初夏闲步村落间》的诗句："绿叶忽低知鸟立，青萍微动觉鱼行。"这是在未直接见到鸟和鱼的情况下，通过"绿叶忽低"与"青萍微动"来做出判断，更说明景色幽静。

（3）以借代表示曲折。例如，王安石《南浦》中的诗句："含风鸭绿粼粼起，弄日鹅黄袅袅垂。"这里是以"鸭绿"代指春水，"鹅黄"代指新柳，即借颜色代替所咏之物，既形象又生动。

（4）借比喻表示曲折。例如，柳中庸《听筝》中的诗句："似逐春风知柳态，如随啼鸟识花情。"这一联是描写筝的"悲怨声"的。作者却以柳的惜春与鸟的伤春来表示伤春惜别之筝声，真是曲折有致。

（5）借典表示曲折。例如，李商隐《锦瑟》中的诗句："庄生晓梦迷蝴蝶，望帝春心托杜鹃。"这一联用庄生梦蝶和望帝化鹃两个典故，来表达作者感叹年华易逝的情感，非常曲折含蓄。

（6）借联想表示曲折。例如，李清照《凤凰台上忆吹箫·香冷金猊》中的诗句："新来瘦，非干病酒，不是悲秋。"作者本来是说相思之苦，却又不直说，采用排除法留下联想空间。

六、诗词的"改"与"工"

（一）"改"与"工"的含义及其重要性

所谓诗词之"改"，即修改、锤炼和推敲、润色；所谓诗词之"工"，即诗词格律所要求的平仄、押韵、对仗、粘对等方面的工稳。自古以来，诗人都信奉"好诗不厌百回改"的真谛。有的人干脆就说，"工"即好的诗词不只是写出来的，更是改出来的。这是因为诗词的创作大多是有感而发的，为激情所驱使，倾泻于笔端，往往来不及仔细推敲，而是所谓一气呵成。这样的作品，固然是思想感情的本源，却难免粗糙，存在这样或那样的毛病，只能是半成品，常常是瑕瑜互见，篇章里既有金玉，也有瓦砾。即使是诗词的草稿也会字斟句酌，但毕竟还只是一时的功力，仍难免有不足或不妥之处。因此，在成篇之后，仍然需要进行反复修改，一再加工，努力追求艺术上的完美。"文字频改，工夫自出"——古人的这句话值得我们深思。

清人李沂的《秋星阁诗话》，有一段十分精彩的话：

作诗安能落笔便好？能改则瑕可为瑜，瓦砾可为珠玉。子美云"新诗改罢自长吟"，子美诗圣，犹以改而后工，下此可知矣。

昔人谓"作诗如食胡桃、宣栗，剥三层皮方有佳味"，作而不改，是食有刺栗与青皮胡桃也。

这段话的意思是说，改诗如同去掉美玉上的斑点，又如同把瓦砾点化为金玉，诗圣杜甫对自己的诗作是反复琢磨修改的，何况我们这些诗词爱好者呢？将修改诗稿词稿比作食毛栗和核桃要"剥三层皮方有佳味"，也是很生动的。可以想象，如果作诗填词不加修改，则相当于吃不剥皮的毛栗和核桃，那是什么味道自可想而知了。这里，"犹以改而后工"这句话，应成为广大诗词创作者的座右铭。

（二）向名家学改诗

事实上，正如前面所说，创作一首诗词应该是一个从有"意"到立"意"、从立"意"到炼"意"、从炼"意"到写"意"、从写"意"到品"意"的过程。这个过程也是一个修身养性与陶冶情操的过程，更是一个轻松愉快与艺术享受的过程。从创作层面上讲，这里所说的品"意"就是说诗词草稿出来以后，需要不断反复吟诵（包括与他人一块商榷，或自己将诗词草稿放一段时间再来反复吟诵），品味其中的意境，进而反复推敲修改，直至最后定稿。清人李沂关于"改而后工"的真知灼见，就是对品"意"重要性的最好阐述。对从事诗词创作的初学者来说，决不可忽视"改而后工"这个过程，只有通过这个过程，才能更好地字斟句酌，淘沙拣金，并力争获得佳作。

　　古代诗人词人都很注意精心修改自己的作品，有时修改后的作品与原稿大不相同，甚至不留一个字。如唐代大诗人白居易就是如此。明代胡震亨的《唐音癸签》记述有人得到白居易诗作手稿，就发现"点窜多与初作不侔云"。南宋胡仔《苕溪渔隐丛话》前集卷八也引过一则杜甫改诗的诗话，杜甫《曲江对酒》："苑外江头坐不归，水晶宫殿转霏微。桃花细逐杨花落，黄鸟时兼白鸟飞。"其中，"桃花细逐杨花落"，原作为"桃花共与杨花语"，后圈改三字，改成现传的句子。尽管原来的句子也不错，但改后的句子却更符合作者当时懒散的心情。这些故事说明，古代著名诗人的那些名篇，并不一定都是"七步成诗"、一蹴而就的，很多都是经过反复加工修改后的产物。

　　又如，鲁迅先生悼念"左联"五作家的七律诗，颈联为："忍看朋辈成新鬼，怒向刀丛觅小诗。"据鲁迅日记上的原作，"忍看"原为"眼看"，"刀丛"原为"刀边"，这就说明其在发表之前，曾经多次修改。鲁迅先生谈到他的改诗经验时说："等到成后，搁它几天，然后再来复看，删去若干，改换几字。"鲁迅先生的经验，很值得今人学习与践行。

第二章 诗词的艺术形式

第一节 立意与意境

在评论一首诗或词时,常常有这样的评论——"立意高远,意境深邃"。立意和意境是两个不同的概念,二者有联系又有区别。立意是创造意境的前提,意境是立意造就的结果;立意从于主观,意境呈于客观。那么,怎样才能做到"立意高远,意境深邃"呢?我们先来了解什么是立意。

一、立意

(一)立意的概念

立意,又称命意。诗词的立意,是指作者在构思过程中,根据想要表现的情思、景致、事物、事件等题材,确立作品要表达的主旨、要揭示的生活真谛。通俗地讲,立意就是明确创作意图,确立具体作品的创作主题,有了明确的创作主题才能具体地构思和完成诗词作品的创作。

(二)立意的重要性

诗词作品贵在立意。古人的著述或诗话中对于"立意"有很多精辟的论述,如魏文帝曰:"文以意为主,以气为辅,以辞为卫。"宋代刘攽《中山诗话》云:"诗应以意为主,文词次之,或意深义高,虽文词平易,自是奇作。"苏轼认为:"善诗者道意不道名。"由此可知,意之于诗,如帅之将兵也,诗之高下率皆由意而观。

清阮葵生《茶余客话》:"诗以意为主,无帅之兵,谓之乌合。云烟泉石,金玉锦绣,花木禽鱼,皆散卒也。以意遣之,则无不灵。"杜牧在《答庄充书》中说:"凡为文以意为主,以气为辅,以辞采章句为之兵卫。"清魏际瑞《伯子论文》中说:"文主于意,意多乱文。"

以上这些都充分说明了一点,那就是立意是一首诗的灵魂。一首诗没有了灵魂,也就没有了生命力。创作一首诗词,首要的并不是考虑它的语言、节奏、韵律等,而是必须先确定立意。一篇文章、一首诗,必以意串,无"意"之作,必定思想散漫，杂乱无章，只是语言材料的堆砌而已。立意的正确与否，决定着诗作的主题思想是否正确；立意的高下、深浅，决定着诗作的思想性与感染力。

（三）立意的要求

1. 立意要正确、鲜明

之所以将"正确"作为立意的第一要求，在于现在的社会世界观、价值观多元化。立意正确，就是指所确立的主体反映了自然的本质和规律，反映了生活的本质和主流，符合自然和社会的发展规律。正确，就是作者要有正确的世界观、人生观、价值观。

立意正确是创作诗词的根本要求，"意"主要是指诗词的思想性。"意"是否能"立"得住，就看它是否正确，是否带有社会普遍性，是否符合人们的审美要求与习惯，是否能积极地、健康地反映生活本质的内容。也就是说，正确的立意应是大多数人能够认同或是积极倡导的。只有正确的意才能立得住、立得稳。

所谓鲜明，是指所确立的主题能旗帜鲜明地表示爱什么，憎什么；赞成什么，反对什么。

2. 立意要集中、单纯

一首诗词多意必意杂，意杂必主旨不明。王夫之在《姜斋诗话》中说："一诗止于一时一事，自十九首至陶谢皆然。既以命意成章，则求尽一物、一景、一情、一事之旨，得尽而毕。"其又云："一篇载一意，一意则自一气，首尾顺成，谓之成章。"如果有数意，就分成几首来写。例如，李白《清平调》（三首）：

清平调·其一

李白

云想衣裳花想容，春风拂槛露华浓。
若非群玉山头见，会向瑶台月下逢。

清平调·其二

李白

一枝红艳露凝香，云雨巫山枉断肠。
借问汉宫谁得似？可怜飞燕倚新妆。

清平调·其三

李白

名花倾国两相欢，常得君王带笑看。
解释春风无限恨，沉香亭北倚阑干。

第一首着意从空间来写，把读者引入蟾宫阆苑，把贵妃比作嫦娥；第二首着意从时间来写，把读者引入楚襄王的阳台、汉成帝的宫廷，把贵妃比作神女和赵飞燕；第三首从眼前的现实写，点明唐宫中的"沉香亭北"，把贵妃比作国色天香的牡丹。三首诗各写一意，各成章，又相互钩带，其一、其三均写到"春风"，前后呼应，表明为一组。

3. 立意要深刻、新颖

所谓深刻，是指能反映生活的本质及内部规律，能揭示事物所包含的深刻的思想意义。而新颖是指所确立的主题是作者的新认识、新感受，能给人以新的启示。

诗词贵有新意。胡仔宋代云："学诗若循习陈言，规摹旧作而不能自出新意，亦何以名家。"黄鲁直亦云："文章忌随人后，随人作计终依人。"宋人宋子京亦云："文章必自成一家，然后可以传之不朽，若体规画圆，准方作矩，终为人臣仆，古人讥为屋下架屋也。"例如，唐代诗人李商隐的著名诗句"夕阳无限好，只是近黄昏"，自古以来吸引了许多读者，人们大都会因为夕阳西下黯然神伤；朱自清反弹琵琶，写出了"但得夕阳无限好，何须惆怅近黄昏"这样的佳句，变换了立意角度，改变了原诗中消极的情绪，令人耳目一新。正所谓"语淡而情浓，事浅而言深"。

4. 立意要志趣高远

所谓志趣高远，是指立意不能有任何不健康的因素存在，应做到符合文章主题，顺应文章中心。"若要意境高，且于胸怀远。"诗间立意高远，作品才有气魄、风骨，读来才不俗。姜夔在《白石道人诗说》中讲："意格欲高，句法欲响。只求工于字句，亦末矣！"他认为，如果只是让字句工整，是雕虫小技。

何为高远？王安石赞陶渊明《饮酒》诗前四句"结庐在人境，而无车马喧。问君何能尔，心远地自偏"说："诗人以来，无此四句！"宋代李公焕说：此诗"脱尽古今尘俗气"，可谓志趣高洁、寓意深远之范例。

宋代严羽在《沧浪诗话》中认为学诗要先除五俗："一曰俗体，二曰俗意，三曰俗句，四曰俗字，五曰俗韵。"这就要求作者要以博大的胸怀、高尚的情操、健康积极的心态审视题材，不能被眼前的现象阻挡，要在想象中赋予双眼以透视功能，望远再望远，望至肉眼所不能及。

（四）如何立意

写作诗词，立意当要高、深、远。元戴师初认为："凡作文发意，第一番来者，陈言也，扫去不用；第二番来者，正语也，停之不可用；第三番来者，精意也，方可用之。"可见深层意才有蕴含，是精辟、新颖之所在。这就要求我们在写作诗词时，要去粗取精，反复锤炼，由表及里，层层开掘。

1. 联想类比，拓展掘进

所谓联想，是由眼前"此景此物"想到不在眼前的"彼景彼物"，并通过对其外形特点与内在气质的表现，借助于类比、寓意，或以形传神，或虚实相生，开掘出一种深刻的含意。

例如，杜甫《茅屋为秋风所破歌》：

八月秋高风怒号，卷我屋上三重茅。茅飞渡江洒江郊，高者挂罥长林梢，下者飘转沉塘坳。南村群童欺我老无力，忍能对面为盗贼。公然抱茅入竹去，唇焦口燥呼不得，归来倚杖自叹息。

俄顷风定云墨色，秋天漠漠向昏黑。布衾多年冷似铁，娇儿恶卧踏里裂。床头屋漏无干处，雨脚如麻未断绝。自经丧乱少睡眠，长夜沾湿何由彻！安得广厦千万间，大庇天下寒士俱欢颜，风雨不动安如山。呜呼！何时眼前突兀见此屋，吾庐独破受冻死亦足！

这是杜甫在唐肃宗上元二年（761年）八月创作的。当时战乱纷纷，人们流离失所。杜甫在经历了十几年悲辛潦倒、颠沛流离的生活之后，到了成都住在草堂，总算暂时安定下来了。即便如此，诗人却彻夜难眠，浮想联翩，由风雨飘摇的茅屋联想到国家和人民。诗人从切身体验推己及人，以天下之忧为忧，渴望有广厦千万间为天下贫寒之士解除痛苦，甚至想以个人的牺牲来换取天下寒士的欢颜。

2. 比照衬托，象征引申

这种方法要求作者以某一相通点为媒介，进行由此及彼的思考，引出与所写事物有相通之处的另一事物，并把另一事物作为陪衬，与所写事物进行比照，使另一事物对所写事物起衬托铺垫作用，从而升华所写事物的立意。关于诗词中的象征，有很多例子。例如"梧桐"，在大多诗作中用其表示一种凄苦之意，如"春风桃李花开日，秋雨梧桐叶落时"（白居易《长恨歌》）。秋日冰冷的雨打在梧桐叶上，好不令人凄苦。又如"寂寞梧桐，深院锁清秋"（李煜《相见欢·无言独上西楼》）。"梧桐树，三更雨，不道离情正苦。一叶叶，一声声，空阶滴到明。"（温庭筠《更漏子·玉炉香》）"梧桐更兼细雨，到黄昏，点点滴滴。"（李清照《声声慢·寻寻觅觅》）可见秋雨打梧桐，别有一分愁滋味。

又如"冰雪"，以冰雪的晶莹比喻心志的忠贞、品格的高尚，如"洛阳亲友如相问，一片冰心在玉壶"（王昌龄《芙蓉楼送辛渐》）。冰心比喻高洁的心性，古人用"清如玉壶冰"比喻一个人光明磊落的心性。

其他诸如"柳树"象征惜别，"月亮"象征思念，"蝉"象征高洁，"长亭"象征送别等，不一而论。

3. 辩证立意，巧换角度

诗词创作中，物、事、景、象的含意是多方面的，作者对客观外物的感受也非常复杂，而非单一、单面的。因此，立意也可以多方位求索以求新颖。可以以小见大，也可以反向求异；还可以变换角度，从自己独特的感受出发；等等。

例如：

梅花

（宋）陈焕

云里溪桥独树春，客来惊起晓妆匀。

试从意外看风味，方信留侯似妇人。

李清照曾说："世人作梅词，下笔便俗。"但此诗立意奇特，令人大为感叹。此诗先是将梅花比作红粉佳人，意境一步步奇异起来。客人突访，惊扰了深处闺中的佳人。她恍然惊起，如惊鸿翩翩，羞红了香腮，仿佛晓妆初匀那般美丽。接着换一个角度来看这梅花，它竟如贤相张良一般令人生敬，这就显得诗作构思独特，立意新奇。

4. 去粗取精，力求脱俗

诗词内容庸俗，是诗词的一大弊病。庸俗之作，内容浅薄，语言粗鲁鄙陋，或千篇一律，或滥施淫彩，或矫揉造作。清人王士祯说："为诗且无计工拙，先辨雅俗。品之雅者，譬如女子，靓妆明服同雅，粗服乱头亦雅；其俗者，假使用尽妆点，满期面脂粉，总是俗物。"明代俞彦说："遇事命意，意忌庸、忌俗、忌袭。立意命句，句忌腐、忌涩、忌晦。"

元好问《论诗三十首》认为，避俗之要领，首先贵在自得。唯有自得，方能有胆有识，言出性灵。其次须做到"人所易言，我寡言之；人所难言，我易言之。自不俗"（姜夔《白石道人诗说》）。

例如：

孤雁

杜甫

孤雁不饮啄，飞鸣声念群。

谁怜一片影，相失万重云？

望尽似犹见，哀多如更闻。

野鸦无意绪，鸣噪自纷纷。

这是一首孤雁念群之歌，体物曲尽其妙，同时又融注了作者的思想感情，内容十分绝妙。依常规方法，咏物诗以曲为佳，以隐为妙，所咏的事物是不宜直接说破的。杜甫则不是这样，他开篇即唤出"孤雁"。全篇咏物传神，是大匠运斤，自然浑成，全无斧凿之痕。

（五）别开生面，立意求新

清人顾炎武说："终身不脱'依傍'二字，断不能登峰造极。"可见，立意要新颖，意新则诗新，意陈则诗俗。清代方东树在《昭昧詹言》中提出："去陈言，非止字句,先在去熟意。凡前人已道过之意与词,力禁不得袭用。"可见,立意要见人所不曾见,道人所不曾道。这就要求我们在平时多学、多看、多思、多练,力求"自得",另辟蹊径,别开生面。

例如:

春思

(唐)贾至

草色青青柳色黄,桃花历乱李花香。

东风不为吹愁去,春日偏能惹恨长。

写春思的诗词很多,无论是写春天的明媚,还是写春愁,都很容易落入俗套。这首诗前两句似乎没有出众之处,仍然是写春日的生机盎然,后面两句却不顺着这个思路朝下写,而是别出奇思,以出人意表的构思,怨恨"东风不为吹愁去,春日偏能惹恨长"。作者撇开自己,而从东风与春日的角度入手,以拟人化手法来写一种愁绪。他把因谪居楚地的流人之愁、逐客之恨归罪于东风、春日,使诗思更深一层,诗意的表现更有深度,更为曲折,更有避平见奇之效,立意也就自有奇妙之妙。

然而,要做到诗词的立意深远并非易事。要善于观察、想象、揣摩、提炼、升华,善于捕捉稍纵即逝的时空,等等,这些都与作者自身的诗词修养有关。

二、意境

学习诗词的立意,离不开对诗词作品意境的领悟、把握与经营。

(一)意境的概念

所谓诗词的意境,就是指作者用形象思维的方法,在情与景高度交融后,把生活反映在作品中,从而使作品中呈现情景交融、虚实相生、生命律动、韵味无穷的诗意空间。正如宗白华所说:"意境是情与景的结晶品。"

1. 意境与境界的区别

很多教科书将意境和境界视同一类。例如,王国维的《人间词话》。其实它们还是有所区别的。"境界"一词作为一般习惯用法,放在不同的句中有着不同的含义:或者指作品中的一种抽象界域,如"境界有二,有诗人之境界,有常人之境界";或者指修养造诣之各种不同的阶段,如"古今之成大事业、大学问者,必经过三种之境界";或者指作者所描写的景物,如"明月照积雪""大江日夜流""中天悬明月""黄河落日圆"的境界,可谓千古壮观。由此观之,此所谓境界,便当是泛指作品中的一种抽象界域而言者。

意境是属于主观范畴的"意"与属于客观范畴的"境"二者结合的一种艺术

境界。有境界是前提、是基础，在此基础之上，诗人感受景物而情动于心，塑造出"味之者无极，闻之者动心"的意境，方能达到真善美相统一的高级审美阶段。

2. 意境与意象的区别

意象是指诗歌中熔铸了作者主观感情的客观物象，它对于意境的形成起着至关重要的作用。意境的概念比意象大，意境由意象组成，意象包括在意境之中。但意象又不等于意境，二者是两个不同向又密切联系的概念。二者的区别在于：一是它们所达到的层次和深度不同，意象指的是审美的广度，而意境指的是审美的深度；二是意境是意象的升华；三是意象属于艺术范畴，而意境指的是心灵时空的存在与运动，其范围广阔无涯。

例如："故人西辞黄鹤楼，烟花三月下扬州。孤帆远影碧空尽，惟见长江天际流。"（李白《送孟浩然之广陵》）黄鹤楼、烟花、孤帆、长江等意象组合起来便成了一幅融情于境的画面。通过孤帆消失、江水悠悠和久立江边若有所失的诗人形象，表达送别友人的深情挚意。

（二）意境的特征

1. 意境的四大特征

意境作为文学形象的高级形态之一，有着四大特征：

（1）情景交融。这是意境创造的表现特征，直接关系着意境的生成，其中表现方式有景中藏情式、情中见景式和情景并茂式。

（2）虚实相生。这是意境创造的结构特征，实境真，虚境生，虚境以实境为载体，要通过实境来表现。实境要在虚境的统摄下来加工，在虚境的引领下得以升华。

（3）韵味无穷。这是意境的审美特征，它在意境这种内蕴的领域表现得更为突出集中，这使意境的审美特征更富有韵味。

（4）生命律动。这是意境的本质特征，意境的本质是要展示生命本身的美。意境本质上是一种心理现象，是一种人类心灵的生命律动，主要有三个特点：表真挚之情、状飞动之趣和传万物之灵趣。

2. 意境美的主要体现

意境的形成，靠的是心与物、情与境、主观与客观的交融。诗词的意境美，主要体现在以下几个方面。

（1）意境的形象美。古代诗人描绘大自然景物时，善于捕捉典型形象入诗，随物赋形，敷色设彩。例如，李白忧郁地唱"白发三千丈，缘愁似个长"，杜甫凄苦地吟"感时花溅泪，恨别鸟惊心"，杨万里描绘着"接天莲叶无穷碧，映日荷花别样红"……这些美的形象，都给我们留下了深刻的印象，真正达到了"思

（2）意境的情感美。意境之所以感人，就是因为形象中寄托了作者的感情。诗人创作往往是"情动于中，而言于外"。例如："千里莺啼绿映江，水村山郭酒旗风。南朝四百八十寺，多少楼台烟雨中。"（杜牧的《江南春绝句》），其中黄莺、红花、绿树、山村、水乡、酒旗、春风等意象，似乎在描述江南春天的景色。但其实后两句暗含的意思为"这些寺院庙宇需要多少民脂民膏来建造啊"，可知作者是在感叹晚唐皇帝的腐朽。好的诗词作品总能策动读者的情感效应，即使一景一物或一人一事，总是给人一种"一切景语皆情语"之感。

（3）意境的含蓄美。好的诗词常会给人一种"言有尽而意无穷"的感觉，可见含蓄是诗词魅力所在。例如，李煜在《虞美人·春花秋月何时了》中说"恰似一江春水向东流"，就可以引发"流水不复，青春易老，时间已逝，往事难追，生命将近"等多种感慨。

（三）意境的分类

关于意境的分类，文学史上出现了很多种分类方法。有清代刘熙载从意境的审美风格上提出的分类方法，将意境分为"花鸟缠绵、云雷奋发、弦泉幽咽、雪月空明"四境，也就是"明丽鲜艳、热烈崇高、悲凉凄清、和平静穆"四种美。

而王国维在《人间词话》中，也提出一种分类方法。他说："有有我之境，有无我之境……有我之境，以我观物，故物皆着我之色彩。无我之境，以物观物，故不知何者为我，何者为物。"例如杜甫的《春望》为有我之境，陶渊明的"采菊东篱下，悠然见南山"就是"无我之境"。王昌龄《诗格》中的"三境说"，也可算是一种分类方法。他认为，"诗有三境：一曰物境。欲为山水诗，则张泉石云峰之境，极丽绝秀者，神之于心，处身于境，视境于心，莹然掌中，然后用思，了然境象，故得形似。二曰情境。娱乐愁怨，皆张于意而处于身，然后驰思，深得其情。三曰意境。亦张之于意而思之于心，则得其真矣"。这里的"三境"，实际上就是意境的三种类型，把偏重于描写景物的称为物境，偏重于抒写情怀的称为情境，偏重于说理言志的称为意境。

这里，我们采用刘熙载的从意境审美风格上提出的分类方法，并将他提炼的四种扩展到八类，以便读者学习。

1. 热烈崇高、慷慨悲壮

典型代表——曹操的《观沧海》：

观沧海

曹操

东临碣石，以观沧海。
水何澹澹，山岛竦峙。
树木丛生，百草丰茂。
秋风萧瑟，洪波涌起。
日月之行，若出其中。
星汉灿烂，若出其里。
幸甚至哉，歌以咏志。

这首诗的特点在于写景雄奇壮美，气势恢宏；抒情奔腾震荡，磅礴千钧；文辞渲染夸张，振奋激昂。

2. 悲凉凄清、苍凉悲壮

典型代表——李白的《关山月》：

关山月
李白
明月出天山，苍茫云海间。
长风几万里，吹度玉门关。
汉下白登道，胡窥青海湾。
由来征战地，不见有人还。
戍客望边色，思归多苦颜。
高楼当此夜，叹息未应闲。

其特点在于写景苍茫辽远，峻拔萧疏。

3. 和平静穆、淡泊静谧

典型代表——王维的《山居秋暝》：

山居秋暝
王维
空山新雨后，天气晚来秋。
明月松间照，清泉石上流。
竹喧归浣女，莲动下渔舟。
随意春芳歇，王孙自可留。

这首诗的特点在于通过描写大自然的空寂幽趣，表现作者远尘避世的淡泊。

4. 宏伟壮丽、豪迈飘逸

典型代表——王维《使至塞上》：

使至塞上
王维
单车欲问边，属国过居延。
征蓬出汉塞，归雁入胡天。

大漠孤烟直，长河落日圆。
萧关逢候骑，都护在燕然。

这首诗的特点在于写景壮阔开朗，虚实相生；抒情则豪情满怀，飘逸洒脱；文辞轻健明快，奇谲俊丽。

5. 深邃沉郁、慷慨悲壮

典型代表——杜甫的《秋兴八首》（其四）：

秋兴八首·其四

杜甫

闻道长安似弈棋，百年世事不胜悲。
王侯第宅皆新主，文武衣冠异昔时。
直北关山金鼓振，征西车马羽书驰。
鱼龙寂寞秋江冷，故国平居有所思。

这首诗的特点在于思想上沉郁顿挫，曲回郁结；语言上不饰雕琢，真挚感怀，长于以情动人。

6. 清新素雅、自然淳朴

典型代表——《古诗十九首》之一：

古诗十九首·之一

行行重行行，与君生别离。相去万余里，各在天一涯。
道路阻且长，会面安可知。胡马依北风，越鸟巢南枝。
相去日已远，衣带日已缓。浮云蔽白日，游子不顾反。
思君令人老，岁月忽已晚。弃捐勿复道，努力加餐饭。

这首诗的特点在于情真、景真、事真、意真，风格纯朴清新。诗中或描写大自然景物，青山绿水，芳草佳树；或描写一些纯洁天真的人物，生动活泼，俏丽可爱。表现手法细致素雅，清新婉转，似流泉鸣琴，洋溢着生气。

7. 纤浓婉丽、浓艳瑰丽

典型代表——温庭筠的《菩萨蛮·小山重叠金明灭》：

菩萨蛮·小山重叠金明灭

温庭筠

小山重叠金明灭，鬓云欲度香腮雪。懒起画蛾眉，弄妆梳洗迟。照花前后镜，花面交相映。新帖绣罗襦，双双金鹧鸪。

它的特点在于题材多"酒边花下，盛装美人"，表现手法"浓抹彩绘，刻意雕琢"，艺术形象"金碧辉煌，浓艳绝人"。

8. 凄冷寒凉、哀伤惨淡

典型代表——李清照的《一剪梅·红藕香残玉簟秋》：

一剪梅·红藕香残玉簟秋

李清照

红藕香残玉簟秋，轻解罗裳，独上兰舟。云中谁寄锦书来？雁字回时，月满西楼。花自飘零水自流。一种相思，两处闲愁。此情无计可消除，才下眉头，却上心头。

它的特点在于环境哀伤凄冷，如泣如诉，往往以惆怅楚恻的意象打动人心，并唤起读者对美好事物的热爱与向往。

我们总结的八类意境，并不是说涵盖了所有的意境分类，这些分类也没有高低之分，乃审美观念不同而已。正所谓"景中有情，象中有境，情景交融，自有意境"，优秀的古诗词作品无不遵循此通法，因而品诗词就应从这种艺术的核心——意境入手，才能领悟古诗词"言近而旨远，辞浅而意深"的精髓。

（四）如何表现诗词意境

一般来说，只有得到大多数人欣赏的诗词作品，其意境才会近于完美。要抒写完美的诗词意境，应从以下途径努力。

1. 要善于展开联想与想象的翅膀

正所谓"没有想象就没有诗歌"，从抽象的文字符号到栩栩如生、有声有色的画面的形成，这中间的桥梁便是想象。例如，"天苍苍，野茫茫，风吹草低见牛羊"（《敕勒歌》），呈现了一幅绮丽壮阔、生机勃勃的草原全景图。这就是想象。在诗歌欣赏中少不了想象，在诗歌创作中自然更少不了。例如，李白的很多诗歌都是想象的产物，他描写的景物实际中并不存在。如果连作者都不能想象出那些瑰丽奇异的景象，又怎么能让读者感受到呢？

2. 抓住意象，并反复揣摩意象

诗词创作离不开意象，意象的选择只是第一步，是诗的基础；创作诗词，意象的选择很重要。读者进入诗歌的意境总是从感受意象开始的。诗人对意象的选取与描绘，正是其主观感情的流露。因此，诗人要善于抓住意象并反复揣摩、体味意象，从而组合意象，创造出"意与境谐"的诗词作品。

例如，"月落乌啼霜满天，江枫渔火对愁眠。姑苏城外寒山寺，夜半钟声到客船。"（张继《枫桥夜泊》）其中，月、乌、霜、江枫、渔火、寒山寺、钟声、客船等是意象，由这些意象，诗人让我们感受到了一种空灵旷远的意境。

3. 读万卷书，走万里路，不断提高自身境界

王国维在《人间词话》中说："大家之作，其言情也，必沁人心脾；其写景也，必豁人耳目。其词脱口而出，无矫揉妆束之态。以其所见者真，所知者深也。"可见，对自然界的认识之所以"真"而又"深"，是因为通过学习书本知识或者实践，有了间接或者直接的知识，有了知识就能更深入地洞察自然界。

另外，创作需以"童心""赤子之心"道他人之不曾言、不敢言，摄取"真实"

而富有想象空间的意境。

所谓"童心""赤子之心",就是指要有像婴儿一样的纯洁无瑕的心,不是华美而耀眼的,却有一种清澈的魅力。赤子之心纯洁、真诚、善良、自然,对世间万物有好奇心,也就是用求索的心态追求真理。李煜、纳兰性德的词就体现了这个原则,其创作风格婉丽悲壮,触景生情,"情"胜兼"景"胜,一切"景"语皆"情"语。

4.根据所要图写的意境,选择体裁笔法

不管据命题而写,还是赠答、和诗、凭吊、伤时、题壁或偶兴而发,均应选择适合的体裁与笔法图写意境。计有如下数则:

(1)诗言志,词抒情,视题材而定。但这也并非绝对,因诗词都可抒情或者言志,或者既言志又抒情。

(2)近体诗要重视格律,特别是首句的气势、颔联与颈联之对仗,如明朝谢榛的《四溟诗话》中写道:"凡作近体,诵要好,听要好,观要好,讲要好。诵之行云流水,听之金声玉振,观之明霞散绮,讲之独茧抽丝。此诗家四关,使一关未通,非佳句矣。"

(3)诗词应神韵如一,神聚而色泽生,韵贯而"境"自妙。明陆时雍《诗镜总论》认为:"诗之佳,拂拂如风,洋洋如水,一往神韵,行乎其间。"

(4)一首诗中有一句意象独出或富有哲理的诗句,则全篇生采。

(5)《诗镜总论》云:"诗不待意,即景自成。意不待寻,兴情即是。"好诗自在顿悟,形式应为内容服务,体裁因意而择。

第二节 赋、比、兴

在上一节中,我们知道,好的诗词都会有一种意境美,使人读后感受到它的韵味浓郁、情意盎然。但是,如何才能营造出诗词作品的美好意境呢?这就是我们在创作中应该掌握和运用的营造意境的三种表现手法——赋、比、兴。

《毛诗序》中说:"诗有六义焉:一曰风,二曰赋,三曰比,四曰兴,五曰雅,六曰颂。"其中风、雅、颂是指诗的作用,而赋、比、兴则是诗的表现手法。刘勰的《文心雕龙》对这三个概念作了详细的解释:"赋——赋者,铺也。铺采摛文。体物写意也。比——何谓为比?盖写物以附意,扬言以切事也。兴——比者,附也。兴者,起也。"

概而言之,"赋",是铺陈的意思,对事物直接陈述,不用比喻。"比",就是比喻，以彼物比此物。"兴"，就是联想，触景生情，因物起兴。下面，我们来一一解释。

一、赋

例如李白的《静夜思》：

静夜思
李白
床前明月光，疑是地上霜。
举头望明月，低头思故乡。

相信大家对这首诗都不陌生，这里用白描的手法，将那些引起作者思乡之情的具体情景直接描述出来，就是赋法。

（一）赋的概念

朱熹在《诗集传》中这样定义："赋者，敷陈其事而直言之者也。"赋，铺陈直叙的意思，即用白描手法叙物言情，使情和物全部呈现出来，如《静夜思》一诗，用赋的手法描述了作者的思乡之情，平铺直叙，虽然没有跌宕起伏，却也将作者的情感描绘得栩栩如生。

所谓"赋"，就是直接叙述、描写或抒情，用的是白描手法。赋的本义是平铺直叙，铺陈、排比，包括"记叙、描写"的意思。也就是"叙物以言情谓之赋，情物尽者也"。铺陈，是指将一连串内容紧密关联的景观物象、事态现象、人物形象和性格行为，按照一定的顺序组成一组结构基本相同、语气基本一致的句群。

赋与排比有相通的地方，但二者不尽相同。赋，必然会采用排比的修辞手法，但是赋的独特之处在于，它在铺排之中，采用直接叙述、描写或抒情，不拐弯抹角，不遮遮掩掩。

"赋"既是一种艺术方法，又是一种文体。至西汉，赋在比、兴之外，独自发展成为一种文体。作为文体的赋不作过多说明，此处只谈作为艺术方法的赋。

（二）赋的艺术特征

赋既可以淋漓尽致地细腻铺写，又可以一气贯注、加强语势，还可以渲染某种环境、气氛和情绪。赋作为表现手法具有三点特征：

1. 直接叙事

即采用白描手法，开门见山，不拐弯抹角，不用比喻之类修辞手法。例如李白的《黄鹤楼送孟浩然之广陵》：

黄鹤楼送孟浩然之广陵

李白

故人西辞黄鹤楼，烟花三月下扬州。

孤帆远影碧空尽，惟见长江天际流。

这首诗采用赋的白描手法，将送别的眼前之景一一描述，让读者在一片春意盎然中，别有滋味地体会到作者对扬州、对友人的向往之情。这里没有比喻，也没有其他任何的修辞手法、表现手法，仅是将离别地点、送别时间、友人去向、送别场景以及离别后的景致描绘出来，却将离别写得飘逸灵动、情深意永。

2. 在叙事过程中讲究"铺陈"

"铺陈"本身是一种修辞手法，运用得好能产生宏伟、富丽、庄严的审美效果。例如《陌上桑》：

陌上桑

行者见罗敷，下担捋髭须。

少年见罗敷，脱帽著帩头。

耕者忘其犁，锄者忘其锄。

来归相怨怒，但坐观罗敷。

这首诗通篇没有对罗敷的美作正面的描写，诗人通过描摹路旁观者的种种神态动作，使罗敷的美貌得到了强烈而又极为鲜明、生动的烘托，更是令人遐想无穷。这里描写了行者、少年、耕者、锄者在见到罗敷的表现，将四类不同的人铺陈描写，不仅仅是从侧面展现了罗敷的美，也使作品的艺术容量有了增加。

3. 言情

赋虽然采用的是白描手法，但是本身并不拒绝言情，也要体物写志，睹物思情。例如《木兰诗》：

木兰诗

爷娘闻女来，出郭相扶将。阿姊闻妹来，当户理红妆。小弟闻姊来，磨刀霍霍向猪羊。开我东阁门，坐我西阁床。脱我战时袍，著我旧时裳。当窗理云鬓，对镜贴花黄。

通过这些铺排叙述，有力地展现了花木兰保家卫国、居功不傲的劳动妇女的质朴本色。读之，使人感到酣畅达意、痛快淋漓。

（三）赋的表现对象

赋，不仅仅可以用来描写景物、表现事态，诗词中能够涉及的领域，几乎都可以用赋这种表现手法来展现。

1. 景观物象的铺排

即通过多侧面、多角度地描绘景观物象，以渲染环境、气氛、情调。例如马致远的《天净沙·秋思》：

天净沙·秋思

马致远

枯藤老树昏鸦，小桥流水人家，古道西风瘦马。夕阳西下，断肠人在天涯。

马致远的这首小令，前四句皆写景色，运用铺排的手法，将几组最能代表秋天萧瑟的景物勾勒出一幅暮色苍茫的图片。特别是"枯""老""昏""瘦"等字眼，使浓郁的秋色之中蕴含着无限凄凉悲苦的情调，烘托环境气氛，为一定的立意作铺垫。

又如汉代乐府诗《江南》：

江南

江南可采莲，莲叶何田田！鱼戏莲叶间。鱼戏莲叶东，鱼戏莲叶西，鱼戏莲叶南，鱼戏莲叶北。

后面四个铺排句，仅仅换了"东西南北"四个方位词，却富有情韵地反映了男女青年在采莲劳动中互相嬉戏追逐的情态。

事态现象的赋法，在诗词中常用白描手法来铺陈叙事。例如陶渊明的《归园田居》（其三）：

归园田居·其三

陶渊明

种豆南山下，草盛豆苗稀。
晨兴理荒秽，带月荷锄归。
道狭草木长，夕露沾我衣。
衣沾不足惜，但使愿无违。

这首五言诗主要采用"赋"的手法，通过叙事来表现思想感情，其中没有景物的描写、气氛的烘托，也没有比兴的运用，几乎全用叙述，只在末尾稍发议论，以点明其主旨。全诗叙写真实，发自肺腑，所以《后山诗话》说："渊明不为诗，写其胸中之妙尔。"《藏海诗话》说："子由叙陶诗，'外枯中膏，质而实绮，癯而实腴'，乃是叙意在内者也。"

2. 人物形象、性格行为的铺排

诗词中还有对人物服饰装扮、年龄、言谈举止、个性气质的叙述，从而多角度地塑造完整的人物形象。

例如，《陌上桑》中描写秦罗敷的装束："头上倭堕髻，耳中明月珠。缃绮为下裙，紫绮为上襦。"意在表现罗敷的端庄和美貌。《孔雀东南飞》中描写刘兰芝："十三能织素，十四学裁衣，十五弹箜篌，十六诵诗书。"以此来表现刘兰芝的知书达理、聪明能干。

二、比

例如张籍的《猛虎行》：

猛虎行
张籍
南山北山树冥冥，猛虎白日绕林行。
向晚一身当道食，山中麋鹿尽无声。
年年养子在深谷，雌雄上山不相逐。
谷中近窟有山村，长向村家取黄犊。
五陵年少不敢射，空来林下看行迹。

这首诗描绘了猛虎如入无人之境，凶残叼取牲畜的形象，诗人借写虎的凶残来比喻和影射无恶不作的土豪和酷吏。这种表现手法就是"比"。

看到这里，大家应该清楚，所谓"比"就是比喻，即索物托情，使人们的情感依附在事物的表现上。这和我们前一章中讲的诗词的修辞手法里的比喻是相同的。古代诗论用"比"来概括除了"兴"以外的一切修辞手法。因此，"比"除了比喻外，还引申为比拟、对比、排比等。这几种修辞手法，我们在前面一章中都详细解释了，这里就不再多说了。下面，我们来重点讲讲"兴"。

三、兴

例如《诗经》中《国风·周南·关雎》：
关雎
关关雎鸠，在河之洲。
窈窕淑女，君子好逑。
参差荇菜，左右流之。
窈窕淑女，寤寐求之。

诗人触景生情，因物起兴，由一对雎鸠在河边上相对鸣叫作为诗的开头，引起所要吟咏的下文。雎鸠是雌雄形影不离的一种水鸟，由此可与男女真挚美好的爱情自然地联系起来。这种表现手法就是兴。当然，"兴"常有发端和比喻双重作用，这里面也有比法的使用，属于"兴兼比"。

（一）兴的概念

兴，又叫作"起兴"，是兴起、起头的意思，即先用某一事物做开头，然后借以联想，再引出作者所要表达的事物、思想、感情，即"触物以起情谓之兴，物动情者也。"通过各种渲染与铺垫之后，再引出作者所要表达的思想，不但符合古代诗歌"重在沟通而非论理"的原则，而且还能引起读者的兴趣。

兴是一种比较具有中国民族特色的表现手法。兴，除了用在一首诗或一章诗的开头起发端作用外，还具有引起联想、比喻、寓意、象征、渲染、烘托等多种微妙的意味，使诗歌更加耐人寻味。起兴，还有为全诗的押韵定下一个基调的作用，也就是确定全诗的韵脚。从使用上讲，有篇头起兴和兴起兴结两种形式；从特征上讲，有直接起兴、兴中含比两种情况。

（二）兴的形式

1. 篇头起兴

"兴"通常在全篇的开头或者小节的开头使用，在形式上非常自由，它可以是一两句的抒情，也可以是数句的描写。在内容上，"兴"也很自由，可以紧扣主题，也可以与下文毫无关系。虽然在内容上，起兴与下文可以没有关系，但一首诗的基调是欢快还是忧伤，往往会由起兴来决定，从而也就决定了整首诗的情调。当然，起兴还可以起定韵的作用，起兴句的韵决定全诗的用韵。

例如柳宗元的《登柳州城楼寄漳汀封连四州刺史》：

登柳州城楼寄漳汀封连四州刺史
柳宗元
城上高楼接大荒，海天愁思正茫茫。
惊风乱飐芙蓉水，密雨斜侵薜荔墙。
岭树重遮千里目，江流曲似九回肠。
共来百越文身地，犹自音书滞一乡。

这首诗描写了柳宗元被贬为永州司马十年后才奉召回京，但终生不被重用，心中充满着愤郁不平的感情。作者先从登柳州城楼写起，感物起兴，望到极处，海天相连，而自己的茫茫"愁思"也就充溢于辽阔无边的空间了。作者巧借兴句，将自己愁闷的感情融于眼前所见之景中，为全诗沉郁的情调做好铺垫，也为下文感情的抒发奠定了基础。

2. 兴起兴结

诗词中凡用"触物以起情""感物而动"的兴笔开篇或收束，就叫作"兴起兴结"。它具有触发联想、渲染气氛、调动情绪的功能。古代诗词中，兴起用得较为普遍；兴结相对地说来用得较少；而兴起兴结，有时合用于一首诗中，则更为少见。

例如杜甫的《新婚别》：

新婚别
杜甫
兔丝附蓬麻，引蔓故不长。
嫁女与征夫，不如弃路旁。
结发为妻子，席不暖君床。

……
仰视百鸟飞，大小必双翔。
人事多错迕，与君永相望！

这首叙事诗塑造了一位深明大义的新娘子的形象。开篇以植物兴起，用菟丝子和蓬麻引出嫁女和征夫，不仅是起兴还有比喻的作用；结尾则以动物兴结，以比翼鸟联想到别离人。这首诗就是典型的"兴起兴结"。

（三）兴的特征

兴，先言他物以引起所咏之词。有的兴与下文意义相联系，有的则与下文没有直接的联系，只是起发端起情和定韵的作用，多出现在民歌中。在诗词创作中，多数的兴是与下文有联系的或是兼有比喻作用的。从特征上讲，起兴有兴中含比、直接起兴两种情况。其中，兴中含比情况比较多。

1. 兴中含比

兴中含比，就是指在"先言他物以引起所咏之词"的起兴句中，兼含"以彼物比此物"的比喻在内。兴中含比，多用在诗篇的开头。且兴中含比，与下文主题有关系，含有一定的渲染铺垫的意思。兴中含比，要比单纯地起兴或者单纯地用比，显得更加隐曲幽深，更能使诗词意味深长。

例如秦观的《踏莎行·郴州旅舍》：

踏莎行·郴州旅舍
秦观
雾失楼台，月迷津渡，桃源望断无寻处。
可堪孤馆闭春寒，杜鹃声里斜阳暮。
驿寄梅花，鱼传尺素，砌成此恨无重数。
郴江幸自绕郴山，为谁流下潇湘去？

这首词开头两句写夜雾笼罩的楼台，一切显得凄凄迷迷，当年陶渊明笔下的桃花源更是云遮雾障、无处可寻了。这里看似写景，实则与作者屡遭贬谪的失意、怅惘之情以及对前途的渺茫之感相吻合。夜雾笼罩的楼台让人看不清楚，而前途的渺茫也同样让人看不清楚。起兴之中含有比喻，意味深长。

起兴的使用，在《诗经》中比较多，如《诗经·周南·桃夭》：

桃夭
桃之夭夭，灼灼其华。
之子于归，宜其室家。
桃之夭夭，有蕡其实。
之子于归，宜其家室。
桃之夭夭，其叶蓁蓁。

之子于归，宜其家人。

这是一支庆贺新婚的歌，歌词三段开头都以"桃之夭夭"起兴，又从桃的花、果、叶层层着色渲染，兴中兼含比喻，对新娘嫁过去表达了良好的祝愿。

2. 直接起兴

古代的兴，有的是没有隐喻的意义在内，这在民歌中尤为显著。唐代始，这种纯粹的兴很少见了，首句的兴多兼比之责。兴，往往是一种发端（即启发、启动）兼隐喻，这对于那些不大懂诗歌理论的读者来说，他读后只能是意会却难以明言。但这种创作手法只能放在一首诗歌的最前面，而且让一般人看不出来是用了比喻。

当用来作"兴"的事物仅是用于发端时，两者可以没有联系。如：

萤火虫，弹弹开，千金小姐嫁秀才。
蚕豆花开乌油油，小姐房中梳好头。
阳山头上竹叶青，新做媳妇像观音。
阳山头上花小蓝，新做媳妇多许难。

这几句民间诗歌前面用的都是起兴，我们可以看到，萤火虫、蚕豆花、竹叶青等和后面的小姐嫁秀才、梳头等没有任何关系。它们之所以成为无意义的联合，只因"青"与"音"同韵，"蓝"与"难"同韵。若开首就唱"新做媳妇像观音"，比较突兀，不如先来一句"阳山头上竹叶青"，得了陪衬也有了起势。

"赋、比、兴"各有特点，各有所长，不能割裂开来对待和运用。钟嵘在《诗品序》中说："若专用比兴，患在意深，意深则词踬。若但用赋体，患在意浮，意浮则文散，嬉成流移，文无止泊，有芜漫之累矣。"因此，"闳斯三义，酌而用之，干之以风力，润之以丹彩，使味之者无极，闻之者动心，是诗之至也"。写诗要把事情写清楚，少不了要用赋的手法。诗歌要抒发情思，驰骋想象，又少不了要用比、兴的手法。只有兼采三者之长，酌情运用，才能感动人。

第三节 谋篇布局的技巧

我们常听到这样一句话，"功夫在诗外"。其实，写诗填词很考究一个人的谋篇布局能力，也就是这个人的综合能力和素质。所谓"谋篇布局"，就是章法，也就是篇章结构的方法。在诗词写作中，章法是非常重要的。在学习写作诗词的实践中，逐步建立章法的概念和意识，逐步领会和掌握章法也就是谋篇布局的方法和技巧，是我们每个初学者提高作诗水准的重要一环。

中华传统诗词，由于篇幅短小，如果杂乱无章则一目了然，因而尤须注重章法结构。因此，谋篇布局在诗词创作过程中，或先进行，或后进行，都是必不可少的重要步骤之一。

诗词的谋篇布局技巧很多，其中，起承转合是最基本、最实用的一种方法。其他诸如起承对仗法、景议结合法、因果法等有时和起承转合交叉使用。一般情况下，绝句是以"句"、律诗是以"联"、词和散曲是以"双句"为常用单位，我们在下面会一一介绍。

一、起承转合法

诗词写作中谋篇布局的技巧，实际上最基本的就是起、承、转、合，也就是要"平起、顺承、跳转、妙合"。刘熙载在《艺概·文概》中说："起、承、转、合四字，起者，起下也，连合亦起在内；合者，合上也，连起亦合在内；中间用承用转，皆兼顾起合也。"

其实，起承转合法是诗词创作谋篇布局应用最为普遍的一种构思技法，初学者在好好把握这种简单而实用的基本方法之后，再和其他技法并用，最终脱离规则，自由翱翔于诗词大海之中而不越矩，才能写出好诗，填出好词来。

（一）起

所谓起，就是起始、开头，也就是把想要说的事情想一个办法开个头，从而引出下面想说的话来。宋人严羽称："结句好，难得，发句好，尤难得。"可见"起"的重要性。

"起"在绝句中应当笔势突兀，力求振起全篇。因为绝句字数少，所以要注重塑造"凤头"，以求先声夺人。正如《四溟诗话》中说的"凡起者当如爆竹，骤响易彻"。

"起"在律诗中，不必像在绝句中那样惊涛骇浪，用"起"的平淡来衬托后面（转结联）的精神高远，波峰汹涌，能起到对比的作用。

"起"在词中，也不用突兀惊人，因为词的空间相对充足，为词意的精彩做好足够的铺景造境是必要的，这样能表现出词的起伏感，形成了词的音乐性，具有旋律美。

当然诗词的起句有"国破山河在，城春草木深"式的突兀、高远；也有"好雨知时节，当春乃发生"式的平和、舒展。起句表现手法有明起、暗起、陪起、反起、疑问起、比兴起等。

1. 明起

所谓"明起"，是开篇就将题面说出，不加任何掩饰，也是最常用的表现手法，其语气表现为款款道来，从容不迫，有如顺水推舟，鱼贯而入。

例如杜牧的《题乌江亭》：

题乌江亭

杜牧

胜败兵家事不期，包羞忍耻是男儿。

江东子弟多才俊，卷土重来未可知。

起句直入主题，毫无婉转之句，无一字写虚景，却给人以洞彻人心的力量。作者直接写出胜败乃兵家常事，是男儿就应该忍辱负重。这种写法比较适合初学诗者，简单明了。

2. 暗起

所谓暗起，就是起句或起联不见题字，先提出其他事情或者意见，但是含有题的意思在起中。

例如元好问《点绛唇·醉里春归》：

点绛唇·醉里春归

元好问

醉里春归，绿窗犹唱留春住。问春何处，花落莺无语。

渺渺予怀，漠漠烟中树，西楼暮，一帘疏雨，梦里寻春去。

这首词不说自己思春恋春，却说旁人春归而不知，犹自痴情挽留。起句并没有点题，却含题意，作者借说绿窗少女的歌声以表达自己惜春的情怀，给人充足的想象空间，艺术性比较强。

3. 陪起

陪起是指先借他物、眼前之物之景说起，以引申所咏之物。

例如韩翃《寒食》：

寒食

韩翃

春城无处不飞花，寒食东风御柳斜。

日暮汉宫传蜡烛，轻烟散入五侯家。

这首诗虽题为"寒食"，起句却不说"寒食"，却写"春城飞花"，不但写出春天的万紫千红、五彩缤纷，而且确切地表现出寒食的暮春景象。由写眼前的景色引出"寒食"来，袅袅东风中柳絮飞舞，落红无数，属于典型的"陪起"方法。

4. 反起

反起是指不从题目正面说起，而从反面引出本题来。

例如王昌龄的《闺怨》：

闺怨

王昌龄

闺中少妇不知愁，春日凝妆上翠楼。

忽见陌头杨柳色，悔教夫婿觅封侯。

这首诗的诗题为"闺怨"，起笔却写道"闺中少妇不知愁"，紧接着又写出这位不知愁的少妇在春光明媚的日子里"凝妆"登楼远眺的情景。于是，一个有些天真和娇憨之气的少妇形象跃然纸上。闺中少妇果真不知愁吗？当然不是，读过全诗之后我们知道，这是一位丈夫远征他乡，自己独守空房的少妇，一个"悔"字将本诗的真实题意表现出来。

5. 疑问起

疑问起是在诗词开头就设下一引人入胜的悬念。

例如曾允元的《点绛唇·闺情》：

点绛唇·闺情

曾允元

一夜东风，枕边吹散愁多少？数声啼鸟，梦转纱窗晓。

来是春初，去是春将老。长亭道，一般芳草，只有归时好。

这首词用疑问或者设问作为起，一方面能引起悬念，另一方面还能让词显得跌宕起伏，避免单调和平铺直叙。这首词，起句"一夜东风，枕边吹散愁多少？"一个疑问句，将读者带入作者设定的情景之中。

6. 比兴起

这是常用的艺术表达手法，这种比兴手法能使开篇更为引人入胜，激发读者的想象。

例如韩愈的《早春呈水部张十八员外》：

早春呈水部张十八员外

韩愈

天街小雨润如酥，草色遥看近却无。

最是一年春好处，绝胜烟柳满皇都。

这种手法我们前面已有详细的介绍，这里就不多说了。

关于"起"的具体方法，还有触景起、生情起、由事起、议论起等，这需要初学者多读作品，研习名家的诗词，从而把握方法。

（二）承

所谓承，就是承接开头的话题，自然地按着顺序往下说。"承"在绝句中是第二句；在律诗中是第二联，即颔联；在词中则比较宽松。"承"是要颔联或第二句与首联或首句紧密衔接，点醒题意全在此句此联，故有醒题之说。"承"既可以对起句、起联起补充阐发、扩展延伸的作用，还可以在结构上起缝合传递的作用。"承"的铺垫与蓄势使得后面的"体物写志"更有根基。

1. "承"的方式

（1）总接：是指对起句或起联的承接，是从总的意义上承接。

（2）分承：和总接相反，就是分别对起句或起联进行承接。

例如杜甫的《登高》：

登高

杜甫

风急天高猿啸哀，渚清沙白鸟飞回。
无边落木萧萧下，不尽长江滚滚来。
万里悲秋常作客，百年多病独登台。
艰难苦恨繁霜鬓，潦倒新停浊酒杯。

这里，"无边落木"承接的是"风急天高"，而"不尽长江"承接的是"渚清沙白"，一为仰视，一为俯视，将秋意推向深广，意境更加阔大，使后面抒发的老病之情有了更加有力的依托。

（3）明顺：明白直接地顺承起句或起联。

例如李绅《悯农》（其一）：

悯农·其一

李绅

春种一粒粟，秋收万颗子。
四海无闲田，农夫犹饿死。

这组诗深刻地反映了中国封建时代农民的生存状态。第一首诗具体而形象地描绘了到处硕果累累的景象，突出了农民辛勤劳动获得丰收却两手空空、惨遭饿死的现实问题。诗的一开头，就以"一粒粟"化为"万颗子"具体而形象地描绘了丰收，用"种"和"收"赞美了农民的劳动。第三句再推而广之，展现出四海之内，荒地变良田，这和前两句联起来，便构成了到处硕果累累，遍地"黄金"的生动景象。诗人用层层递进的笔法，表现出劳动人民的巨大贡献和无穷的创造力，这就使下文的反诘变得更为凝重，更为沉痛。"农夫犹饿死"，它不仅使前后的内容连贯起来了，也把问题突显出来了。勤劳的农民以他们的双手获得了丰收，而他们自己还是两手空空，惨遭饿死。此诗迫使人们不得不带着沉重的心情去思索"是谁制造了这人间的悲剧"这一问题。诗人把这一切放在幕后，让读者去寻找，去思索。

2. "承"的途径

一般来讲，起句或起联点出一个意象，或是景，或是情，承句或承联就是铺展这个意象，把这个意象铺得充分一些。起句或起联可以内容多样，自然承接也不会千篇一律，其方式主要有以下三种：

（1）景路：起句或起联写景，承句或承联自然也是写景。

例如李商隐的《落花》：

落花

李商隐

高阁客竟去，小园花乱飞。

参差连曲陌，迢递送斜晖。

肠断未忍扫，眼穿仍欲归。

芳心向春尽，所得是沾衣。

这首诗的颔联"参差连曲陌，迢递送斜晖"，就是承接首联"花乱飞"之景而为补足，关合题旨，一脉相承。

（2）理路：起句或起联说理论事，承句或承联继续。

例如王昌龄《闺怨》：

闺怨

王昌龄

闺中少妇不知愁，春日凝妆上翠楼。

忽见陌头杨柳色，悔教夫婿觅封侯。

这首诗题目是"怨"，但起句却不写怨，却写了个"不知愁"，就是前面讲"起法"时说的"反起之法"。这里，我们注意一下第二句，用凝妆上楼的姿态，接着描写那个"不知愁"的表现：凝妆上翠楼。至于真不愁还是假不愁，就交给下面处理。承的任务就是接和续。

（3）情路：起句或起联以情感开头，承句或承联继续。

例如王维《九月九日忆山东兄弟》：

九月九日忆山东兄弟

王维

独在异乡为异客，每逢佳节倍思亲。

遥知兄弟登高处，遍插茱萸少一人。

此诗首联写独在异乡的异客，本就孤苦无依，给人凄凉的感觉；颔联紧接着写佳节倍思亲，更增加这种凄凉之感。

（三）转

"转"是指诗词结构上的跌宕和作者思路上由景及情、由物及人、由事及理的转换，简单说就是不能一味地自说自话，要有一个变化，要有一个提升，要制造些波澜。"转"宜跌宕转深，以振人魂魄。转句在全篇中最为关键。

"转"不仅在章法上给人一种回环往复、摇曳多姿之感，更能引导读者从中体认思路，进而品味作者的情感和诗作的主旨。成功的"转"宜给人以陡然一惊之感，且愈转愈深，不仅有振人视听之效，而且能引人品味作品的诗意。转的基础是前面的铺设。没有前面两句或两联充足的描写作铺垫，也很难转出精彩来。无论怎样"转"，都显现着诗人由外到内、由浅入深、由单面到多面、由具体到抽象的思维轨迹。

律诗讲究的是工典之美，其中两联是要求对仗的。从形式上看这两联有统一协调性，但如果真地把两联写成一个模子，那就失败了。因为，颔联和颈联是需要有变化的，在对仗的形式上，在句式的组织上，在意的表达上，都要有个落差，要有变化。因此，在律诗中，诗意的转是相对平稳的有框架下的转，转得比较斯文。

绝句，尤其是七绝，转就要格外强调"突兀"的特点了。七绝的特点与律不同，它不需要那么慢条斯理、含蓄工典。因为绝句字少，所以要想把诗意充分表达好，就要鲜明。在转处，更要使人眼前一亮，为之一惊，这样才能达到适合它体裁的应有的艺术效果。

在词中，转就是上下阕的变换，或者由实到虚，或者由虚到实，等等。由于词的字数多，转不需要那么激烈，也不用局限于诗的特定格式，只要情之所到，即可顺情而转，顺意而转。

下面我们介绍几种传统的"转"法，供大家参考。这些转法，更多地适用于诗中，读者一定要了解。

1. 递进转法

递进转法就是由浅入深，由小到大，由虚到实，可分为进一层转法和退一步转法。前者就是指在转处进行递进式的描写时，是与前面起和承的联系连贯的，属于比较工稳的转法。后者指从题目的本意退一步来叙述，主要是从时空变化上落笔，用时差、位差来表现，或者提出一种假设来转，目的还是形成一定的变化。

例如刘方平的《月夜》：

月夜

刘方平

更深月色半人家，北斗阑干南斗斜。

今夜偏知春气暖，虫声新透绿窗纱。

这首诗的主题是月夜，第一句直写月色，第二句是从正面承接第一句继续写夜深人静，而第三句再从"月夜"进一层落笔，转到春天之气候，"偏知"二字将诗中主体的那种得意描绘得栩栩如生。这类的转法，称为"进一层转法"。

又如司空曙《江村即事》：

江村即事

司空曙

钓罢归来不系船，江村月落正堪眠。

纵然一夜风吹去，只在芦花浅水边。

"纵然"二字有"或许如此"及"不过如此"之意，既能呼应上文之"不系船、正堪眠"，又能照顾下文"只在芦花浅水边"之句。这类的"转"法我们称为"退一步转法"。

2. 反转法

反转法就是从正面描写转为反面描写，或者反之，是与起承相反的情绪描写。但需注意，其主旨还是一致的，只是从不同的角度刻画而已。不同的节点之处，就是这个转。

例如李商隐的《贾生》：

贾生

李商隐

宣室求贤访逐臣，贾生才调更无伦。

可怜夜半虚前席，不问苍生问鬼神！

这首诗前两句写贾生的才气无人能及，按照常理，这样的人才应该得到重用才对。第三句"可怜"二字以及"虚"字将皇帝对贾生的"好"暴露在读者面前，对上文进行反面描写。不问治国安民之策，却热衷于鬼神之道，在这样的"领导"之下，贾谊纵有满腹经纶，纵有治国雄才，也是无法施展的！

3. 扩转法

扩转法就是从转句起，扩大描写的范围。

例如孟浩然的《过故人庄》：

过故人庄

孟浩然

故人具鸡黍，邀我至田家。

绿树村边合，青山郭外斜。

开轩面场圃，把酒话桑麻。

待到重阳日，还来就菊花。

这是一首田园诗，描写农家恬静闲适的生活情景，也写老朋友的情谊。通过写田园生活的风光，写出作者对这种生活的向往。一、二句从应邀写起，"故人"说明不是第一次做客。三、四句是描写山村风光的名句，绿树环绕，青山横斜，犹如一幅清淡的水墨画。五、六句写山村生活情趣。面对场院菜圃，把酒谈论庄稼，亲切自然，富有生活气息。结尾两句以重阳节还来相聚写出友情之深，言有尽而意无穷。"故人具鸡黍，邀我至田家。"这一开头就像是日记本上的一则记事。

故人"邀"而作者"至",文字上毫无渲染,开门见山,招之即来,简单而随便。这正是不用客套的至交之间所可能有的形式。而以"鸡黍"相邀,既显出田家特有风味,又见待客之简朴。正是这种不讲虚礼和排场的招待,朋友的心扉才往往更能为对方敞开。这个开头,不是很着力,平静而自然,但对于将要展开的生活内容来说,却是极好的导入,显示了气氛特征,又有待下文进一步丰富、发展。"绿树村边合,青山郭外斜。"走进村里,作者顾盼之间竟是这样一种清新愉悦的感受。这两句上句漫收近境,绿树环抱,显得自成一统,别有天地;下句轻宕笔锋,郭外的青山依依相伴,则又让村庄不显得孤独,并展示了一片开阔的远景。由此运用了由近及远的顺序描写景物。这个村庄坐落平畴而又遥接青山,使人感到清淡幽静而绝不冷傲孤僻。正是由于"故人庄"出现在这样的自然和社会环境中,所以宾主临窗举杯,"开轩面场圃,把酒话桑麻",才更显得畅快。这里"开轩"二字也似乎是很不经意地写入诗的,但上面两句写的是村庄的外景,此处叙述人在屋里饮酒交谈,轩窗一开,就让外景映入了户内,更给人以心旷神怡之感。

(四) 合

所谓合,又称"落句",即整合总结,把作者的感悟表达出来,深化意境,突出主题。姜夔在其《白石道人诗说》中说:"一篇全在尾句,如截奔马。"谢榛在《四溟诗话》中说:"结句当如撞钟,清音有余。"陈廷焯在《白雨斋诗话》中说:"结句贵情余言外,含蓄不尽。""合"的作用在于呼应开头,完善结构;总结前文,收束全篇;揭示中心,升华主旨。

结句在绝句中是第四句,在律诗中则为第四联。"合",绕回宕开,以求寓意未尽。它往往是作者感发意志、体物写情、神光所聚的"诗眼"所在。

对于律诗而言,因为经常起得较平稳,所以结得也往往淡然。余味淡雅,意境悠长。律诗的结基本是扣合全篇而做一整合得出的结论,或由此展开的联想。

但于绝句而言,往往是配合转句而来的。或做一问一答,或做自由发散,不一而足。

从技术、技巧的层面讲,结尾的方式一般有三种:

1. 以"理"结

以"理"结即用议论作结,议论往往流于说教,不易打动人。这就要求前面的铺垫、蓄势要好。

例如王之涣的《登鹳雀楼》:

登鹳雀楼

王之涣

白日依山尽,黄河入海流。

欲穷千里目,更上一层楼。

该诗前两句写景,视野开阔,胸怀宽广。后两句"欲穷千里目,更上一层楼",语极平直,然蕴蓄深远,余韵无穷。登高望远,这其中隐含着人的无限进取与探索精神。这首诗具有超越时空的力量,这种力量就是美和哲理的统一,是客观与主观的和谐,是伟大的艺术再现和创造。

2. 以"情"结

以"情"结即以抒情感慨作结。一般是由景及情、触景生情,或是一种情感的深化。

例如杜甫《蜀相》:

蜀相

杜甫

丞相祠堂何处寻?锦官城外柏森森。

映阶碧草自春色,隔叶黄鹂空好音。

三顾频烦天下计,两朝开济老臣心。

出师未捷身先死,长使英雄泪满襟。

该诗前半部写景,后半部论事。首句设问扣题,第二句紧承首句作问答。颔联继续描述周围景象,承接首联。颈联一转写诸葛亮的丰功伟绩,叙事,此章法为转。尾联首句"出师未捷身先死",是承上启下的过渡句,尾句"长使英雄泪满襟",收束全篇,余味悠长。

3. 以"景"结

以"景"结即以景物描写作结,把诗人的情感、情绪及议论观点融入景物之中。这种结的方式比较多用,结得好就别有韵致。

例如杜牧的《山行》:

山行

杜牧

远上寒山石径斜,白云深处有人家。

停车坐爱枫林晚,霜叶红于二月花。

其他诸如李白的"惟见长江天际流",叶绍翁的"一枝红杏出墙来",孟浩然的"野旷天低树,江清月近人",等等,都是以景作结。

二、其他方法

(一)承对式

承对式主要表现在绝句的前两句用起承法,后两句用对仗法;或前两句用对仗法，后两句用起承法；或律诗的前四句、后四句分别使用上述布局法。

例如韦应物《登楼寄王卿》：

登楼寄王卿
韦应物
踏阁攀林恨不同，楚云沧海思无穷。
数家砧杵秋山下，一郡荆榛寒雨中。

这首诗第一句采用明起法，将友人离别的那种依依不舍直言表露，第二句承接第一句，继续描写那种离愁别恨。第三句和第四句采用对仗法，虽然写景，却不离主题。砧杵声、寒雨景，无不激起作者难耐的孤寂之感与对故人的思念之情。

又如王勃《送杜少府之任蜀川》：

送杜少府之任蜀川
王勃
城阙辅三秦，风烟望五津。
与君离别意，同是宦游人。
海内存知己，天涯若比邻。
无为在歧路，儿女共沾巾。

这首律诗第一联写景，属于工对，将送别之地的烟波浩渺、气势雄伟描写出来，而一"望"字，又把相隔千里的秦、蜀两地连在一起，微露伤别之意。第二联继续说第一联的离别之情，但用"同是宦游人"来稍微缓解。第三联推开一步，奇峰突起。尾联紧接第三联，以劝慰杜少府作结。

（二）并列式

这种布局法一般适用于绝句，即绝句的四句，分别写四个事物或一个事物的四个方面，特点是多用对仗，但应用不好则易散乱无章。最典型的例子就是陶渊明的《四时》：

四时
陶渊明
春水满四泽，夏云多奇峰。
秋月扬明辉，冬岭秀孤松。

本诗将春夏秋冬四时景致并列描绘，给人顺时而进、秩序井然的感觉。又如杜甫《绝句四首》（其三）：

绝句四首·其三
杜甫
两个黄鹂鸣翠柳，一行白鹭上青天。
窗含西岭千秋雪，门泊东吴万里船。

诗中第一句和第二句对仗，第三句和第四句对仗，四句话分别描写了四种不同的景致。虽然景致不同，但是它们都受初春这个主题所牵引。黄鹂相向而鸣、白鹭上青天、西岭的雪、门前的船，静中有动，描画出一幅上下、大小、远近对比的绝妙美图。

（三）对比式

把情况迥异的两种景，或性质相反的两件事，或反差甚大的两样情，放在同一首诗词中作对比描述，就是对比式。

例如崔护《题都城南庄》：

题都城南庄

崔护

去年今日此门中，人面桃花相映红。

人面不知何处去，桃花依旧笑春风。

诗的开头两句是追忆。"去年今日此门中"，点出时间和地点，写得非常具体。第二句是写人，"人面""映"得桃花分外红艳，强烈地渲染出这种相映生色的景象和气氛。第三、四两句写今年今日。这与去年今天有同有异，有续有断。同者、续者，桃花依旧；异者、断者，人面不见。这就产生了愈见其同，愈感其异，愈觉其续，愈伤其断。正是这种相互交织、相互影响的心情，越发加剧了眼前的惆怅与寂寞。

（四）因果式

因果式即上下句或前后联为因果关系，或前为因后为果，或前为果后为因。用这种布局法创作出的诗词，犹如省略设问句的问答式结构。

例如李涉《题鹤林寺僧舍》：

题鹤林寺僧舍

李涉

终日昏昏醉梦间，忽闻春尽强登山。

因过竹院逢僧客，又得浮生半日闲。

此诗首句起，次句忽转，转代承；第三句"因过竹院逢僧客"又转，最终以"果"收。此类写法适于对仗流水形式。

（五）倒叙式

把后发生的事情放在前面，把先发生的事情放在后面，是为突出先发生的事情而有意安排的，就是"倒叙式"。

例如金昌绪的《春怨》：

春怨

金昌绪

打起黄莺儿，莫教枝上啼。

啼时惊妾梦，不得到辽西。

这首诗若依次序而论，应该是黄莺先惊了妾梦，让妾不能到辽西和爱人相会，然后才打黄莺的。这首诗采用层层倒叙的手法，章法与众不同。通篇词意连属，句句相承，环环相扣，句句设疑，层层剥笋，整首诗形成了一个不可分割的整体，极尽曲折之妙。

（六）寓情于景式

一首格律诗词的前两句或前两联，或写景，或叙事；第三句或第三联多写人的心理活动、心理状态；第四句或第四联不继续抒情，而是寓情于景，以景作结，这样的布局叫"寓情于景式"。这种布局法的好处是，既能补充前面写景或叙事之不足，又能将难言之情藏于景中，以收"言有尽而意无穷"的效果。

例如王昌龄《从军行》：

从军行

王昌龄

琵琶起舞换新声，总是关山旧别情。

撩乱边愁听不尽，高高秋月照长城。

这首诗的前三句叙事抒情，后一句写景，仿佛在军中置酒饮乐的场面之后，忽然出现一个月照长城的莽莽苍苍的景象：古老雄伟的长城绵亘起伏，秋月高照，景象壮阔而悲凉。诗人将不尽之情以不尽尽之，这种以景结情的写法，真可谓"绝处生姿"。

以上方法，除少数只适用于绝句外，大部分也适用于律诗和词，由于篇幅所限，举例基本未涉及词。从举例中可以看出，一首诗词既可使用一种布局技法，也可同时使用两种乃至三种布局技法。另外，这些方法只是格律诗词创作中常见、常用的主要布局技法，并不能包罗无遗；而况，诗法是活的，不是死的，在创作实践中需要灵活运用。

第四节 以小见大和化实为虚

以小见大和化实为虚属于诗词中的表达方式，它们和我们前面已经介绍的修辞手法、表现手法共同构成了诗词的表现技巧。

一、以小见大

天地间的事物是无限的，而诗词囊括的范畴则是有限的，这就要求诗词能以小见大，通过个别反映一般，通过有限反映无限，从一滴水看太阳。就是说，要以具有典型性的艺术形象，概况反映具有普遍性、体现一般意义的内容。

"以小见大"是广义的，它涵盖了以少见多、尺水兴波等概念。说得抽象一点，所谓"以小见大"就是从个别来表达一般或从局部来表达全体；说得具体一点，就是借助小的景观、物象和生活细节中的典型具象以传达大景之情、大事之蕴。诗词或者通过对小事件的描述，借尺水以兴波，传达出了承大主题；或者表层写事件，而深层实写重大主题，以小见大，婉转达意，曲径通幽。

由"小"推"大"，探得深意，可以分为以下三种情况：

（一）小事件——大道理

取"小"能概括、表现"大"，应该如葛立方在《韵语阳秋》中所说的，让人"尝鼎一脔，可以尽知其味"，给人提供广阔的审美空间以展开丰富的想象。

例如杜牧的《赤壁》：

赤壁

杜牧

折戟沉沙铁未销，自将磨洗认前朝。

东风不与周郎便，铜雀春深锁二乔。

这首诗设想到，假如周瑜没有借到东风烧掉曹军的战船，那么吴国将会遭受亡国之灾。诗人是怎样表述"亡国之灾"这个意思的呢？他用了"以点带面"这一妙招：周瑜的妻子小乔被关押在曹操那里——自然表明吴军战败，东吴国破家亡。

又如辛弃疾的《水龙吟·过南剑双溪楼》：

水龙吟·过南剑双溪楼

辛弃疾

举头西北浮云，倚天万里须长剑。人言此地，夜深长见，斗牛光焰。我觉山高，潭空水冷，月明星淡。待燃犀下看，凭栏却怕，风雷怒，鱼龙惨。

峡束苍江对起，过危楼，欲飞还敛。元龙老矣！不妨高卧，冰壶凉簟。千古兴亡，百年悲笑，一时登览。问何人又卸，片帆沙岸，系斜阳缆？

这首词因迩及远，以小见大。作者胸怀大志，以抗金救国、恢复中原为己任。他虽身处福建南平的一个小小双溪楼上，心里想的却是整个国家。作者从一把落水的宝剑起笔，加以生发。事件虽小，作者却通过奇妙的想象，运用夸张手法，写出了"倚天万里须长剑"这一壮观的词句。以下千古兴亡的感慨，低回往复，表面看来，情绪似乎低沉，但隐藏在词句背后的，正是不能忘怀国事的忧愤。

（二）小人物——大世界

古诗词讲究以小见大，言微旨远。诗人词人常常把丰富的思想感情浓缩到有限的活生生的细节之中，通过对小人物的描写来表现重大的意义。

例如柳宗元《江雪》：

江雪

柳宗元

千山鸟飞绝，万径人踪灭。

孤舟蓑笠翁，独钓寒江雪。

诗人只用二十个字，就把我们带到一个幽静寒冷的境地。呈现在读者眼前的，是这样一幅图画：在下着大雪的江面上，一叶小舟，一个老渔翁，独自在寒冷的江心垂钓。渔翁本不是什么大人物，但就是在这小人物身上，包含着大世界：天地之间是如此纯洁而寂静，一尘不染；渔翁的生活是如此清高。诗人的具体描写极其简单，但里面深含的意蕴却极其辽阔，几乎到了浩瀚无边的程度。

（三）小景观——大境界

景观，有大景，有小景，有大景中的小景。王夫之《姜斋诗话》卷下中说："'柳叶开时任好风'，'花覆千官淑景移'，及'风正一帆悬'，'青霭入看无'，皆以小景传大景之神。"可见，以小景致来显示大的景象，反而更耐人寻味。

例如宋叶绍翁《游园不值》：

游园不值

叶绍翁

应怜屐齿印苍苔，小扣柴扉久不开。

春色满园关不住，一枝红杏出墙来。

这首诗以小景传大景之神，其中"一枝红杏"是个别，"满园春色"是一般，目睹到"一枝红杏"，就可以想象到"满园"美丽的"春色"。诗写"一枝"，让人想见园内万树；写"一枝红杏"，让人想见园内百花。正如"一叶落知天下秋"一样，见"一枝红杏"就知天下春。这就产生了以一见万，以个别表现一般的审美效果。读者不仅能从"一枝红杏"看到"满园春色"，而且还仿佛看到了整个"莺飞草长，杂花生树"的美丽春天，闻到了弥漫天地的芳香春气。

又如周邦彦《西河·金陵怀古》：

西河·金陵怀古

周邦彦

佳丽地，南朝盛事谁记？山围故国绕清江，髻鬟对起；怒涛寂寞打孤城，风樯遥度天际。

断崖树，犹倒倚；莫愁艇子曾系。空余旧迹郁苍苍，雾沉半垒。夜深月过女墙来，伤心东望淮水。

酒旗戏鼓甚处市？想依稀、王谢邻里，燕子不知何世；入寻常巷陌人家，相对如说兴亡，斜阳里。

本词通篇写景，不见一丝议论，只是通过一系列富有特征的景物描写，大景与小景互补，铺排渲染，体物咏怀，见微知著。在金陵古城的昔盛今衰的历史中，寄托了词人对时局动荡的感慨和深深的怅惘之情。词中的景物如"断崖树""风樯"以至想象中的"莫愁艇子"等都是小景，结合诗歌鉴赏须知人论世的原则，就可以从这些小景里看出昔盛今衰的历史、动荡倾危的社会，以及词人饱经忧患的沧桑之感。

二、虚与实

"虚"与"实"本是一对哲学范畴，但它在我国古典诗词中也有广泛的运用。古人评论虚实，认为实写是对现实客观事物进行描写；虚写是对通过联想、想象、幻想而产生的虚拟的事物进行描写。也就是有者为实，无者为虚；有据为实，假托为虚；客观为实，主观为虚；具体为实，抽象为虚；显者为实，隐者为虚；有行为实，徒言为虚；当前为实，未来为虚；已知为实，未知为虚。

虚与实的关系，常用"虚由实生、实仗虚行、以实为本、以虚为用"来表示，或者"实中存虚、以虚带实、化虚为实、虚实映带"。在这种辩证关系中，虚因实而更见其抽象，能启发读者用想象的驰骋而获得更高的艺术美的感受；同时，实因虚更见其具体，能使直接的描写更显得气氛浓烈、背景开阔、包孕丰富。

虚实结合、化虚为实、化实为虚是诗词常用的重要描写手法。

（一）虚实结合

虚实结合就是把抽象的述说与具体的描写结合起来，或者是把眼前现实生活的描写与回忆、想象结合起来，以达到虚中有实、实中有虚的境界，从而大大丰富诗中的意象，开拓诗中的意境，为读者提供广阔的审美空间，充实人们的审美趣味。

清代唐彪在《读书作文谱》中说："文章非实不足以阐发义理，非虚不足以摇曳神情，故虚实常宜相济也。"虚实结合，虚实相生，趣味、诗韵俱存，使其内涵丰富，外延无边。

例如杜甫的《闻官军收河南河北》：

闻官军收河南河北
杜甫
剑外忽传收蓟北，初闻涕泪满衣裳。
却看妻子愁何在，漫卷诗书喜欲狂。
白日放歌须纵酒，青春作伴好还乡。
即从巴峡穿巫峡，便下襄阳向洛阳。

这首诗前两联写实。诗人初闻蜀中大地"收蓟北"，禁不住"涕泪满衣裳"，与自己一同饱受战乱苦难的妻子儿女哪里还有愁云？遂卷起诗书，与家人同喜同乐。这些都是真实的生活情景。后两联写虚，也就是未来。诗人虽然此时身在异域，思绪早已鼓翼而飞，沿着涪江入嘉陵江，穿巴峡入长江，再出巫峡至襄阳，转向洛阳还故乡。

正如王世贞《艺苑卮言》所云："前疏者后必密，半阔者半必细，一实者一必虚。"假如没有后两联虚笔，一路实写到底，就难以表现诗人乍闻胜利消息时的喜极心情和急欲赶路返乡的愿望。

又如李清照的《武陵春·风住尘香花已尽》：
武陵春·风住尘香花已尽
李清照
风住尘香花已尽，日晚倦梳头。物是人非事事休，欲语泪先流。
闻说双溪春尚好，也拟泛轻舟。只恐双溪舴艋舟，载不动许多愁。

这首词虚实结合，上阕中风、花、尘、倦梳头等都是实写，只有"欲语"后引的"泪先流"是虚写。而下阕则侧重内心发掘，听说金华郊外的双溪正春光明媚、游人如织，诗人也来了出游之兴，准备划船前往。但又担心"舴艋舟"太小，载不动自己那许许多多的忧愁。连用"闻说""也拟""只恐"三组虚词，作为词意转折，配合实词表达，可谓尺水兴波，感人至深。

（二）化虚为实

化虚为实，就是化抽象为具体，使抽象的、无形的、概念化的一些东西转化为具体的、可感的、形象的事物。化虚为实，用具体可感的形象去描绘抽象无形的情感，使形象更加生动感人，使作者表达的情感更加深厚缠绵。

例如李煜的《虞美人·春花秋月何时了》：
虞美人·春花秋月何时了
李煜
春花秋月何时了，往事知多少。小楼昨夜又东风，故国不堪回首月明中。雕栏玉砌应犹在，只是朱颜改。问君能有几多愁，恰似一江春水向东流。

李煜本为一国之君，现沦为囚徒，胸中怨恨之情难以尽言。愁是一种心理感受，无形无影，抽象虚幻。李煜却说，愁就像那一江绵绵不断、滚滚东流的春水。一江春水可摸可触，形象具体。"问君能有几多愁？恰似一江春水向东流。"此句化虚为实，以实写虚，把"愁"物化为一江东流的春水，多而不绝的愁绪被形象地表达出来。

（三）化实为虚

化实为虚指化景物为情思，从而达到或虚中见实，或文入虚中的妙境。《四虚序》云："不以虚为虚而以实为虚，化景物为情思，从首至尾，自然如行云流水，此其难也。否则偏于枯瘠，流于轻俗，而不足采矣。"

例如李忱的《瀑布》：

瀑布
李忱
千岩万壑不辞劳，远看方知出处高。
溪涧岂能留得住，终归大海作波涛。

此诗描写的是雄伟壮观而最终历尽坎坷、奔向大海的瀑布形象，是实，但诗人在诗中寄托了"一个人要志存高远，不惧艰难"的思想，是虚。这实际上是我们平时所说的托物言志的写法。作者把主观上的情、志、理依托于客观的景物之上，"化景物为情思"。从表达的内容看，是情和景的关系；从表现手法看，是化实为虚的手法。

又如杜安世《卜算子·咏梅》：

卜算子·咏梅
杜安世
樽前一曲歌，歌里千重意。才欲歌时泪已流，恨应更、多于泪。
试问缘何事？不语如痴醉。我亦情多不忍闻，怕和我、成憔悴。

这首词和白居易的《琵琶行》相似，都是作者闻歌伤怀之感。不同的是，这首词善抒情、妙悬念的设置，可化实为虚。

上阕写歌女的演唱，属于实写。"樽前一曲歌，歌里千重意"，一曲歌有千重意，要说尽胸中无限事。"才欲歌时泪已流"一句乃倒折一笔，意即"未成曲调先有情"。

"恨应更、多于泪"突出歌中苦恨之多。此词抓住歌者形态特点层层推进，启发读者去想象那歌声的悲苦与宛转。"试问缘何事？不语如痴醉"，对歌女的悲凄身世作了暗示。

末三句化实为虚，写词人由此产生同情并勾起自我感伤。此词只说"我亦情多不忍闻"，好像是说歌女不语也罢，只怕我还受不了呢。由此可知，这里亦有一种同病相怜、物伤其类的感情，因而以至于"怕和我、成憔悴"。

写诗填词要注意虚与实的关系，这是非常重要的。无论是虚实结合、化虚为实还是化实为虚，都能增加诗词的意境。

第五节　夸饰和用典

一、夸饰

夸饰就是我们常说的夸张和修饰，是诗歌中经常运用的一种修辞手法。它是作者运用丰富的想象，在客观现实的基础上，夸大或缩小事物形象或某种性质、程度，借以突出事物的某种特征，抒发作者某种强烈情感的修辞格式。

刘勰在《文心雕龙·夸饰》中说："言峻则嵩高极天，论狭则河不容舠，说多则子孙千亿，称少则民靡孑遗。"他认为文艺作品中的夸张能增强作品的感染力，"谈欢则字与笑并，论戚则声共泣偕"，运用得好甚至能"披瞽而骇聋"。

（一）夸饰的作用

夸饰的作用其实就是用言过其实的方法，突出事物的本质，或加强作者的某种感情，烘托气氛，引起读者的联想。

1. 夸饰可以使事物某一方面的特征更鲜明，从而烘托气氛

夸饰以变形的手法，改变事物原来的面貌，创造出一种陌生的全新形象，使事物某一方面的特征更加鲜明，因而能够给人一种愉悦的新奇感受，从而产生独特的艺术魅力。

例如，李白的"飞流直下三千尺，疑是银河落九天"，"桃花潭水深千尺，不及汪伦送我情"，"举手可近月，前行若无山"，"噫吁嚱，危乎高哉！蜀道之难，难于上青天"等诗句，都给人留下了极其深刻的印象。

2. 夸饰可以把人的情感表现得更典型、更理想

夸饰能充分表现人的情感，让诗词的原始动力生发得更加蓬勃。有人说，情感是诗歌面颊上的红晕，没有了情感，诗就显得苍白无力。夸饰能够充分表现人的内心世界，展现人的情感特征。

例如，"白发三千丈，缘愁似个长"（李白《秋浦歌》），"君不见黄河之水天上来，奔流到海不复回。君不见高堂明镜悲白发，朝如青丝暮成雪"（李白《将进酒》），诗中对人生苦短的悲叹，那种狂放深沉的愁绪，如排山倒海而来，让人震惊，让人叹服，从而产生强烈的感染力！

3.夸饰可以把自然界的景物描绘得更生动、更形象，瑰丽多姿，大放异彩

夸饰把描写的对象放大，从而创造出比外部世界更加博大的天地，把自然界的景物描绘得更加生动、瑰丽，从而把人带进崇高的境界。

例如岑参的边塞诗，无论是"马毛带雪汗气蒸，五花连钱旋作冰"的塞外奇寒，还是"一川碎石大如斗，随风满地石乱走"的莽莽沙海、风吼冰冻的夜晚进军；无论是"将军金甲夜不脱，半夜军行戈相拨，风头如刀面如割"的雪夜急行军，还是"四边伐鼓雪海涌，三军大呼阴山动"的激烈战斗场面，都给人雄奇壮伟的艺术感受，将塞北景致描绘得多彩多姿。

（二）夸饰的分类

夸饰的修辞学分类有两种：程度夸饰和超前夸饰。其中程度夸饰又可分为扩大夸饰和缩小夸饰。

1.扩大夸饰

扩大夸饰，就是故意把事物的数量、特征、用途、程度等，往大、快、高、重、长、强等方面进行夸张。

例如，"烹羊宰牛且为乐，会须一饮三百杯"（李白《将进酒》）；"朝辞白帝彩云间，千里江陵一日还"（李白《早发白帝城》）；"窗含西岭千秋雪，门泊东吴万里船"（杜甫《绝句》）；"万里悲秋常作客，百年多病独登台"（杜甫《登高》）；"所向无空阔，真堪托死生。骁腾有如此，万里可横行"（杜甫《房兵曹胡马》）；"依依宜织江雨空，雨中六月兰台风"（李贺《罗浮山人与葛篇》）；等等。

2.缩小夸饰

缩小夸饰，就是故意把事物的数量、特征、作用、程度等，往小、慢、矮、轻、短、弱等方面说得夸张。

例如，"一封朝奏九重天，夕贬潮州路八千"（韩愈《左迁至蓝关示侄孙湘》）；"十年磨一剑，霜刃未曾试"（贾岛《剑客》）；"惟留一简书，金泥泰山顶"（李贺《咏怀》）；"蚍蜉撼大树，可笑不自量"（韩愈《调张籍》）；"五更千里梦，残月一声鸡"（梅尧臣《梦后寄欧阳永叔》）。

3.超前夸饰

超前夸饰，即在时间上把后出现的事物提前一步进行夸张。

例如，"愁肠已断无由醉，酒未到，先成泪"（范仲淹《御街行·秋日怀旧》）；"恰离了绿水青山，早来到竹篱茅舍人家"（卢挚《沉醉东风·闲居》）；"早是他乡馆早秋，江亭风月带江流"（王勃《秋江送别》）；"吴丝蜀桐张高秋，空山凝云颓不流"（李贺《李凭箜篌引》）；"酒入愁肠，化作相思泪"（范仲淹《苏幕遮·怀旧》）；

等等。

（三）夸饰的运用

1. 要有现实基础，是故意的合理夸大

夸饰和其他修辞方式一样，都是以客观现实为基础，所以不能失去生活的基础和生活的根据。也就是说，夸饰只能在现实生活的基础上夸张，否则就是空洞的大话或十足的昏话。例如在现实生活中，月亮是凉的，太阳是热的，我们要夸饰只能在现实基础上说"赤日炎炎似火烧"和"夜吟应觉月光寒"。

2. 夸饰要有心理节制，要符合人物的生活个性特征

夸饰是一种修辞手法，更是一种心理调适，反映作者对某种事物、某种现象的深切感受和由此产生的强烈心理反应。因此，夸饰虽然是言过其实，但要有心理节制，并不是夸得越厉害越好。夸饰是通过超过实际的"虚"，来表现思想或情感上的"实"，即"言虚时情实"。李白为人狂放不羁，傲岸不群，他诗歌中的夸饰显得特别大胆，汪洋而恣肆，如夸饰"愁"是"白发三千丈，缘愁似个长"（李白《秋浦歌》）；假如李清照也像李白那样大呼"闲愁万斛酒不敌"，或是"白发三千丈，缘愁似个长"，不但与诗人的心理不符，读者也难以接受。

3. 夸饰要新颖，要做前人所未做

汉代学者王充在《论衡》中说："俗人好奇，不奇，言不用也。"喜新厌旧、好奇恶俗是人之常情，在夸饰运用上也是一样，从某种意义上说，运用夸饰也是一种创造。运用夸饰要力求新颖、别致，要有创造性，不落俗套。

二、用典

用典亦称用事，凡诗文中引用过去之有关人、地、事、物之史实，或语言文字，以为比喻，而增加词句之含蓄与典雅者，即称"用典"。

（一）用典的作用

1. 使立论有根据，品评历史，借古论今

引前人之言或事，以验证作者之理论。例如杜牧《泊秦淮》：

泊秦淮

杜牧

烟笼寒水月笼沙，夜泊秦淮近酒家。

商女不知亡国恨，隔江犹唱后庭花。

诗中的《后庭花》为歌曲名，是引用的一个典故，南朝陈后主所作的《玉树后庭花》，被后人称为"亡国之音"。诗人所处的晚唐时期正值国运衰微之际，而

这些统治者不以国事为重，反而聚集于酒楼之中欣赏靡靡之音，怎能不使诗人产生历史可能重演的隐忧？所以，诗人这里是借陈后主因荒淫享乐终致亡国的历史，讽刺晚唐那些醉生梦死的统治者不从中汲取教训。

2. 便于比况和寄意，抒情言志，表明心迹

诗中有不便直述者，可借典故之暗示，婉转道出作者之心声，即所谓"据事以类义"也。例如苏轼《江城子·密州出猎》：

江城子·密州出猎

苏轼

老夫聊发少年狂，左牵黄，右擎苍，锦帽貂裘，千骑卷平冈。为报倾城随太守，亲射虎，看孙郎。

酒酣胸胆尚开张，鬓微霜，又何妨。持节云中，何日遣冯唐？会挽雕弓如满月，西北望，射天狼。

词中"持节云中，何日遣冯唐"引用了一个典故。据《汉书·冯唐传》记载：汉文帝时，魏尚为云中太守，抵御匈奴有功，只因报功时多报了六个首级而获罪削职。后来，文帝采纳冯唐的劝谏，派冯唐持符节到云中去赦免魏尚。这里词人身在密州，怀才不遇，壮志难酬，以魏尚自喻，希望有一天朝廷也能派遣像冯唐这样的人前来，由此抒发了渴望报效朝廷的壮志豪情。

例如辛弃疾《破阵子·为陈同甫赋壮词以寄之》：

破阵子·为陈同甫赋壮词以寄之

辛弃疾

醉里挑灯看剑，梦回吹角连营。八百里分麾下炙，五十弦翻塞外声，沙场秋点兵。

马作的卢飞快，弓如霹雳弦惊。了却君王天下事，赢得生前身后名。可怜白发生！

词中"八百里""的卢"运用了两个典故：一是据《世说新语》记载，晋王恺以牛"八百里驳"与王济做赌注，王济获胜后杀牛作炙，后人即以八百里指牛。二是相传刘备曾乘的卢马从襄阳城西的檀溪水中一跃三丈，脱离险境。此词运用这两个典故，创造一个雄奇的意境，不由让读者仿佛看到战争爆发前犒劳出征将士的壮观场面和战场上铁骑飞驰敌阵的激烈场景，极具冲击力。

3. 减少语词之繁累，简洁精练，内涵丰富

诗句之组成，应力求经济，尤其近体诗有其一定之字数限制，用典可减少语词之繁累。例如李商隐《览古》：

览古

李商隐

莫恃金汤忽太平，草间霜露古今情。

空糊赪壤真何益，欲举黄旗竟未成。

长乐瓦飞随水逝，景阳钟堕失天明。
　　回头一吊箕山客，始信逃尧不为名。

　　诗中"长乐"一词乃指汉之长乐宫。《汉书·平帝纪》中说："大风吹长安城，东门屋瓦飞旦尽"。"景阳钟"之典出自《南史》："齐武帝数游幸，载宫人于后车，宫内深隐，不闻鼓漏，置钟于景阳楼上，应五鼓及三鼓。宫人闻声早起妆饰。""箕山客"一词乃指尧之许由也，《庄子》："尧让天下于许由。许由曰：'天下既已治也，而我犹代子，吾将为名乎'？又齧缺遇许由曰：'子将何之？'曰：'将逃尧'。"又《史记》："余登箕山，其上盖有许由冢。"如此则可以利用有限之文字，将所欲表达之意念，呈现在读者眼前，故可减少语词之繁累。

　　4.充实内容、美化词句

　　用典可使文辞妍丽，声调和谐，对仗工整，结构谨严，而增加外形之美，与丰富之内涵。例如李商隐《潭州》：

　　潭州
　　李商隐
　　潭州官舍暮楼空，今古无端入望中，
　　湘泪浅深滋竹色，楚歌重叠怨兰丛。
　　陶公战舰空滩雨，贾傅承尘破庙风，
　　目断故园人不至，松醪一醉与谁同。

　　其中"湘泪"一词，乃引《述异记》里的故事："舜帝南巡，死于苍梧。舜妃娥皇女英伤心恸哭，泪下沾竹，而竹色尽斑。""楚歌"一词指屈原"离骚""九歌"赋中，指斥令尹子兰的故事。陶公句，借当年陶侃之战功显赫，以暗讽当今之摒弃贤能。贾傅句，借贾谊祠中之蛛网尘封、风雨侵凌景象，而寓人才埋没之感，又切合潭州之地，典中情景，与诗人当时之情景融成一体，益觉凝练警策，读之令人顿生无限感慨。

（二）用典的形式

　　用典的形式，分用事与化用。

　　1.用事

　　用事就是引用历史故事，即把典故浓缩化为诗句，借以抒怀言志或影射时事。例如杜牧《赤壁》：

　　赤壁
　　杜牧
　　折戟沉沙铁未销，自将磨洗认前朝。
　　东风不与周郎便，铜雀春深锁二乔。

诗中"东风"二字，乃引《三国志·吴志》之史实。盖云："赤壁之役，周瑜用部将黄盖之计，火攻曹操大军。时东风大作，故得成功。"意周郎之胜魏，实乘东风之便也。

2. 化用

化用的"化"含有点化、融化、变化之意，化用即指词人将前人作品中的语句加以变化，建构新的意境，以适应当下的题旨情境，更好地抒发自己的感情。"化用"可分两种情况，一是直接引用前人诗词，字词点化、内容升华、意境开拓。例如，李贺的《金铜仙人辞汉歌》中有"衰兰送客咸阳道，天若有情天亦老"一句，孙洙在其《何满子·秋怨》里用过"天若有情天亦老，摇摇幽恨难禁。"欧阳修的《减字木兰花·伤怀离抱》中也有"伤怀离抱。天若有情天亦老。此意如何。细似轻丝渺似波。"

（三）用典的手法

用典的手法还可以分为若干类，这里只谈最常见也是最重要的三类，即明用、暗用、化用。

1. 明用

即直接能看出使用了典故。例如陆游《邻水延福寺早行》：

邻水延福寺早行

陆游

化蝶方酣枕，闻鸡又著鞭。

乱山徐吐日，积水远生烟。

淹泊真衰矣，登临独惘然。

桃花应笑客，无酒到愁边。

其中"化蝶"一词，典出于《庄子》之《齐物论》："庄周梦为蝴蝶，栩栩然蝴蝶也，自喻适志欤！不知周也。俄而觉，则蘧蘧然周也。不知周之梦为蝴蝶欤！蝴蝶之梦为周欤？"后人遂以"化蝶"或"梦蝶"借喻为"睡觉"。而"闻鸡"一词则出自《晋书》，"祖逖与刘琨，共被同寝。中夜闻荒鸡鸣，逖蹴琨觉曰：'此非恶声也'。因起舞剑。"此处借为清晨之意。

2. 暗用

即表面上看不出来使用典故，稍加玩味，才能体会出来。例如，李商隐的《寄令狐郎中》：

寄令狐郎中

李商隐

嵩云秦树久离居，双鲤迢迢一纸书。

休问梁园旧宾客，茂陵风雨病相如。

此诗乃以事喻人之例，据载《西京杂记》："梁孝王好营宫室园囿，作曜华之宫，筑兔园，日与宫人宾客弋钓其中。"司马相如游梁园，梁孝王令与诸生同宿，故本诗之"梁园旧宾客"一词即指司马相如。

3.化用

例如杜甫《别房太尉墓》：

别房太尉墓
杜甫
他乡复行役，驻马别孤坟。
近泪无干土，低空有断云。
对棋陪谢傅，把剑觅徐君。
唯见林花落，莺啼送客闻。

诗中"对棋陪谢傅，把剑觅徐君"之句，系引晋代谢安与其侄谢玄相对下棋，及春秋时代吴大夫季札挂剑的故事，以比喻其与房太尉之生死交情，乃是以事喻事之类。

第六节 以文为诗和以诗为词

陈师道的《后山诗话》中曾说："退之以文为诗，子瞻以诗为词，如教坊雷大使之舞，虽极天下之丁，要非本色。"在这里，我们且不论原意的褒贬，陈氏对韩、苏两家诗词创作特点的概括都堪称精当。"以文为诗"和"以诗为词"，实质上指的是"诗"与"词"两种文体在创作过程中借鉴其他文体而形成的特征，这两种文体由于某些代表作家的提倡而形成了特定的风格。下面我们来详细了解一下。

一、以文为诗

以文为诗，简单地说就是以"写文"的手法写诗，在诗中明显具有了文的特征，主张诗歌创作中引进或借用散文的字法、句法、章法和表现手法。在中国文学史上，"以文为诗"最早由韩愈倡导。赵翼《瓯北诗话》："以文为诗，自昌黎始；至东坡益大放厥词，别开生面，成一代之大观。"

以文为诗概括起来主要有以下几个特征：

一是在创作中将散文的章法、句法、字法引入诗歌。

例如韩愈的《忽忽》：

忽忽
韩愈
忽忽乎余未知生之为乐也，愿脱去而无因。
安得长翮大翼如云生我身，乘风振奋出六合。
绝浮尘，死生哀乐两相弃，是非得失付闲人。

韩愈试图改变唐代追求规范整齐、节奏和谐、句式工整的诗歌外在形式，摒除骈句，使诗歌松动变形，达到跌宕跳跃、变化多端的艺术效果，进而使诗句可长可短，力求造成错落之美。《忽忽》诗采用十一、六、十一、七、三、七、七的句式，开头就是一句"忽忽乎余未知生之为乐也，愿脱去而无因"，完全是散文句法，却又给人以诗的意味。

二是将散文的谋篇、布局、结构，加之起承转合的气脉，贯彻到诗歌创作中，把散文描绘事件、刻画人物、摹写物状的笔法运用到诗歌创作之中。

例如韩愈的《山石》：

山石
韩愈
山石荦确行径微，黄昏到寺蝙蝠飞。
升堂坐阶新雨足，芭蕉叶大栀子肥。
僧言古壁佛画好，以火来照所见稀。
铺床拂席置羹饭，疏粝亦足饱我饥。
夜深静卧百虫绝，清月出岭光入扉。
天明独去无道路，出入高下穷烟霏。
山红涧碧纷烂漫，时见松枥皆十围。
当流赤足踏涧石，水声激激风吹衣。
人生如此自可乐，岂必局束为人鞿。
嗟哉吾党二三子，安得至老不更归。

此诗采用一般山水游记散文的叙述顺序，从行至山寺、周围所见、夜看壁画、铺床吃饭、夜卧所闻、夜卧所见、清晨离寺一直写到下山观感，娓娓道来，让人有如历其境的感觉。全诗流畅中见奇崛，有精心的雕琢但又显得十分自然。清方东树评曰："只是一篇游记，而叙写简妙，犹是古文手笔。"

三是忽视平仄、音韵等声律，努力营造一种别出心裁的反均衡、反圆润的美，打乱原有的节奏感，使诗歌具有先秦散文的风格。正如上面的《山石》诗，就完全通首不对，如果按照我们前面所讲的诗歌应该有的格式，这首诗无疑是不符合规定的。因为五言诗的音节一般是上二下三，七言诗的音节一般是上四下三，《山石》有意打破这种常规，这种故意避免对仗、避免押韵的做法，显然与以文为诗有关。

四是以议论直言个人的感受和情绪，将明白如话的议论糅入诗歌。

例如苏轼的《题西林壁》：

题西林壁
苏轼
横看成岭侧成峰，远近高低各不同。
不识庐山真面目，只缘身在此山中。

这首诗借景说理，指出观察问题应该客观全面，如果主观片面，就得不到正确的结论。

二、以诗为词

所谓"以诗为词"，即以写诗的态度来填词，将诗的题材、内容、手法、风格等引入词的领域并使之扩展，开拓新词境，提高词的格调。"以诗为词"，是对词的狭隘题材的解放，是对词的表现功能的开拓，是对词境的大力拓展，给当时内容狭窄、柔软乏力的词风注入了诸多新的血液，使题材广泛，风格多样，艺术表现力增强，艺术风格焕然一新，因而极大地增强了词的活力。

以诗为词的方法分为若干类，有学者曾将其细分为全用前人诗句者、将前人诗句减字者、将前人诗句增字者、将前人诗句增减字者、将前人诗句易字者、全首融化诗句者、檃括诗语成词者七类。也有学者将其分为泛用唐诗字面、截取唐诗字面、增损唐诗字面、改易唐诗字面、化用唐诗句意、袭用唐诗成句、合集唐诗成句、檃括唐人诗篇、引用唐人故实、综合运用各类方法十类。

张炎《词源》卷下亦云："美成词……于软媚中有气魄，采唐诗融化如自己者，乃其所长。"这说明以诗为词的学理本质，仍然在以词为本上，大概有以下几个方面：

其一，词中杂有诗句，一首词往往由诸多诗句与词句共同构建，形成诗句与词句混杂的词体。例如陆游《鹧鸪天·家住苍烟落照间》：

鹧鸪天·家住苍烟落照间
陆游
家住苍烟落照间，丝毫尘事不相关。
斟残玉瀣行穿竹，卷罢黄庭卧看山。
……
元知造物心肠别，老却英雄似等闲。

《鹧鸪天》词牌本来是由七律演变而成的，它仍有诗的某些特点和烙印，显现着由诗转换为词的某些痕迹。而这首《鹧鸪天》词，简直就是七律中的三个联句，太像诗了。这些句子如果不是从陆游词集中抄出，而是从某个类书中找出的佚句，那么与其将它们定为残词，宁可定为残诗，因为它们的语言、意象、气势、格调都与诗相类。

其二，词中大量使事用典。词中使事用典，始于苏轼，这既是一种替代性、浓缩性的叙事方式，也是一种曲折深婉的抒情方式。例如苏轼的《江城子·密州出猎》。

其三，化用别人的诗句。这个比较好理解，如苏轼的《水调歌头·明月几时有》：

水调歌头·明月几时有

苏轼

明月几时有？把酒问青天。不知天上宫阙，今夕是何年。我欲乘风归去，又恐琼楼玉宇，高处不胜寒。起舞弄清影，何似在人间！

转朱阁，低绮户，照无眠。不应有恨，何事长向别时圆？人有悲欢离合，月有阴晴圆缺，此事古难全。但愿人长久，千里共婵娟。

词的上阕写对月饮酒。"明月几时有？把酒问青天。"这两句是从李白的《把酒问月》诗中"青天有月来几时，我今停杯一问之"两句变化而来的。

第三章　唐宋诗词与中国诗词文化

第一节　唐诗与宋词

一、唐诗

"唐诗"之名，出现甚早。中唐时就有佚名编《唐人选唐诗》（一名《唐写本唐人选唐诗》）残一卷，敦煌写本，抄录盛唐王昌龄等六家诗71首，残篇2首。晚唐时崔道融编《唐诗》二卷，皆收录唐人四言诗是也。

一代唐诗，早已变成了历史，一部辉煌的唐代诗史，有清代康熙年间编辑的御制《全唐诗》及今人补遗的《全唐诗外编》为证；一代唐诗，也早已家喻户晓，融注于中华民族的血液之中，化为河岳英灵，长虹贯日，成为中国人的民族文化性格和美学精神，有长盛不衰的"唐诗学"或"唐诗文化学"为证。

著名学者闻一多曾经在给西南联大的学生讲唐诗时，别开生面地提出一个"诗唐"说。他指出：

一般人爱说唐诗，我却要讲"诗唐"。诗唐者，诗的唐朝也。懂得了诗的唐朝，才能欣赏唐朝的诗。之所以说诗的唐朝，理由是：①好诗多在唐朝；②诗的形式和内容的变化到唐朝达到了极点；③唐诗的体裁不仅是一代人的风格，实包括古今中外的各种诗体；④从唐诗分枝出后来新的散文和小说等文体。

唐代是中国诗歌发展演变史的黄金时代。唐诗是唐代文学的优秀代表与光辉旗帜，是诗歌王国的冠冕，而唐代崛起的律诗乃是这皇冠上的一颗璀璨的明珠。

闻一多先生提出的这四点理由，无疑是正确的。但是，我认为最根本的一条，是诗在唐人社会生活中的价值与地位，这就是闻一多在讲述孟浩然时所说的"诗化的生活"与"诗的生活化"。其"诗唐"之说正好揭示了唐代社会生活的诗化与诗的社会生活化这种独特的历史事实与社会现实，从而成就了中国这个诗歌王国在世界文化史上的崇高地位。

"唐诗"与"诗唐"，词序之变，内涵各异。"唐诗"言诗，是对唐人诗歌创作的结果而言，突出的是"唐朝的诗"；"诗唐"言唐代社会生活，是对唐诗创作的社会背景与诗文化意蕴而言，突出的是"诗的唐朝"。无论是"唐诗"还是"诗唐",都是中国诗歌辉煌历史的代名词。

在这样一个广阔而深厚的诗文化氛围与时代背景之中,唐代科举以诗赋取士,更成为唐诗创作繁荣发展的催化剂。正如清人吴乔所说:"事之关系功名富贵者,人肯用心。唐世之功名富贵在诗,故唐世人用心而有变;一不自做,蹈袭前人,便为士林中滞货也。"(《答万季野诗问》)这就强化了唐诗创作内部的艺术竞争机制。所以,作诗几乎成为唐人唯一的生活出路,成为唐人生命中不可或缺的一个重要组成部分。李白、杜甫、王维、王昌龄、张籍、白居易、韩愈、柳宗元、刘禹锡、李贺、李商隐、杜牧之类唐代诗人的人生之旅,就是诗化的生命历程。

白居易曾以"诗僧"自况,有一首《爱咏诗》云:

爱咏诗

白居易

词章讽咏成千首,心行皈依向一乘。

坐倚绳床闲自念,前生应是一诗僧。

"诗僧"者,诗之和尚也。孟郊自称为"诗孟",在《答卢仝》诗中说:"楚屈入水死,诗孟踏雪僵。""诗孟"者,诗之孟郊也。

诗化的和尚,诗化的孟郊,与楚骚化的屈原相对应,充分展示了诗在他们生命中的位置。

唐人以诗为生命符号,谱写出了人生最优美动人的乐章,成为诗歌王国广袤星空中最璀璨夺目的诗星,是中国诗文化的宠儿。他们无论穷达,无论升迁,无论褒贬,无论朝野,无论今昔,皆以诗抒情,以诗言志,以诗记事,以诗咏史,以诗陈时事,以诗于政治,以诗发议论,以诗觅知音……

这诗,是情感的流露,是心灵的展示,是生命历程的记录,是颂扬亦是讽喻,是欢乐亦是悲歌,是幸福亦是血泪凝成的忧伤,诗与生命相系,诗与社会人生相伴。刘叉有《作诗》云:

作诗

刘叉

作诗无知音,作不如不作。未逢赓载人,此道终寂寞。

有虞今已殁,来者谁为托。朗咏豁心胸,笔与泪俱落。

"笔与泪俱落",是唐人作诗的普遍心态,不仅仅是出于"此道终寂寞"的悲哀,更是陈子昂《登幽州台歌》所产生的"前不见古人,后不见来者。念天地之悠悠,独怆然而泣下"的叹息,因为唐人作诗,知音比比,刘禹锡《湖州崔郎中曹长寄三癖诗》,自言"癖在诗与琴酒",唐人多有此"三癖",王维、李白、杜甫、白居易等大诗人,莫不如是。他们感于时事,感于社会人生,感于历史,往往是"朗咏豁心胸,笔与泪俱落"。

清人吴乔在《围炉诗话·自序》中说道："云诗非天降，非地生，人为之也。"唐代诗人是一代唐诗创作的主体，是"诗孟"式的唐代诗人成就了闻一多所称颂的"诗唐"。

二、词宋

词宋者，词的宋朝也。

何以谓之"词宋"者，理由大致如下：

一是宋人尚词，词之为体。宋初有"诗庄词媚"之说，像欧阳修一样，宋代士大夫多以诗言政事、以文作策论，严肃正经；而以词抒情，流露出一种缠绵沉挚的真情实感。之后的宋词作家，多以词抒情言志，写闺愁、离愁、闲愁，抒个人身世之叹与家国世祚之悲。无论是抒儿女之情的窃窃私语，还是黄钟大吕似的时代悲歌，词取代了诗的抒情功能，成了宋人排解感情纠葛的特效剂。

二是宋朝多绝妙好词。鲁迅说过："我以为一切好诗，到唐已被做完，此后倘非能翻出如来掌心之'齐天大圣'，大可不必动手。"鲁迅此语，亦可用之于宋词。一切绝妙好词，到宋人词笔之下已被做完，后世填词者，多不能翻出宋人的掌心。

三是一代宋词，众体皆备，集词体之大成。《词律》收词660调凡1180体，《钦定词谱》收词826调凡2306体，其中绝大多数是由宋代词人承袭、改造、创制、定型而成的。宋人对中国词体的贡献，可谓大矣。

四是宋词风格多样，奠定了词学风格论的坚实基础。

一代宋词，是在宋代特定的社会风尚与文化氛围中产生和繁荣发展起来的。

赵宋王朝，从赵匡胤于建隆元年（960）开国到赵昺祥兴二年（1279）亡国，凡320年历史，中间以"靖康之变"为界，分为北宋与南宋两个历史阶段。这是中国历史上又一个南北对峙而各兄弟民族之间为争夺生存空间而相互竞争、影响以至融合的时代。北方先后出现了契丹族建立的辽国和女真族建立的金国，曾与北宋、南宋形成长期的南北对峙之势。辽、金少数民族政权称宋为"南朝"，宋王朝亦称辽、金为"北朝"。由于宋王朝处于一个特定的历史阶段，国内并未形成汉、唐时代大一统的局面，所以与版图广阔、武功显赫的汉、唐、元、明、清等历代王朝相比，宋王朝的统一显得格外的相形见绌。北方的燕云十六州尚属辽国，西方又有西夏，西南尚有南诏，唐王朝留下的大半疆土尚且未能收复，遑论其他。所以，山河的残破，使宋王朝的统一，并未如赵匡胤《日诗》"须臾走向天上来，逐却残星赶却月"所云而给整个社会带来蓬勃向上的复苏之机。自北宋到南宋，整个赵宋王朝始终处于内忧外患之中。这是宋代最高统治集团所奉行的对内对外政策的种种失误所造成的。

鉴于晚唐五代藩镇割据的历史教训，宋太祖赵匡胤夺取后周政权后，实行"守内虚外"的政策，对内加强中央集权，解除石守信等武将的兵权，以优宿将功臣和降王、降臣来缓和统治集团内部的矛盾，优厚文士，大开科举，重文轻武，致使政府机构臃肿，人浮于事，开支巨大，又推行募兵制，雇佣兵员，造成了历史上罕见的"冗官、冗兵、冗费"的局面；对外，面对辽、金、西夏等少数民族政权的种种侵扰，却一味妥协求和，割地纳款，丧师失城。靖康之变，金兵南下，汴京失守，徽宗、钦宗被虏，南宋王朝却偏安江左，奉行"主和"政策，先后签订"绍兴和议""隆兴和议""嘉定和议"三大和议，打击迫害抗金爱国将士，导致丧权辱国，最后自取灭亡。可以说，赵宋王朝是中国历史上几个统一的封建王朝中"积贫积弱"的一个朝代。民族矛盾、阶级矛盾日益激化，朝政危机、社会危机此起彼伏，一种对民族、对社会、对人生的忧患意识，侵袭着宋代一批批有事业心、有政治抱负的见识之士的心扉，抗战救亡与变法图强的社会呼声，往往是一浪高过一浪。

文学是时代的晴雨表。宋代文学所表现出的民族忧患意识与爱国主义精神，自北宋到南宋，绵延300余年，也愈来愈沉痛和激切。靖康之难以后，慷慨悲愤之音几乎成为南宋文学的主旋律。这是汉、唐和其他任何一个封建时代文学所没有的现象。

"国家不幸诗家幸，赋到沧桑句便工。"（赵翼）一代宋词就是在这种特定的社会环境与时代背景之下得到了一个蓬勃发展的良好契机。

第一，社会生活是文学创作的唯一源泉。宋代社会长期存在的民族矛盾和阶级矛盾，复杂多变的社会现实生活，为一代宋词的创作提供了丰富多彩的创作题材，促进了宋词创作的繁荣发展。北宋初期，社会安定，呈现一派升平景象。诗坛有雍容典雅的西昆体崛起，词坛即承唐五代词之余绪，以小令为主，以婉约为宗，内容多写男女艳情，词境开拓不大。至北宋中期以后，随着社会矛盾尖锐化，特别是新旧党争的发展，词由应歌而作的娱乐工具发展成为一种独立的抒情诗体，由歌筵酒席间随意写给歌儿舞女浅吟低唱的艳语扩展到可以抒情言志，使词的思想内容、创作题材和表现手法有了一个新的开拓，这就是苏轼"以诗为词"。北宋词的诗化，一是指创作题材、思想内容的社会化，二是指词的表现手法的诗化。由于社会生活的需要以及社会现实所激发出来的作者创作情绪和创作灵感尽情地表现需要，词作为宋代士大夫排遣感情纠葛的特效剂，便不得已走出宫闱闺阁，去面向广阔的社会人生。于是，词如诗，如文，如天地大观，可以写景状物，咏史怀古，可以写个人仕途升沉寥落之感，可以发政事感愤之叹，明抗战报国之志。至南宋，民族矛盾更加激化以后，辛弃疾及辛派词人"以文为词"，词的思想内容与创作题材得到前所未有的拓展，词的表现手法也随之更进一步创新，或描写，或叙述，或议论，或白描，或用典，无事不可入，无法不可用，使词的品格和审美价值大大提高，词的风格和词的艺术手法日趋多样化。可以说，空前激烈的民族矛盾和动荡不安的社会环境，造就了一批又一批充满爱国激情、胸怀报国之志的宋代词人，而他们笔下那一首首光彩照人的词章，反映了社会生活，表现了时代精神，代表着一代宋词的最辉煌的艺术成就和丰硕成果。

第二，赵宋王朝所处的黄河、长江两河流域，从自然环境和人文因素两方面，都为一代宋词的崛起提供了丰厚的艺术土壤与生长发育的温床。两河流域，是古老的中华民族繁衍发展的摇篮，是中华优秀传统文化的发源地。特别是其中的中原文化、齐鲁文化、荆楚文化、巴蜀文化、吴越文化，总体形成了一代宋词的文化基础。

宋王朝的两大都城汴京与临安，既是北宋与南宋的政治、经济、文化中心，同时也成为一代宋词的两大创作中心。汴京，作为北宋京城，其礼乐纵横，朝会簪缨，九陌六街，隋堤烟柳，龙城之胜，均已流于裴湘笔底。宋张择端一幅长二丈的《清明上河图》，以精妙的构图、纤细的笔法，描绘了北宋京城开封清明时节汴河两岸的风物民情与繁华景象，与裴湘之词、周邦彦之赋，堪称宋人描绘汴京繁荣都市风光的"三绝"之作。如此"青楼弦管"充盈万国的都城闹市，为北宋词的繁荣发展所提供的文化氛围，无疑是相当深厚、十分优越的。

临安，作为南宋都城，素以繁华秀丽著称。柳永《望海潮》词，写其"烟柳画桥，风帘翠幕，参差十万人家。云树绕堤沙，怒涛卷霜雪，天壁无涯。市列珠玑，户盈罗绮"，重湖叠巘，更"有三秋桂子，十里荷花"，一派繁华豪奢的江南都会景象。处在这种自然地理环境与文化氛围之中的南宋词以其"江左宫商发越，贵于清绮；河朔词义贞刚，重乎气质。气质则理胜其词，清绮则文过其意；理深者便于时用，文华者宜于咏歌"（《隋书·文学传序》），遂使其艺术风格多样化。都市生活的繁华豪奢之风，市民阶层的骤然崛起，在一定时空范围内也冲淡了宋代社会内忧外患的危机感，然而却为一代宋词的繁荣发展，提供了一个极为广阔的艺术市场。

第三，一代宋词，如同宋诗、宋文一样，乃是整个宋代社会风尚的观照，是宋代文人的审美理想与审美情趣的突出表现。钱钟书先生指出："风气是创作的潜势力，是作品的背景。"（《七缀集》）宋代的社会风尚，一般可以概括为六个字：重文，尚理，崇雅。

重文，乃是宋王朝的一项基本国策。基于晚唐五代武臣跋扈的教训，宋王朝出于政权之需，推行优遇文士之策。不仅执政的宰相非士莫属，且主兵的枢密使、理财的三司使，以及临民使治的地方长官，亦多任文士。刘放《中山诗话》云："太宗好文，每进士及第，赐闻喜宴，尝作诗之，累朝以为故事。仁宗在位四十二年，诗尤多，然不必尽上所自作。景祐初，诗落句云：'寒儒逢景运，报德合如何？'论者谓质厚宏壮，真诏旨也。"宋代的重文之风，是最高统治者积极提倡与身体力行的结果。

一是兴教办学。北宋时代，出现三次兴学热潮：第一次是仁宗明道、景祐年间（1032—1038），第二次是神宗熙宁、元丰年间（1068—1085），第三次是徽宗崇宁年间（1102—1106）。通过三次兴教办学，各级各类学校如雨后春笋，遍布全国城乡。

二是提倡读书。宋代皇帝，从赵匡胤起，大多爱好读书，提倡读书，身体力行。太宗尝曰："朕万机之暇，不废观书。""朕性喜读书，开卷有益。"（《宋朝事实类苑》卷二）因此，《神童诗》开宗明义，指出："天子重英豪，文章教尔曹；万般皆下品，唯有读书高。"

三是大开科举。宋代科举规模之大，远远超过了唐代。由于科举取士，以及办学读书之热，宋代造就了一批批大官僚、大学者、大诗人、大词家、大文豪，为宋代学界、文坛、诗苑带来了一派空前繁荣兴旺的文化气象。

尚理。宋人尚理，崇尚理趣，这与宋代士大夫受佛教哲学特别是禅宗哲学的影响，崇尚理学、惯于理性思辨有关，也与宋代科举考试改唐代"以诗赋取士"为以经义、策论取士，注重教育，大办书院有关，是所谓"制科人习气"的一种反应。"理"，既是哲理之理，还包括义理之理、事理之理、性理之理、情理之理和禅理之理。它在程朱理学中属于一个哲学范畴，而在宋代士大夫的社会生活中又是一种待人处事的思想规范和行为准则，反映到宋代的文苑诗坛又是一种审美情趣。程朱理学，作为宋代封建统治阶级的统治思想，渗透到宋代社会生活的各个领域；作为一种学术思想，则以重义理、务明大义的"宋学"而区别于重辞章、恪守经注的"汉学"；作为一种美学观念，则以"理趣"为核心，成为宋代人所追求的理性情致和审美风尚的重要标志。论及其影响，一般人认为理学对文学的影响是消极的，起着负面的作用，笔者以为未必尽然。作为宋代的一种审美情趣，如杨慎《升庵诗话》所谓"唐诗主情"而"宋诗主理"，正是唐宋诗词各自不同的审美价值之所在。一代宋词，一方面继承唐五代词重女音与言情的传统，词主情而诗主理，分工负责；另一方面"以诗为词""以文为词"，在词的创作中开议论、思辨之风，流露出一种学究气、书卷气，表现为一种情趣与理趣的结合。例如，为数甚众的宋人寿诞词对生命之寿的企慕之欲，道词对人生羽化之境的追求，如范成大《白玉楼步虚词》六首所描绘的神仙境界一样："珠宵境，却似化人宫。

梵气弥罗融万象，玉楼十二倚清空。一片宝光中。"而王安石《南乡子》《雨霖铃》《诉衷情》《望江南》等和沈瀛《减字木兰花》《醉落魄》等词，则大谈儒家经义或佛教禅宗哲学和心理学，有如孔子语录与儒家经义，在一代宋词之中，乃是典型的尚理之作。又如王安石《皈依三宝赞》四首，盛称佛教三宝：佛、法、僧，表达作者"皈依众""皈依法""皈依佛"之愿。这都说明了宋词生长在理学大倡的文化氛围之中，不可能不沾染宋人尚理之习气。我们既要看到宋词言情的主导一面，也要认识到宋词还有"尚理"的一面，否则，将宋词与宋诗对立起来，以为宋诗只"言理而不言情"，而宋词只"言情而不言理"，则未免失之偏颇。

　　崇雅。宋代文化，以复雅崇格为特色。风流儒雅，乃是宋代士大夫所崇尚的美学风格。从文人的字、号、名来看，宋人之名、字、号多称"老""翁""叟""居士"者，诸如李商老、李莱老、老彭老、刘山老、吕同老、吕渭老、赵磻老、侯彭老之属，文及翁、姜个翁、李裕翁、刘辰翁、刘南翁、钟辰翁、魏了翁、尹济翁、彭泰翁、无闻翁、翠微翁、菊翁、勿翁之辈，丁羲叟、王齐叟、黄岩叟之流，表现出一种与唐人不同的志趣审美风尚。宋人以"居士"为号者数不胜数，自欧阳修自号"六一居士"始，据不完全统计，宋代文人自称"居士"而又有名可考者多达 200 余人，唐五代仅 8 人。文人自命清高，故自称"居士"。宋代文人自称"居士"，蔚然而成时代风尚，不仅男士自称居士，女士亦然，如李清照等。宋人自称"居士"，是宋代一种特殊的文化现象，也是宋代文人崇雅黜俗的一种审美心态。

　　受这种文人兴会与审美风尚的影响，宋代的文学艺术呈现出一种雅化的趋向：诗由唐代的"诗人之诗"演化而为宋代的"学人之诗"、词由唐五代的"伶工之词"演变而为宋代的"士大夫之词"；画由唐五代的人物画演化而为宋代山水花鸟虫鱼草木竹石画，追求萧疏清雅、平淡恬静的意境，即便是人物画也向崇尚白描和淡毫清墨的方向发展；书法也由唐五代的重法度而变为宋代的重气势、重神韵，挥洒自如，意趣盎然，追求淡雅清隽的审美趣味；建筑美学则由唐代崇尚宏丽雄伟的风格而变为宋代讲求精致玲珑之美，唐人建筑是宫殿式的，而宋代却是园林式的；唐人以硕大为美，喜爱牡丹，崇尚丰腴富贵之色，而宋人以清瘦淡雅为美，爱好梅花修竹。

　　驿外断桥边，寂寞开无主。已是黄昏独自愁，更著风和雨。无意苦争春，一任群芳妒。零落成泥碾作尘，只有香如故。

　　如陆游《卜算子·咏梅》一样，大量的咏梅词涌现于文坛词苑，正是宋人追求梅花所象征的那种风韵气骨的人格之美的体现。

　　清人延君寿在《老生常谈》中指出："一代有一代之风，虽贤者不能不为之圉。"这说明时代风尚、社会风气对文学艺术创作的影响是很大的。一代宋词作家在整个宋代以重文、尚理、崇雅为特色的时代背景与社会风尚之中从事创作，也就必然从思想内容、创作方法与艺术风格诸方面，使一代宋词深深地印刻上了时代的烙印。

第二节　中国诗文化

唐诗，是中国历史上客观存在的一种诗学文化现象，是中国传统文化在唐代的历史积淀。

西方文化，有所谓"诗性文化"之说。在中国，所谓"诗文化"，是从诗歌王国的意义上而言的，是从闻一多先生所说的文学发展的历史动向的角度立论的。笔者以为，所谓"诗文化"，就是以"诗"，特别是以抒情诗为文化主体、具有诗性特质的一种文化形态。

中国是诗歌王国，是诗歌的国度。诗歌，是中国文学的主体，也是中国文化的发展基因和基本形态。闻一多先生早在《文学的历史动向》一文中指出：

《三百篇》的时代，确乎是一个伟大的时代，我们的文化，大体上是从这一刚开端的时期就定型了。文化定型了，文学也定型了。从此以后二千年间，诗——抒情诗，始终是我国文学的正统的类型，甚至除散文外，它是唯一的类型。赋、词、曲，是诗的支流；一部分散文，如赠序、碑志等，是诗的副产品；而小说和戏剧，又往往以各自不同的方式夹杂些诗。诗，不但支配了整个文学领域，还影响了造型艺术，它同化了绘画，又装饰了建筑（如楹联、春帖等）和许多工艺美术品。

文化这个概念的界定，当然是多角度的，从闻一多先生所说的角度来说，中国文化定型于诗，定型于《诗三百》。它是中国第一部诗歌总集《诗三百》，奠定了中国文化的坚实基础。因此可以说，中国文化就是一种诗文化，或曰"诗性文化"，而诗文化乃是中国文化的主体，是构成中国传统文化的基本表现形式；诗学文化精神，就是中国文化的灵魂，是东方文明的文化基因。

中国文化，是"诗化的文化"或者说是"文化的诗化"。中国文化的这种诗性特质，决定了诗——特别是抒情诗在中国人社会生活与人生旅程中的特殊地位。闻一多先生在《文学的历史动向》中又说：

诗似乎也没有在第二个国度里，像它在这里发挥过那样大的社会功能。在我们这里，一出世，它就是宗教，是政治，是教育，是社交，它是全面的生活。维系封建精神的是礼乐，阐发礼乐意义的是诗，所以诗支持了那整个封建时代的文化。此后，在不变的主流中，文化随着时代的进行在细节上曾多少发生过一些不同的花样。诗，它一面对主流尽着传统的呵护的职责,一方面仍给那些新花样忠心的服务。最显著的例是唐朝。那是一个诗最发达的时期,也是诗与生活拉拢得最紧的一个时期。

中国是诗的国度,中国文化就是诗文化。诗,就是一切,就是社会生活方式,就是文人生活方式,诗渗透到了中国人社会生活与家庭生活的每一个角落。特别是唐诗。唐朝是诗的王国,唐才子则反映了诗化的社会人生。在中国文化史的发展历程中,一代唐诗的崛起,对中国文化的诗化,即文化诗性特质与文化境界的升华所起的作用,是不可低估的。

文学思潮,是一个时代赋予文学艺术特定的思想潮流,是一种必然的发展趋势。一定的文学思潮,是一定的社会风貌与时代精神的集中体现,是一定的经济基础与上层建筑相互作用的必然结果,同时也是一种特定的文学观念、美学思想与整个时代的审美情趣相结合的产物。

唐代的文学思潮,以文学的诗化为总体特征。这种"文学的诗化",突出表现在以下几个方面。

一、生活的诗化

在唐代社会,"诗"成为整个社会生活的主体,史无前例地出现了诗的生活化与生活的诗化。唯其是诗化的生活,诗才能成为唐人社会生活的一面镜子,成为一个伟大时代的骄傲。唐人生活在诗的王国、诗的海洋之中,唐人社会生活的方方面面都充满着诗意。唯其是诗的生活化,诗从宫廷走向社会,走向人生,诗的笔触深入社会生活的各个角落。全社会,从帝王到尼姑,从官吏到娼妓,每个人都爱诗、写诗、诵诗,成为一代风尚,诗是唐人排遣感情纠葛的特效剂,是生命价值体系中的理想之光。

二、文学的诗化

在唐代文坛,除散文以外,诗几乎成为了唯一的占统治地位的一种文学样式。唐代的文体,如散文、骈文、变文、传奇,都带有浓厚的诗化倾向。一是文多以诗与诗集序为主,如武后《苏氏织锦回文记》,李白《暮春江夏送张祖监丞之东都序》、白居易《池上篇序》《游大林寺序》等;二是于文中多引用或插入诗作,诗文并茂,如王绩《答冯子华处士书》、王勃《滕王阁序》、白居易《游大林寺序》、步非烟《答赵象书》等,如变文、唐人传奇中的诗作,比比皆是;三是语言艺术的诗化,如王维《山中与裴秀才迪书》、白居易《酒功赞》、李商隐《祭小侄女寄寄文》,如诗如画,如云如烟,如天地大观;四是文中多诗歌意象之美,如皇甫湜《谕业》、陆龟蒙《野庙碑》。

三、唐才子的诗化

唐代的文人骚客，大多是"才子"型的。所谓"才子"，是指富有文才、诗才的诗化的人。唐代社会，称文人骚客为"才子"已蔚然成风。《全唐诗》中涉及"才子"之称者，共计出现216个次，如储光羲《送人随大夫和蕃》诗云："大夫开幕府，才子作行人。"元稹《酬乐天余思不尽加为六韵之作》称："众推贾谊为才子，帝喜相如作侍臣。"《新唐书》卷一七四《元稹本传》，以元稹长于诗，与白居易相埒，宫中呼之为"元才子"。时人称孟浩然为"才子"者，如王迥，家居襄樊鹿门，号"白云先生"，与孟浩然友善。《全唐诗》收录其《同孟浩然宴赋》诗一首：

屈宋英声今止已，江山继嗣多才子。
作者于今尽相似，聚宴王家其乐矣。
共赋新诗发官徵，书于屋壁彰厥美。

"屈宋英声今止已，江山继嗣多才子。"这是时人对唐代诗人最高的称誉和期望。

而后，元人辛文房为唐代诗人立传，凡398人，书名为《唐才子传》，且于传中多次提及"才子"之称。此所称"才子"者，大凡有进士、举子、名士、寒士、处士、隐士、奇士、雅士、高士、美丈夫、节士、道士、女冠、诗妓、诗僧等。其"才子"的唯一标准，就是"擅美于诗"者。上至帝王将相，下迄僧侣道冠歌妓，不分尊卑，不分性别，凡"擅美于诗"者，一律称之为"唐才子"。

唐才子的整体特征大致有三：一是文化素质和艺术修养比较高；二是才气十足，文气十足，特别是有"诗才"，"撩美于诗"；三是情致，富有高雅的审美情趣，生活方式比较浪漫自由。以诗人为"才子"，即唐才子成了唐诗创作的主体，这是唐诗的一大特征。唐才子的诗化，是唐代社会一个突出的历史文化现象；唐代诗人群体的"才子型"与唐才子的"诗才"，成就了一代辉煌的唐诗。所以，唐诗是"才子之诗""诗人之诗"，而宋诗则是"学人之诗""学者之诗"。

四、文人生活的诗化

唐代文人士大夫的生活与诗结下的不解之缘，主要表现在：一是写诗，凡日常生活中的情感纠葛皆以诗抒写之；二是觅诗，到处寻觅诗思，有所谓"骑驴觅诗"者，有所谓"诗思在灞桥风雪中、驴子上"者；三是题诗，有所谓题画诗、题壁诗；四是赠诗送诗，以诗为羔雁之具；五是唱和次韵联句之风，出现所谓"旗亭画壁"之类雅事；六是诗人与僧侣道士交往密切，吟诗作对，蔚为时尚；七是诗入寺院，一代诗僧崛起于诗坛文苑；八是诗入青楼，成为青楼之恋与青楼文化的传播媒介；九是民间采风之习，"竹枝词""杨柳枝"之类盛行一时；十是以诗入药，"药名诗"遂而兴盛；十一是诗入宫廷，帝王将相、宫妃美女与御用文人应制而作，遂有所谓"上官体"与宗庙祭祀歌辞而出，诗成为宗庙文化与宫廷文学的重要载体。

五、科学著作体式的诗化

受唐宋诗风之影响，唐宋人的科学技术著作亦有以诗歌形式出之者，最著名的是王希明（或曰丹元子）的《步天歌》与桂万荣的《棠阴比事》。

王希明，唐开元年间人，以方技为内供奉，待诏翰林，曾奉敕编《太乙金镜式经》。《步天歌》七卷，宋人陈振孙《直斋书录解题》著录作一卷，称为"二十八舍歌也"，后附有《三垣颂》与《五星凌犯赋》。这部书是中国著名的天文学著作，将天上的星空分为紫微、太微、天市上中下三垣宫，仍以四方之星为二十八舍，以七言诗句编成歌词，来介绍各个星宫，条理详明，生动形象，通俗浅近，是历代观察星象的最佳传本。

桂万荣，南宋鄞县人，仕至朝散大夫，直宝章阁，知常德府。所著《棠阴比事》，系法医学著作，根据《疑狱集》与《折狱龟鉴》二书中的疑难案例编写而成，内容包括案情分析与检验方法，皆以四字韵语出之，凡七十二韵，一百四十四条，描述简要，易于记诵，是法医学著作的诗化，曾传于日本，译成日文。

六、文学理论批评的诗化

唐代的文学批评，是以诗为主的专门化的文学批评，实质就是诗学批评，是诗歌的实际批评。文学批评的著述，没有系统严密的专著，除陈子昂《修竹篇序》、白居易《与元九书》之类书序题记之外，唯有王昌龄《诗格》、皎然《诗式》、司空图《二十四诗品》、释齐己《风骚旨格》、孟棨《本事诗》等之类唐人诗格、诗式、诗品、诗例等诗学入门书与诗学批评著作。其批评对象是诗，诗乃是唐代文学理论批评的中心，离开诗则无所谓文学批评。

唐代的文学批评体式，除散文体以外，还有一种韵文体式，为杜甫《戏为六绝句》所创始，遂有白居易《寄唐生》等所谓论诗，还有更多的题诗集、读诗集等，如皎然有《读张曲江集》，韩愈有《读皇甫公安园池诗书其后二首》，孟郊有《张碧集》，刘禹锡有《读张曲江集作》，白居易有《读谢灵运诗》《读张籍古乐府》，邵谒有《览孟东野集》，张祜有《读曲歌五首》，郑谷有《读李白集》《卷末偶题三首》《读前集二首》，罗隐有《题杜甫集》，郑谷有《读故许昌薛尚书诗集》,陆龟蒙有《读陈拾遗集》,贯休有《读杜工部集》《读孟郊集》《读刘得仁贾岛集》《读贾区贾岛集》,齐己有《读李白诗集》《读李贺诗集》,韦庄有《题许浑诗卷》,栖蟾有《读齐己上人集》等,使中国文学理论批评体式和语言形态有了进一步的演变与发展。

七、诗人的诗美理想

唐人对诗歌"惊人"的审美理想是有着自觉追求的,但是,这种追求在不同的时期有着不同的时代内涵,初盛唐诗人追求的是刚健的骨力与斐然的辞采相结合,产生浓烈的感染力以达到"惊人"的效果,而中晚唐诗人则追求返诸内心来耸动天下。

唐初魏征在《隋书·文学传序》中就提出融南北文风所长的诗美理想,希望用南朝的辞藻、声律表现初兴帝国的恢宏气象与刚健开朗的博大情思,其中所说的"贞刚之气"是唐诗追求的风骨的先声。接下来的"四杰"有着明确的诗风革新意识,他们反对齐梁绮靡诗风,反对"上官体",提倡一种雄健惊人的诗歌美学效果,杨炯在《王勃集序》中说:"尝以龙朔初载,文场变体,争构纤微,竞为雕琢。糅之以金玉龙凤,辞之以朱紫青黄,影带以狗其功,假对以称其美,骨气都尽,刚健不闻。"他指出龙朔初载以上官体为代表的诗风。"骨气都尽,刚健不闻",表明杨炯反对纤巧,崇尚刚健骨气的诗学思想。类似的表述在其他人的诗文中也可见到,王勃在沛王府期间写的《平台秘略赞·艺文》中说:"争开宝札,竞耸雕章。气凌云汉,字挟风霜。""云汉""风霜"是富有气骨的诗文风格的形象写照。他称赞其从舅《宪台诗十首》:"气横霜暑,彩洞云肩。"《上绛州上官司马书》赞扬上官司马的创作"逸气遒文,运风霜于掌握"。此类论述在王勃诗文中有很多,说明这个时代有追求雄笔健词以惊人的创作倾向,对诗歌气骨的追求已成为一种文坛的新风尚。卢照邻推崇的风骨美更侧重于奇伟飞动之势:"下笔则烟飞云动,落纸则鸾回凤惊。"(《释疾文·粤若》)"弦将调而雪舞,笔屡走而云回。"(《五悲文·悲今日》)云回雪舞,也是其行吟作歌飞动气势的生动写照,已有李白"笔落惊风雨"的气魄。这种新型的诗学思想就是"追求情思浓郁与气势壮大",以达到惊人的审美效果。陈子昂具有任侠使气的个性、耿介不阿的节操,他认为理想的诗歌应该是"骨气端翔,音情顿挫,光英朗练,有金石声"。这样的诗学理想至盛唐得到更为明确的表达。张说在《洛州张司马集序》中所标举的诗歌是"发言而宫商应,摇笔而绮绣飞。逸势标起,奇情新拔……天然壮丽","逸势标起,奇情新拔"突出的是"奇",而其所向往的诗美理想"笔涌江山气,文骄云雨神"(《过庾信宅》),突出的仍然是"惊人"的艺术效果。当杜甫说"岑参兄弟皆好奇"

的时候，其实他自己又何尝不是在做着"语不惊人死不休"的追求。而李白对"惊人"诗美理想的追求无疑达到了唐诗创作的顶峰，他自言自己的诗歌创作是"兴酣落笔摇五岳，诗成啸傲凌沧州"（李白《江上吟》），杜甫也说李白的诗歌创作"笔落惊风雨，诗成泣鬼神"（《寄李十二白》），杜甫说自己的诗歌创作"为人性僻耽佳句，语不惊人死不休"（《江上值水如海势聊短述》）。李杜诗歌创作侧重点虽然有所不同，但都在追求"惊人"的艺术效果。所以殷璠在《河岳英灵集》中评盛唐诸家时，注重的就是"奇"，李白自然是"奇之又奇"，岑参诗"语奇体峻，意亦造奇"，王昌龄诗"惊耳骇目"，李颀诗"震荡心神"，高适诗"甚有奇句"，王季友"爱奇务险"，而王维的"一字一句，皆出常境"，储光羲的"削尽凡言"，孟浩然的"全削凡体"等，无不是盛唐诗人求奇的时代性情与"惊人"的审美理想的体现。

盛唐诗人创作中求奇的趋向是很明显的，而中晚唐诗人又何尝不是尚奇爱险呢？只是如前所言在取径上有了很大变化，从向外拓展转向内心深求，转向对形式的偏执性追求。到了中唐的韩孟诗派，惊人之"奇"仍是他们所追求的艺术精神，韩愈说诗歌要"幽渺感鬼神"（《醉赠张秘书》），他在《听颖师弹琴》中对琴声的惊人效果做了传神摹写，最后竟至无法承受："推手遽止之，湿衣泪滂滂。颖乎尔诚能，无以冰炭置我肠！"李贺《李凭箜篌引》中状乐声的惊天地泣鬼神："女娲炼石补天处，石破天惊逗秋雨。梦入神山教神妪，老鱼跳波瘦蛟舞。吴质不眠倚桂树，露脚斜飞湿寒兔。"对惊人的艺术境界的神往必然成为他们诗歌创作中求奇的倾向。孟郊说自己的诗"孤韵耻春俗"（《奉报翰林张舍人见遗之诗》）。卢仝说"近来爱作诗，新奇颇烦委。忽忽造古格，削尽俗绮靡"（《寄赠含曦上人》）。韩愈更是以"勇往无不敢"（《送无本师归范阳》）的凌厉精神为诗，所追求的诗美是"我愿生两翅，捕逐出八荒。精诚忽交通，百怪入我肠。刺手拔鲸牙，举瓢酌天浆。……乞君飞霞佩，与我高颉颃"（《调张籍》）。韩愈这样的美学追求是建立在对李杜诗美倾心追慕之上的，该诗开篇就说"李杜文章在，光焰万丈长"，但其对李杜诗歌的价值体认偏向于对"惊人"的审美效果的追慕，为达到这种审美效果，力大思雄的韩愈往往用狠重奇险之笔出之，他所推赞的是"险语破鬼胆，高辞媲皇坟"（韩愈《醉赠张秘书》），"横空盘硬语，妥帖力排奡"（《荐士》），"狂词肆滂葩，低昂见舒惨"（《送无本师归范阳》），从中都可见出人力深求的趋向，偏向于以诗歌形式雕琢惊人的方向。韩孟诗派的这种人力深求是转向内心的。李贺说"笔补造化天无功"（《高轩过》）。孟郊说"天地人胸臆，吁嗟生风雷。文章得其微，物象由我裁。宋玉逞大句，李白飞狂才。苟非圣贤心，孰与造化该"（《赠郑夫子鲂》）。所以，李杜诗歌更多的是靠天然感发、妙语天成出奇惊人，是

"天然壮丽"，而韩孟诗派的诗人则靠向内深求、锤炼雕琢来出奇惊人，崇尚的是雄奇怪异之美。

诗至晚唐，李商隐文学观念是主情的："人禀五行之秀，备七情之动，必有咏叹，以通性灵。"（《献相国京兆公启》）他的诗歌有很大一部分从社会转向个人，从人的社会属性转向自然属性，对情的沉溺、对情的深度开掘同样令人惊叹："那种深度的返视，那种精致的忧伤，那种曲奥的内心，那种讲究的典雅。"虽然没有李杜诗歌的大气磅礴，虽然没有韩孟诗派的奇涩险怪，但却为我们展现了一个深挚坚韧的情感世界。这个艺术世界同样是让人惊异和难以忘怀的，所以，张戒在《岁寒堂诗话》中说"义山多奇趣"。

唐宋时代文学理论批评的诗化，是诗化的唐宋文学思潮的产物。作为一种文化现象，唐诗涉及的文化领域是相当广阔的，所以唐诗文化研究所涉及的领域也就相当宽广，诸如中国神话传说和构成中国传统文化三大主要支柱的儒家文化、道家文化、佛教文化，以及由此派生出来的宗法文化、宫廷文化、山林文化、学术文化、宗教文化、农业文化、民俗文化、商业文化、旅游文化、军事文化、外交文化、女性文化、青楼文化、隐逸文化、园林文化、音乐文化、饮食文化、数文化、茶文化、酒文化、梦文化，还有各种形形色色的地域文化与文化传播等，从而为千古不衰的唐诗研究开拓出一个崭新的学术天地。

第三节　中国词文化

作为一代文学的旗帜，宋词乃是赵宋时代社会风尚的艺术映照，是一个历史阶段上文人兴会、审美理想与艺术情趣的突出表现。

唐五代词，依王国维之见，乃是"伶工之词"，倚声填词，应歌而作，内容以艳情为主，风格以婉约为宗，声律以谐协为要，徜徉于花间，流连于尊前，具有一种婉丽馨逸的女性意识。一代宋词，虽然也有不少应歌之作，但大多为"士大夫之词"，即诗客之词。鉴于时代精神、社会风尚和审美情趣诸方面的差异性，因而形成了与唐五代词不尽相同的艺术特征。

一、词体的诗化

"词主言情"，此"情"于唐代词多系儿女私情，词也只是歌筵酒席之间的艳曲，歌词的主题亦限于男女爱情。至于宋代，重女音、抒情者亦不乏其作，然而经过一代杰出词人的努力，词已超越了"词为艳科"和"诗庄词媚"的藩篱，创作题材和思想内容有了新的开拓。词由歌筵酒席间随意写给歌儿酒女去吟唱的艳语而扩展到可以抒情言志，由艳情而扩展到词人的身世之感、时事之叹、国家兴亡之恨的演化过程，这就是不断"诗化"的过程。特别是柳永、苏轼、辛弃疾崛起于两宋词坛，"以诗为词"，甚而"以文为词"，更为词的"诗化"创造了一个云飞风起的高峰，使词居为一种独立的抒情诗体。

宋词的这种"诗化"倾向，一指思想内容的社会化，二指创作手法的诗化。一代宋词作家曾以极高的创作热情面向社会，面向人生，走出宫闱闺阁，走向广阔的社会人生。词以抒情言志，如诗，如文，如天地大观。凡可为诗者皆可入词，可以写景咏物，咏史吊古，可以写边塞将士报国之愿，抒仕途升沉寥落之感，可以发时政感愤之叹，明抗敌爱国之志，及发宋室倾覆，故国沦亡与《黍离》《麦秀》之悲，"无意不可入，无事不可言"（《艺概·词概》）。随着题材和思想内容的拓展，词的创作手法亦随之创新，凡诗文之法皆用之于填词，或描写，或叙述，或议论，无所不用，宋词独特的神韵，上与《风》《骚》同流，承继汉魏六朝、唐诗优秀传统，下启元明清词曲、戏文、小说，自成一体，境界迭出。两宋300余年的历史进程，从赵匡胤篡周称帝到元兵攻陷崖山，由鼎盛而暨于式微，由升平而遽遭乱离，由一统渐居偏安，以至覆灭。其间承平宴享之乐，异族侵凌之苦，故国河山之恸，以及百姓惨遭兵燹乱离之悲和家破人亡之痛，均可于宋词中寻其端绪。可以说，一代宋词成了赵宋王朝的一部兴衰史。正是宋词这种"诗化"的艺术倾向和创作实践，才真正提高了词的品格和美学价值，使词体由附庸之邦而蔚为大国。

二、审美情趣的雅化

雅与俗既是深藏在中国人特别是中国知识分子心底的最为稳定的价值尺度和审美标准，又是影响中国文化进程和文学发展走向的两股巨大力量，宋词的发展也不例外。词在唐五代从民间形态进入文人手中逐渐定型成熟，宋代词人面临的雅俗之辩是多元的：从艺术形式上看，文人词相对于民间词而言是更加典雅精致的，但是文人词特别是花间词，相对于儒家言志载道的诗学观而言又是俗的，所以，"作为唐宋词学中的一个重要论题，雅俗之辩的侧重点不尽相同，因而其内涵也随之有异。纵观当时的雅俗之辩，最突出的有两类：一类侧重于词的艺术风格；一类侧重于传统儒学中的诗乐观"，也就是说衡量词雅俗的标准是双重的，一个是政治的标准，一个是艺术的标准。但是，除了这两类评价标准制约词的雅俗流变之外，还应注意的一个问题是宋词的消费市场和消费主体的变化也制约着宋人审美趣味的雅俗之变。

文学的生产和消费从来就存在着社会层次的划分。词在其形成之初，赖以繁荣的是其形而下的功能，其消费市场和消费主体是市井市民，自温庭筠大开文人词风气之后，文人士大夫甚至朝官皇帝所形成的巨大的消费群体在部分接纳民间趣味的同时，作为一种强势文化群体，必然要在词这一领域建构与之适合的审美形态，这种更为精致典雅的贵族化的审美形态与词的初期民间形态有意拉开距离，显现自己合理合法的姿态。这种进程在南唐时期李璟、李煜等的创作中就已开始。由于宋初晏殊、欧阳修、范仲淹与王安石高贵的社会地位、士大夫阶层深厚的学养才识等因素，词的创作呈现出雍容和雅的气度。而此时，在雅与俗的冲撞对立中尚为俗词容留一席之地，雅与俗的嬗变还处在较为平衡的状态。欧阳修在其词中除了士大夫情怀的吟咏之外，还有民歌风味的十首《采桑子》，更有背离传统儒学诗乐观的市井风情享乐的艳词的创作。柳永则以其浪子作风为词注入了声色市井俗趣，使词的创作相对于士大夫词而言由雅入俗。后世词人从中不同程度地吸收养分，如苏轼与辛弃疾虽为正统士大夫，在语言上也如柳永以俗语入词，在词创作的观念和审美趣味雅化的同时，从语言上保留了民间创作的活力，所以尚留生气。北宋后期的周邦彦的地位相当于唐诗中的杜甫，把宋词富贵华艳的审美取向转变为瘦劲典雅之风。其实，周邦彦早年与柳永的放浪并无太大差异，而后期由于身份的御用化，在词的创作中，审美趣味和创作旨趣都有意典雅化，其词"富艳精工""缜密典丽"被人评为"无一点市井气"，成为南宋雅词写作的楷模。南宋词坛上，词的创作观念和实践中复雅的趋势得到了进一步的强化，其中，姜夔的词堪称典范，张炎在《词源》中就反复以"骚雅""古雅"等词盛赞之，而清代浙派词人也说其词"句琢字练，归于淳雅"（汪森《词宗序》）。

从以上的分析中可看出，宋词发展中雅俗嬗变其实是雅化潮流成为一种强势往前推进的。但是，雅与俗是一对相互依持转化的矛盾，当雅俗嬗变发展失衡的时候，词这一源于民间的文体的活力也被逐渐耗尽。在宋词的雅化过程中，周邦彦是一个结北开南的重要人物，从他开始，词的创作中作意加深，表现手法从天工转向人巧，正如叶嘉莹先生所说的那样，周词"已经以思力之安排为主了"，缺乏自然感发的力量，而"南宋诸家之所以被讥为隔膜晦涩者，则一则以其缺少直接感发，再则以其结构之过于曲折复杂，而此二者作风，则皆始于北宋后期的周邦彦"，也就是说，从周邦彦开始，宋词创作中由于过分的雕饰，丧失天真，已经潜在地存在着对雅的否定因素。所以潘德舆说："词滥觞于唐，畅于五代，而意格之闳深曲挚，则莫盛于北宋，词之有北宋，犹诗之有盛唐。至南宋则是稍衰矣。"（《与叶生名澧书》）可以说，从周邦彦开始，词的创作由于过分强调技巧而逐渐丧失俗词的真趣和活力而使这一曾经辉煌的文体逐渐衰落淡出。在元代终于被"曲"

这一新兴文体所取代,正所谓诗余为词,词余为曲,这样的过程某种程度上说明了雅俗嬗变转化与文体兴衰的紧密关系。

其实,在宋词雅化潮流中,市井市民这个庞大的消费市场和消费主体是一直存在的,吴自牧在《梦粱录》中记载宋代城市"诸店俱有厅院廊庑,排列小小稳便阁儿,吊窗之外,花竹掩映,垂帘下幕,随意命妓歌唱,虽饮宴至达旦,亦无倦怠也",周密的《武林旧事》也说像这类酒楼"各有私名妓数十辈,皆时装迭服,巧笑争妍……歌管欢笑之声,每夕达旦"。在这些场合所唱的词一般不会是文人雅词,流连于秦楼楚馆的柳永就曾写道:"画楼昼寂,兰堂夜静,舞艳歌姝,渐任罗绮,讼闲时泰足风情,便争奈雅歌都废。"(《玉山枕·骤雨新霁》)。但是,问题的关键是,随着文人词创作的兴盛,文人士大夫消费市场和消费主体的形成,虽然在数量上无法与庞大的民间消费市场相比,但由于他们在政治上、文化上的中心主流地位,使得他们雅化的审美趣味能够有效地遮蔽民间大众的审美趣味,正如沈义父所说:"如秦楼楚馆所歌之词,多是教坊乐工及闹井做嫌人所作,只缘音律不差,故多唱之。"(《乐府指迷》)言辞间对"秦楼楚馆所歌之词"多有不屑,而张炎则说得更为明确:"附之歌喉者,类是率俗,不过为应时纳祜之声耳……岂如美成《解语花》(赋元夕)……如此等妙词颇多,不独措辞精粹,又且见时序风物之盛,人家宴乐之同。则绝无歌者……而以俚词歌于坐花醉月之际,似乎击缶韵外,良可叹也。"(《词源》卷下)其间,他对周邦彦等人的雅词在秦楼楚馆"绝无歌者"痛心疾首,对"歌于坐花醉月之际"的率俗俚词虽不以为然,但又无可奈何,所以在选词之时,便充分张扬士大夫词人的雅化标准。正如朱彝尊所说:"北宋人选词,多以雅为目。"(《词综·发凡》)这样的选词标准在南宋被进一步强化,"以雅为目"的词集多出于此时。在士大夫词创作和选评的雅化趋向中,俗词、俚词便只能在市井文化消费中处于自生自灭的状态而无法得到彰显,这也就是今天流传下来的大部分词都是文人创作的雅词的原因。

同民族思维的历史进程相适应,一种大异于李唐之富丽,闪现着人与物质雅致纯净、深邃空灵的神采秀色,成了宋代文人艺术追求风会之所在。风流儒雅,乃是宋代士大夫所崇尚的美学风格。宋人尚"雅","雅"的观念在宋人心目中具有相当突出的位置。他们追求"清雅"的"名士气",崇尚"梅妻鹤子"的生活雅趣。于是,以"雅"为标志的审美观念,逐渐取代了唐人以"富艳靡丽"为特色的审美观念。

受宋代士大夫的生活情趣和审美观念的影响,宋代词坛重"雅"即成一代社会风尚。

北宋小令,产生于"太平盛世",尊南唐,尚"文雅",主"温厚"。与晚唐五代小令相比，则更加追求文雅化的审美倾向，主要表现为三点：一是气度的雍容富贵；二是节奏的平缓舒徐；三是语言的雅致文丽。体现着以晏殊、欧阳修、晏几道为代表的正统士大夫文人的审美情趣，也更富有北宋前期的"升平气象"。柳永词虽"词语尘下"，多"散做从俗"之音，却"风韵"犹在。"雅俗共赏"，甚至"不减唐人高处"。故近人夏敬观把柳词分为"雅""俚"二类，极有见地，说明柳词并非只能"俗"而不能"雅"，"雅俗共赏"才是柳词追求的艺术风会。北宋后期，词以典雅华丽为特色。苏轼、周邦彦、李清照等以批判柳永词"俗"为契机，从词的题材、格调、技巧、风格、语言、理论等，全方位地推动着宋词的雅化，确立了士林以"俗"为劣，以"雅"为贵的审美标准。张祖望云："词虽小道，第一要辨雅俗。"（王又华《古今词论》引）张炎说："词欲雅而正，志之所之，一为情所役，则失其雅正之音。"（《词源》）孙麟趾指出："一句不雅，一字不雅，一韵不雅，皆足以累词，故贵雅。"（《词径》）从此，以"雅"为本，就成为千古词坛的信条。

南宋词坛，出现一种"复雅"的美学倾向，实现从"和雅"到"骚雅"的转变，主要表现在，一是以"雅"选词之风大盛。清沈祥龙说："宋人选词，多以雅名。"（《论词随笔》）南宋初年的词集，以"雅词"为名的，总集有曾慥《乐府雅词》、鲖阳居士《复雅歌词》、佚名《典雅词》，别集有张孝祥《紫微雅词》、赵彦瑞《宝文雅词》、程垓（正伯）《书舟雅词》，还有《花庵词选》《阳春白雪》《绝妙好词》等，皆以崇雅黜俗为旨归。二是以"雅"为词学理论批评标准。张炎的《词源》和沈义父的《乐府指迷》，论词宗"雅"，是南宋"雅词"理论的两部代表作。张炎的学生陆辅之《词旨》更推举清真、白石、梅溪、梦窗词为"雅词"之理想典范。清王敬之《宋七家词选·序》亦以所选七词为"雅音之极则"。

南宋是"雅词"的黄金时代，开拓了词史上借"香草美人"寄寓家国之叹的新境。姜夔以"雅笔"写"艳情"，张炎取陶弘景"山中何所有？岭上多白云"的隐逸之意，以词集为《山中白云》，显示一种"难与俗人谈"的"清闲"雅趣。晚宋，"曲终奏雅"，"雅词"创作除继承和修正周邦彦词风而向"雅正"一路继续发展之外，又向"隐逸"方向行进，乃是士大夫文人较宽阔的生活兴趣与审美情趣的反映。

比较而论，南宋士大夫的生活情趣比北宋人更加"雅致化"。他们仍旧需要歌妓舞姬、声色犬马，又要追求"雅致"，唯恐"名士气"不足。所以，两宋词坛虽则同尚雅体，而北宋之雅却异于南宋之雅。北宋之"雅"，是指"风调娴雅""情调和雅"，追求词的中和端庄之美；而南宋之"雅"，乃是"深婉骚雅"，不失"雅正之音"，贵在"雅趣"。若说北宋词的总体特征可以概括为不失俗腔而追求情调的"和雅",则南宋词的总体特征在于尽失俗腔而追求意趣的"骚雅"。

三、抒情主体的两性化

唐五代词,多为代言体,即男性词人作闺阁宫闱之音,写闺怨艳情之语,越俎代庖,故作媚态,当然难解女性世界之谜。正如胡云翼所说:"无论文人怎样肆力去体会女子的心情,总不如妇女自己有所了解的真切;无论文人怎样描写闺怨的传神,总不如妇女自己表现自己的恰称。"女性与男性相比,更具有一种心理细腻、情感丰富、性格温柔、敏感性强的特质。词以婉约为宗,词尚轻倩婉媚的神理韵味,写幽深细美的婉曲情思,更适合女性的文化心态和审美情趣。

一代宋词,其抒情主体已经由唐五代词的单一的性别而变为男性与女性的结合。这样,词不再被禁锢在"艳科"的女儿国中,而走进一个男女结合的现实世界。至北宋词坛,柳永以"奉旨填词"与"白衣卿相"名分,专事于词体变革和创作,成为北宋第一个专业词人,其《乐章集》亦为宋代第一部词集。而后,晏几道、苏轼、秦观、周邦彦、辛弃疾、姜夔、吴文英、张炎等一代词匠,各领风骚,促进宋词向作家专业化和"士大夫"化方向发展。男性作家不再囿于"艳情",而为自己立言,以词抒情言志,使宋词在创作题材、思想内容、表现手法、艺术风格等方面出现了一次重大的历史变革,提高了词的美学价值和历史地位。

随着宋词的繁荣发展,李清照等一代女性词人如异峰突起,女性成为宋词的抒情主体之一,给宋代词坛增添了新的活力,使词体固有的女性美在宋词中出现了新的艺术灵光。

本来,唐代有"诗妓",宋代也有"词妓",但她们位卑人微,所作诗词大多散佚不传。作为抒情主体的宋代女词人,其基本队伍较之于唐代女诗人已经出现明显变化:一是唐代"女诗人"非专业化,而多出于宫闱、青楼、道观,如上官昭容、李冶、鱼玄机、薛涛之辈;而宋代女词人多已专业化,出于名门闺秀,具有良好的教育和文学修养,如魏夫人、李清照、朱淑真、吴淑姬、张玉娘等。二是唐代"女诗人"都是裹足于幽宫深闺中,作诗以娱己悦人为主,故名家名作甚少;而宋代女词家多能自尊、自立、自强,自称"居士",与男子比肩,如李清照自号"易安居士",朱淑真自号"幽栖居士",张玉娘自号"一贞居士",孙道绚自号"冲虚居士",胡与可自号"惠斋居士",表现出女性意识的觉醒。她们又身处多事之秋,饱尝兵燹乱离之苦,备受家破人亡之痛,作词以抒情言志,并非以取悦男性为目的,故名家迭起,佳作如林,像李清照这样的"扫眉才子",不仅是宋代第一流女词人,而且在中国文学史上亦享有崇高的地位。

抒情主体的两性化,一是男性,一是女性。它既结束了"词为艳科"的"女性"文学的历史，使男性进入词的世界，诗以言志，词亦言志，言"士大夫"之志，词从此而"男性化"了，又结束了男人作"妇人语"的困惑局面。女性词人的崛起，使之成为词的抒情主体之一，以我手写我心，女性特有的艺术才华在宋词中得到充分的表现，再现了女性的心灵，词又因此而真正"女性化"了。从这种意义上来说，一代宋词发展史，乃是男女两性共同书写而成的。

四、乐曲形式的格律化和规范化

唐五代词，其体制一般是单一化的，总共近200个词调，齐言与杂言并存，虽有少许长调慢曲，如钟辐《卜算子慢》、杜牧《八六子》等，但以令曲为主体，有些还是单片，简单短小；且源于教坊曲与都市新声，自创词调者极为鲜见。

词至宋代，其体制遂繁，总的倾向是趋于格律化和规范化。同唐五代仅200左右小令相比，北宋时代，新声竞起，词调大盛，"其急、慢诸曲几千数"，不仅数量远远超越前人，且令、引、近、慢，众体兼备。究其来源，一般论者认为主要有四：

一是来自民间。同唐五代词一样，宋代词调也有来自于民间的。《宋史·乐志》称，北宋时，"民间作新声者甚众"。而被采为词调者，如《孤雁儿》《韵令》。柳永《乐章集》中的新调，亦有市井曲子。

二是来自外域。宋代外来音乐远不如唐代之盛，但也时有被取之于为词调者，如柳永词之《婆罗门令》、吴文英词之《婆罗门引》，皆依印度乐曲《婆罗门》改制而成的。南宋韩玉《东浦词》之《番枪子》，亦当是女真曲。宋曾敏行《独醒杂志》谓"先君尝言宣和间客京师时，街巷鄙人多歌蕃曲，名曰《异国朝》《四国朝》《六国朝》《蛮牌序》《蓬之花》"等，其言至俚，"一时士大夫亦皆歌之"（卷五），其中《六国朝》后又用作词调。

三是创自教坊和大晟府。据《宋史·乐志》载，北宋初期亦有教坊之设，并以荆南、西川、江南、太原等割据王朝精选二三百名乐工入开封教坊，"因旧曲造新声"。北宋教坊曲，分大曲、法曲、龟兹、鼓笛四部。大曲、法曲是当时大型歌舞曲，一部大曲、法曲，有时多至数十遍词调中有一类"摘遍"，就是从大曲或法曲中摘取其好听而又可以独立成篇者，单谱单唱。据王国维《宋大曲考》，举摘自唐宋大曲词调，可考者已近30调，如《梁州令》出于大曲《凉州》，《伊州令》出于大曲《伊州》，《水调歌头》出于大曲《新水调》，《齐天乐》出于大曲《齐天乐》，而《法曲献仙音》《法曲第二》《霓裳中序第一》出于法曲《霓裳羽衣舞》。除教坊曲用作词调外，宋徽宗崇宁四年（1105）设置的大晟府，作为宋代国家音乐机关，亦创制了不少词调，如姜夔即依大晟曲谱而作《徵招》《角招》二词。周邦彦曾主持大晟府，定乐律，制乐谱，交教坊按习，并颁行于天下。周邦彦诸人"增演慢曲"、引、近，以"犯曲""犯调"之法创制词调，作《侧犯》《花犯》《玲珑四犯》《瑞龙吟》《六丑》《渡江云》等，增演词调在50调左右。大晟府在它创立的25年间，定乐律，制乐谱，创新调，使北宋词调大增，而且逐渐规范化。

四是自度曲。度曲，即制曲、作曲。宋代音乐发达，乐工歌妓以音乐为专业，词人亦有精于音律者，都能制调制曲。沈义父《乐府指迷》曾称当时"秦楼楚馆所歌之词，多是教坊乐工及闹市做嫌人所作"，如《喝驮子》《解愁》等。柳永《乐章集》凡120个词调，仅有七个同于敦煌旧曲子词，其《昼夜乐》《佳人醉》《妇人娇》等，可能取自歌妓制作之曲。而词人自度曲，多以长调慢曲为主，体制繁复，如姜夔的《扬州慢》《淡黄柳》《惟红衣》《暗香》《疏影》《凄凉犯》《西子妆慢》《玉京瑶》《古香慢》等。柳永、周邦彦、张炎、周密、史达祖、杨缵、谭宣子等词人皆有自度曲，并以其繁复体制、严密格律和熟练技巧，为一代宋词增光生色。

宋词乐曲形式的格律化和规范化，较之于前期短小单一的小令，提高了词体的载重能力，丰富了词的内容，扩大了词的境界，推进了词律的发展，因而使词品得以空前提高。这一切无疑有利于宋词的繁荣发展，也为词体的定型和规范化并建立中国词学的美学传统，做出了不可低估的贡献。但也要看到，南宋词崇尚高雅，严明音律，且能不断从民间新声中吸收养料，填塞了词调的新来源。词人自度曲固然能对南宋词调所呈现的停滞状态作某些补偿，却因"曲高和寡"，绝无嗣响，而未能挽回一代宋词走向衰落的趋势。

五、艺术风格的多样化和系统化

多种风格竞相发展，互相联系，有机结合，使宋词的艺术风格趋于系统化。

在中国词史上，宋词大致分为"婉约"与"豪放"两大基本类型。明人张綖说："词体大略有二：一婉约，一豪放。盖词情蕴藉，气象恢闳之谓耳。"（《诗词图谱》）张綖此论滥觞于北宋，当苏轼以雄旷之作崛起于词坛，时人则以柳词与苏词相比较，谓"柳郎中词，只合十七八女郎，执红牙板，歌'杨柳岸，晓风残月'，学士词，须关西大汉，铜琵琶，铁绰板，唱'大江东去'"（宋俞文豹《吹剑续录》）。一"柔"一"刚"，一"婉约"一"豪放"，泾渭分明。至张綖之论一出，影响极大，与他同时的徐师曾和清人王士禛等均沿用其说，迄今不废。当然，宋词的艺术风格是丰富多样的。题材、内容不同，风格也各异，如明周逊《词品序》云："山林之词清以激，感遇之词凄以哀，闺阁之词悦以解，登览之词悲以壮，讽谕之词婉以切。"由于词人对题材处理不同，对艺术美的追求各别，因而词又有质实者、清空者、浓丽者、淡雅者、婉曲者、劲直者之异。而郭麐、杨伯夔还仿效旧题司空图《二十四诗品》，以诗论词，作《词品》《续词品》，从艺术形象的风貌神态出发讲词的艺术风格，形象地描述了几种不同的风格特征：幽秀、高超、雄放、委曲、清脆、神韵、感慨、奇丽、含蓄、遒峭、秾艳、名隽、轻逸、独造、凄紧、微婉、闲雅、高寒、澄淡、疏俊、孤瘦、精练、灵活。此外，江顺诒《词学集成》亦有"柔腻""疏秀""明润""俊逸""绵远"五品之说，异彩纷呈，见仁见智。尽管如此，历代词论者大多沿用张綖之说，以"婉约"与"豪放"为宋词两大基本类型和"主体风格"，并与中国美学史上两大审美范围——姚鼐的"阴柔""阳刚"之说互为补充，形成宋词美学的基本层次结构和风格论体系。

以时代而论，一代词风正是当时社会风尚的映照，而社会风尚又是一个时代的审美情趣的表现。时代的兴、衰、安、危，社会的喜、怒、哀、乐，都会在词的艺术风格上得到反映。北宋前期，太平之世，受传统与时风影响，词坛多治世之音，少激楚凄恻之声，儿女情多，风云气少；而南宋前期，靖康之耻，风云突变，词风陡转，抒感时伤世之情，写抗金爱国之志，叹国破家亡之痛，一代豪雄慷慨之词随之而起；南宋偏安一隅之际，颇多激越悲慨之调，"湖山歌舞，遂忘中原，名士新亭，不无涕泪，性情所寄，慷慨为多"（陈洵《海绡说词》）。宋词风格之变，乃是时代使然。

以地域而论，风格"系水土之风气"（《汉书·地理志》）。地域环境对文学风格的影响，主要有二：一是"风"，即自然地理的影响；二是"俗"，即人文地理的影响。自古以来，诗文有南北派之分，宋词亦然。北宋词，以汴京为中心；宋室南渡，词的创作重心转移至临安。故"北宋词较南宋词多朴拙之气"，而南宋词"纤巧多于北宋"（夏敬观《蕙风词话诠评》）。由于风气之异，水土之别，"以辞而论，南多艳婉，北杂羌戎，以声而论，南主清丽柔远，北主劲激沉雄"（谢元淮《填词浅说》）。一般来说，南人得江山之秀，具柔秀之质；北人以冰霜为清，多伉爽之气。南宋词家"于水软山温之地，为云痴月倦之辞，如幽芳孤笑，如哀乌长吟，徘徊隐约，洵足感人"（谢章铤《赌棋山庄词话续篇》卷五）。这种"南国情味"，是宋词地域风格的差异性所致。

以流派而论，张綖标举"婉约""豪放"二体，王士禛衍为二派，并谓"婉约以易安为宗，豪放唯幼安称首"（《花草蒙拾》）。以婉约、豪放二派论宋词，便于从总体上把握宋词的两大风格及词人的大致分野，但也显得过于粗略，故清人又提出不少新的说法以时而论：尤侗认为"词之系宋，犹诗之系唐"，故将宋词分为"初、盛、中、晚"。以人而论，有分三派者，如汪懋麟、江顺诒等，以秦、柳、苏、辛、姜、张为宋词三派；有分四派者，如郭麐《灵芬馆词话》在前面三派之上外加宋初晏、欧一派；而陈廷焯《白雨斋词话》又有十四派之说。以正变论，宋黄大舆曾以词置于"变风"之列，明清人将词派的"正变"之说系统化。王世贞《弇州山人评词》，则以二晏、柳永、张先、周邦彦、秦观、李清照为"词之正宗"，而以苏轼、黄庭坚、辛弃疾等为"词之变体"；王士祯、周济等亦以婉约为正宗，以豪放为变格。此外，厉鹗又分宋词如画家之分南宗、北宗二派，以辛弃疾、刘克庄诸人为"词之北宗"，而以周邦彦、姜夔诸人为"词之南宗"（《张今涪红螺词序》，《樊榭山房全集》卷四）。一代宋词，名家辈出，各标一格，其词派是多元化的，其词体是多样化的。

以作家而论，"人各有词，词各有体"（黄升《花庵词选序》）。作家胸次、才气、阅历、艺术修养和审美情趣的不同，导致艺术风格的差异性。"同叔之词温润，东坡之词轩骜，美成之词精邃，少游之词幽艳"（张德瀛《词征》），"姜、张以格胜，苏、辛以气胜，秦、柳以情胜"。这种种艺术风格之差异，都是词人各自不同的艺术个性和审美情趣的反映。"诗品出于人品"（《诗概》），前人论词亦注重"词品"与"词心"。陈廷焯《白雨斋词话》说："东坡心地光明磊落，忠爱根于性心，故词极超旷，而意极和平；稼轩有吞吐八荒之概，而机会不来故词极豪雄，而意极悲郁。"因此，即使苏、辛同属宋词"豪放"一派，但由于各自的气质个性、志趣才情、生活阅历、艺术修养、审美情趣不同，词的艺术风格也表现出词中有异的特色："东坡之词旷，稼轩之词豪。"（《人间词话》）苏词于豪放之中含旷达，辛词于豪放之中见悲壮，充分说明作家的艺术个性和审美意识最直接地影响着词的艺术风格。作为创作主体，作家在词的艺术风格体系中始终占据着中心地位。无论是时代风格、地域风格，还是流派风格等，都只能通过创造艺术风格的"人"，才能在作品的艺术风格体系中发生影响。因此，作家风格及其作品风格，乃是构成宋词风格系统大厦的一块基石。

六、情感上执着于悲哀与超越悲哀

吉川幸次郎先生认为唐代诗歌执着于悲哀，而宋代诗歌则是对这种悲哀的超越，宋代开国以后就一直严峻的社会形势与边境形势都使得宋代文人无法形成像唐人那样浪漫高远的理想主义精神，宋代高扬的理性精神使得人们在正统文学中对人的情感（特别是对悲剧性的情感）采取一种淡化、超越的心态，在诗文创作中超越了对悲哀的执着。但是，宋初词的创作中充溢着的是无法淡释的人生悲哀："堪惜流年谢芳草，任玉壶倾倒。"（寇准《甘草子·早春》）"一品与千金，问白发，如何回避。"（范仲淹《剔银灯·与欧阳公席上分题》）"为君持酒劝斜阳，且向花间留晚照。"（宋祁《玉楼春·春景》）而晏殊词则纯然是对人生悲哀的诗意咀嚼与赏玩："春来秋去，往事知何处。燕子归飞兰泣露，光景千留不住。"（《清平乐·春来秋去》)"绿水悠悠天杳杳,浮生岂得长年少,莫惜醉来开口笑。须信道,人间万事何时了。"(《渔家傲·画鼓声中昏又晓》)"无可奈何花落去,似曾相识燕归来,小园香径独徘徊。"(《浣溪沙·一曲新词酒一杯》)

但是,作为一种时代思潮,超越悲哀的心理趋向必然会体现在词的创作中,一代文宗欧阳修在这方面做了很大的努力,竭力以其豪宕的意兴去排解人生悲哀,但总有些力不从心地坠入物是人非、世事无常的空幻中。而"只有到了苏轼,才是完全自觉的、积极的。通过从多种角度观察人生的各个侧面的宏观哲学,他扬弃了悲哀",的确,苏轼以其超旷的才情,借助佛禅理论,洞察到世间万物都处在一个不断生灭变化,流注不已的进程之中,"月有阴晴圆缺,人有悲欢离合"是这个世界的本然,执着于其中的枝节就是执着于悲哀。纠缠于一时一地的得失也就意味着终身与痛苦相伴。所以,苏轼的很多词都在表现从这种枝节得失中超脱出来的心理过程,最典型的莫过于这首《定风波·莫听穿林打叶声》:"莫听穿林打叶声,何妨吟啸且徐行!竹杖芒鞋轻胜马,谁怕?一蓑烟雨任平生。料峭春风吹酒醒,微冷,山头斜照却相迎。回首向来萧瑟处,归去,也无风雨也无晴。"在一场现实生活的猝不及防的风雨中,苏轼完成了一次精神的洗礼,从"竹杖芒鞋轻胜马,谁怕"的执意对抗到"也无风雨也无晴"的无差别自由之境,苏轼超越了人生的悲哀。

按照林语堂先生的理解,苏东坡"一生是载歌载舞,深得其乐,忧患来临,一笑置之",他这种宠辱不惊的人格范式着实让人着迷。但是,苏轼真正地超越悲哀了吗?然而他的词中还郁结着浓厚的无法淡释的人生如梦的空幻感:"休言万事转头空,未转头时皆梦"(《西江月·平山堂》),"世事一场大梦,人生几度新凉"(《西江月·世事一场大梦》),"古今如梦,何曾梦觉"(《永遇乐·彭城夜宿燕子楼》)。所以,李泽厚先生说苏轼"一生并未退隐,也从未真正'归田',但他通过诗文所表达出来的那种人生空漠之感,却比前人任何口头上或事实上的'退隐'、'归田'、'遁世'要更深刻更沉重"。这是一种"对整个存在、宇宙、人生、社会的怀疑、厌倦、无所希冀、无所寄托"的空漠感,这说明解脱只能是暂时的、相对的。一方面,苏轼借助佛禅理论固然可以生发随缘任运、把持当下之心,而且很多时候,他的确也做到了处变不惊、怡然自足。但是,另一方面,既然宠辱尊卑、阴晴圆缺都可以忘怀,衡量人生的价值尺度又是什么?这就极易缘生出人生的虚幻悲哀。况且,苏轼那超逸的个性、高风绝尘的词境毕竟是一般词人难以企及的。所以,在苏轼之后,宋词的情感趋向再度回到了执着于悲哀的传统情调上,苏轼的门下秦观词的创作就深陷人生苦难而难以自拔。贺方回也在细细地咀嚼那如"一川烟草,满城风絮,梅子黄时雨"的"闲愁"。周邦彦词中表现的则更是士大夫文人那种精致典雅的忧伤。

　　词至南宋，家国沦亡的大悲哀和扶危济困的爱国激情曾经一度替代了传统的人生无常的悲凉，张元幹、张孝祥以至岳飞、李纲等抗金将领、官员的词中激荡着复国雪耻的激情和这种激情受挫的巨大愤慨，在这种宏大的视角之下，个体生命的一己之悲变得无足轻重了。辛弃疾则更是以其凌厉无前的英雄豪气为我们展示了一种刚毅自重、脱略私情的高尚的人格风范。但是，在辛弃疾这样一位英雄的词里，我们依然能够感受到那种熟悉的梦幻情调："钟鼎山林都是梦，人间宠辱休惊，只消闲处遇平生。"（《临江仙·钟鼎山林都是梦》）而在姜派词人那里，弥漫的是繁华梦断、儿女情销的深哀剧痛，所以杨海明先生称姜夔的词为"伤痕文学"，其中反映的是白石的"伤痕心理"，的确，姜夔早年孤苦无依，备受飘零流落之苦，其《江梅引·人间离别易多时》中有"漂零客，泪满衣"的句子，正是这种凄婉低沉之情，成为其毕生创作中的基调。所以，在其情词中，"高树晚蝉，说西风消息"（《惜红衣·吴兴荷花》）的时代沦落之感，"文章信美知何用，漫赢得天涯羁旅"（《玲珑四犯·叠鼓夜寒》）的梗泛飘零，才命相妨之感如盐着水一般浑融一体，成为其词的底色背景。吴文英、史达祖、张炎等人的词作也不例外，在精致华丽的外形之下弥漫着一种末世落寞幻灭的情调。

　　从执着悲哀与超越悲哀这种两极的情感趋向的冲撞对流中，我们能够看到宋词审美风格演化的丰富多彩的形态，在苏轼与辛弃疾这样的大家身上典型地体现了出来，那是婉约与豪放所无法包容的。

第四章 唐宋诗词与诗性思维

第一节 诗性思维的内涵与特质

中国诗学精神特质有一个孕育、萌芽、诞生、形成、定型、模式化的过程，诗从混沌状态中走出，坚定地向着进步、文明、自由的境界迈进的步伐，存在着显而易见的密合性，诗与中华民族思维能力的提高，智能结构的逐步改善，审美意识的逐步发展，也是密切相连的。因此，理解中国诗学精神特质的关键，在于以宏观的、动态的视角，探讨中国诗歌文化的生成机制，明确中国诗歌创作的思维根基。中国诗歌是中华民族的思维能力进化到一定历史阶段的产物，没有思维主体对各种信息的取舍、接受、清理、分析、组合、归纳、演绎，各民族的诗歌将无从诞生。中国各民族思维模式的转化机制，决定了中国诗学精神的内在特质，中国诗歌文化的发展，也折射出中国诗歌创作思维模式的变迁。

一、诗性思维的内涵

维柯认为：诗性智慧是"创造性智慧"，"或是诗人或人类制度的创造者的智慧"。本文所说的诗性思维，意指以诗性智慧、诗性直觉为基础，以诗歌文化为创造成果，以诗性韵律贯穿全过程的一种思维模式。诗性思维与人们熟知的形象思维、感性思维有密切的联系，但又有本质的不同。一般说来，形象思维先于诗性思维而产生，形象思维始于大约五十万年前的晚期猿人（直立人）阶段，形成于一二十万年前的早期智人（古人）阶段。晚期猿人的脑量，已有 800～1200 毫升，思维能力有了很大的发展，逐步由直观动作思维过渡到具体形象思维。形象思维比诗性思维更具广泛性，在人类理性思维占据主导地位之前，形象思维是人脑的主要思维模式。诗性思维是形象思维的有机组成部分，两者的差异主要表现在运思过程和思维结果的不同。诗性思维的全过程，贯穿着诗性的灵感、诗性的韵律、诗性的节奏。诗性思维的运思结果是诗歌，而形象思维尽管离不开具体的、可感的表象，但其外化结果不一定是诗歌，亦可能是小说、散文、戏剧、绘画等艺术门类。所有的艺术创作，通常离不开形象思维，但不一定离不开诗性思维。诗性思维作为形象思维的精髓，是形象思维更高级、更纯粹、更富于创造性的演化阶段。

二、诗性思维与中国传统文化

所谓诗性思维，是指那种不具有清晰的、严格的逻辑形式的思维方式。它以带有感性形象的符号为表征手段，从而与逻辑思维相区别或相对立。作为一种相对独立的、特殊的思维方式，诗性思维是一种"先于概念的或非概念的东西"。由于摆脱了理性认识活动和逻辑思维规则，诗性思维不是通向概念的方式，不指向任何确定无疑的知识。它所要捍卫和实现的，是主体精神创造性的地位和权利。诗性思维不具有清晰明白的形式，所以人们对其特征的描述往往也不一致。既然名之诗性思维，就可以从"诗性"，即"诗"的特征中来把握这一思维方式的特点。什么是"诗"呢？宗白华先生认为，"诗"即是用"美的文字，音律的、绘画的文字"来表达诗人的感想情绪。"音律的、绘画的文字"，乃是"诗"之形；诗人的感想情绪，乃是"诗"之质。从这一论述中，我们可以简要地分析出"诗"乃至诗性思维的某些最主要的特点。

一方面，就"诗"之形而言，首先让人想到的即是其整体性。宗白华先生讲："优美的诗中都含有音乐，含有图画。他是借着极简单的物质材料……纸上的字迹……表现出空间、时间中极其繁复的美。"音乐中的任何一个音符，绘画作品中的任何一笔、一点、一线条，若与整体剥离开来，其意义也就荡然无存了。这"极其繁复的美"只有依赖整体方可呈现出来。就"诗"之质而言，它对整体性的要求亦是十分明显的。人尤其是诗人的感想情绪，是无法被肢解的，一旦被肢解，就会支离破碎，甚至会沦为疯人的狂语。也就是说，"诗"即意味着一种对于整体或完整的基本要求。诗性思维完全承袭了"诗"的这一特点。首先，诗性思维的对象不是一个有限事物，而是一个连续的无限整体。其次，诗性思维的主体既不是智性的单独产物，也不是想象的单独产物。相反，它是作为一个理智、意志、情感的统一体而发生作用的。诗性思维出自人的整体，即感觉、想象、智性、爱欲、欲望、本能、活力和精神等整合而成的主观的心灵世界。

另一方面，作为"诗"之质的诗人的感想情绪，其突出特点即是其不确定性。有人说过，"诗"的生命力系于"诗"的不定性。在理解"诗"的过程中，"任何意向均不可排除，诗是和谐统一的，但听凭各种不同观点的解释"。米兰·昆德拉甚至这样说："在诗歌这片领地上，所有的话都是真理。诗人昨天说：生命就像哭泣一样无用，他今天又说：生命就像笑容一样快乐，每回都是他有道理。他今天说：一切都结束了，在寂静中沉没，明天他又会说：什么都没有结束，一切都在永恒地回响，而两句话都是真的。"德国浪漫派诗人诺瓦利斯也曾说过，"诗人实在是神智失常——然而，这一切都发自他的内心。他既不折不扣地是主体和客体，同时又是灵魂和宇宙。"由此可见，"诗"之内涵的不确定性，是人们一谈论"诗"就必然会想到的最为显著的特点。这样一种不确定性使得符号仅仅被视为表达对象之物的工具，这些符号必须借助于读者的阐释方能生成意义。因此，在领会"诗"的过程中，体认和意会获得了极高的位置。对诗性思维而言亦是如此。诗性思维强调象征的方式，把名言概念仅仅视为表达对象之物的手段。它通过想象、联想、比拟等思维路径建立其概念和对象世界之间的联系，从而使符号的能指和所指之间形成一种间接性的统一，为立象尽意、得意忘象提供了前提。这就必然导致一种后果：在诗性思维中，概念和范畴相应地具有多重功能，可以表征不同的事物和对象的不同意义，或者说概念或范畴常常出现意义的"超载"与"飘移"，构成其表意的发散性和模糊性。这样的思维方式只能和知性思维进而与科学理性永远处在互为彼岸的状态。因为"科学概念的形成，无非是把相同的规定从对象中剥离出来，然后舍弃相异规定，并选择一个符号对相同规定加以命名，把它肯定下来"。而"知性思维符合并遵循形式逻辑的规则，即同一律、排中律、不矛盾律，它必然使概念获得坚执性、固定性、明晰性。这恰恰是科学表达所内在地要求的"。

简单地说，在知性思维方式当中，概念是对于对象事物的直接抽象和概括，直接地蕴涵着对象世界的意义，与对象世界的关系是直接统一的。因此，只要概念清楚明白，对象世界的意义也就清楚明白。这也就是知性思维方式特别强调对概念做明确界定，而决不允许其内涵有一丝模糊和暧昧的根本原因所在。从诗性思维与知性思维的这种对立，我们不难找到理解"为什么近代科学没有在中国产生"这一"李约瑟难题"的路径。

三、中国传统文化带有浓厚的诗意化特征

从总体上说，中国传统文化带有浓厚的诗意化特征。诗性思维在中国传统文化中有较高程度的发展，成为中国古代思想家们的重要的思维方式。林语堂指出："诗歌对于我们生活结构的渗透，要比西方深得多，而不像西方人似乎普遍认为的那样是既对之感兴趣却又无所谓的东西。……所有的中国学者，都是诗人，或者装出一副诗人的模样，而且一个学者的选集中有一半内容是诗歌。"林语堂先生的这段话为我们从事实层面判断诗歌在中国传统文化中的地位提供了帮助，但他之所谓"渗透"却不能不说存在着理解上的偏差。诗歌之于中国传统文化，进而诗性思维之于中国传统思维方式，均不能说是一种"渗透"的关系。诗性思维正是在中国传统文化这一母胎中孕育出来的内在的规定，而非从外部强加给它的。如果说成是一种"渗透"关系，就难免有外在性之嫌。

诗性思维的产生与汉字有直接的关系。海德格尔说"语言是存在的家"。语言文字积淀并凝结着一个民族的致思取向。一个民族的文化秘密特别是思维方式，可以从该民族所使用的语言文字中去探求。同样地，领会诗性思维的奥秘也需要通过对汉字特点的考察来进行。后汉著名书法家蔡邕说过："凡欲结构字体，皆须像一物，若鸟之形，若虫食禾，若山若树，纵横有托，运用合度，方可谓书。"中国的方块文字，虽然不是图画文字，但是它却源于图画文字，所谓"书画同源"。按照唐兰先生的解释，中国的文字以象形、象声为基础，再加上形声，其实质是对客观事物的直接模拟，因而具有形象性的特征。汉字形成之初，可以直接由"形"见"义"。当然，随着文字的演进，文字的笔画与结构日趋简化并逐渐变形，离其原形越来越远，特别是表示某种抽象意义的文字更是如此，因而人们不能单靠其"形"来识见其"义"。但是从发生学的角度看，象形无疑具有优先的地位。这一点极其重要，以象形为基础，即成就了汉字的艺术性和形象性，使得它在骨子里头一直保留着艺术的精神。文字的模拟功能及其形象性的特点，决定了汉字在构成方法上就已经先天地包含了类比、模拟、喻指等内在成分，先天就形成了文字与意义间的对立。文字上的特点不能不影响到整个语言的风格。使用这种文字的中国传统文化势必强调语言文字的象征功能，进而在思维方式方面逐渐形成重诗性思维而轻知性思维的局面。

与中国传统文化不同，西方文化是以拼音文字为载体的。作为信息的直接载体，拼音文字的形、音、义三者是统一的。见一字之形就可以读出其音，由其音就可识其义。以这样的文字为基础所形成的概念，其中当然就蕴涵着对象的意义。把握了概念的意义，同时也就把握了对象事物的意义。以这样的文字形成的概念过滤掉了象征功能，只剩下了表述功能。西方人由此而只注重清楚明白，不追求甚至排斥言外之意、文外之旨。早在古希腊时期，西方哲学就已经确立了探究对象之知这一方向，对于对象之知的前提、条件、可能等作了深刻的论证，由此走上了追求绝对的逼真、严格的科学旨趣的道路，期望建立一种具有广泛的普适性、严格的规范性和完善的体系性的科学理论。这样的哲学取向使得他们所关注的不外乎自然事物及其中的数理和谐性，使得他们习惯于拿一种对立的抗争的眼光正视世界，习惯于从人与神、人与物、人与自然的对立中把握世界的本质。这种对立和抗争的最终结果便是知性思维高度发达，而诗性思维极度萎缩，以至于在西方文化中，诗歌领域的成就高低取决于史诗，而绝非抒情写意诗。

随着文化的发展，由汉字的特征所孕育出来的诗性思维方式不断生长，在中国传统文化内部诸领域均可显见其影响。诗性思维在中国古代的艺术理论和创造领域举足轻重。传统的艺术创作、艺术欣赏都强调神似，而反对形似，追求言外之旨、象外之意，重视含蓄，隐而不露，反对一览无余，形成了重表现的艺术和审美传统。例如，就被宗白华先生视作中国艺术中心的传统绘画而言，其审美理想即是以传神写意为基础，主张通过"外师造化，中得心源"来营造空灵的境界。清代大画家恽南田曾对一幅画景有过这样的描写："谛视斯境，一草，一树，一邱，一壑，皆灵想所独辟，总非人间所有，其意象在云合之表，荣落在四时之外。"宗白华先生将此解释为，这是借幻境来表现最深的真境，由幻以入真，这种真不是普通的语言文字，也不是科学公式所能表达的真，这只是艺术的象征力所能启示的真实。由此可以看出，在这里，"真"不是知识的对象，它不是单单对着具体的物理对象而言的，不是靠分门别类的方法获得的。相反，它所对应的是境界，是意义世界，是真善美的统一。成就这样的"真"所需要的是主体投身于本体并与本体融而为一的内在悟觉和整体体验。相对于西方的严密细致、科学精确而言，这样的"真"诚然具有经验性、模糊性、不确定性的局限，在探究自然方面显露出诸多弊端，但是，其间所体现的对人和人的目的的关注则不能不说更具温情，更能满足人的精神需求。

四、诗性思维主宰中国传统艺术领域的局面有着深刻的思想根源

这一根源即是作为中国传统文化深层内核的中国传统哲学，它历来是沐浴在诗性思维之中的。首先，中国古代哲学家既没有把客体对象分解为单纯的部分或实体及其属性而予以研究，也没有在人的意识活动中分离出一个独立的认知主体和抽象的纯思领域，而是倾向于把对象世界规定为一个天人合一、大化流行的和谐整体。在中国古代哲学形成的过程中，有一些思想家也注意分析、定义和辨名析理，比如名家，但从整体上看，对分析、分隔的关注不占主流，相反，思想家们大都强调从整体出发去理解对象世界。这种整体性的取向，具体地表现为观物取象和类比推衍两种形式。例如，在中国传统文化的重要典籍《易传》当中，观物取象有集中的典型表现。"古者包牺氏之王天下也，仰则观象于天，俯则观法于地，观鸟兽之文与地之宜，近取诸身，远取诸物，于是始作八卦，以通神明之德，以类万物之情。""圣人有以见天下之赜，而拟诸其形容，象其物宜，是故谓之象。""易者，象也。象也者，像也。"也就是说，观物是主体对客体省察、体验的过程，是对事物的总体及其联系进行多角度、多层次、多方位的观察。取象是观物的直接结果。"象"是对现实事物的一种符号象征式的模拟，所观之物是相互联系的统一整体，在此基础上通过取象而得到的八卦图像，则是事理或义理的象征或表征，是事理或义理的载体。它所象征的是对象的整体，而且这种整体是通过直接或直观的方式获得的，而不是把对象先行分析然后再综合为一个整体。因

此，观物取象实际上具有直观综合的整体性质。

与观物取象相比，类比推衍具有更为普遍的意义。就观物取象而言，由于受观察主体所触及的对象所限，其所获取的意象往往表征的是个别整体或类的整体。类比推衍则具有在获得有限整体的基础上通过类推而超越有限，最终获得无限的趋势。《周易》卦爻辞，经常借日常见闻的物象作为诱导物，诱发人们引发联想，类比引申，层层运思，终至激发其智慧的闪光。这种方法，不是通过概念的演进和逻辑推理的形式获取对象，而是通过类的推衍和比附去认识和把握对象。这就意味着把握了个体或局部就可以认识宇宙整体。

就中国传统文化的集中代表——儒、道两家而言，尽管他们的理论旨趣不同，但都以类比为基本方法。孔子就把取譬作为其建构仁学体系的一项基本原则。孔子说："能近取譬，可谓仁之方也。"他认为通过取譬的方法，就可以推导出人与人以及人与自然的关系，把握宇宙人生之道。孔子以后的儒者都十分重视类比的方法。孟子所说的"有不忍人之心，斯有不忍人之政"；董仲舒所说的"得一端而多连之，见一众而博贯之，则天下尽矣"；等等，它们说到底所体现的都是一种类比的方法。在宋明理学家那里，儒学空前地被哲学化了，其抽象思维能力远远高于先儒。尽管如此，宋儒仍然十分强调类推原则。譬如程颐就说："理在天下，只是一个理，故推之四海而皆准。"朱熹也说过："万物各具一理，万理同出一源，此所以可推而通也。"可见，高度重视类比方法和类推原则，乃是儒家的一贯传统。

与儒家相似，道家同样重视类比推衍的方法。老子说："以身观身，以家观家，以乡观乡，以国观国，以天下观天下。"他的出发点即是人是同类的，可由个体之身经过推衍，进而认识他人直至人的全体，万物莫不同道而类同。因此，凭借类推，就可以达到"不出户，知天下；不窥牖，见天道"的境界。

由上可知，不论是儒家还是道家，他们使用类比推衍方法的着眼点都在于整体性，其出发点是关于事物的个体或局部的整体性认识，而最终所要获得的，则是关于事物的普遍联系或对宇宙整体的认识。这就使得对于整体性的追求成为中国传统文化的首要目标和显著特色。其次，中国传统哲学的术语大都具有鲜明的不确定性。一方面，中国哲学的绝大多数重要术语内涵极不确定，其外延也没有明确的界限。对于儒家的重要著作《周易》，郑玄就曾这样解释，"易一名而含有三义，易简一也，变易二也，不易三也"。易学中的象数符号更是如此，阴阳二爻作为一个极为抽象的符号，其意蕴远不止于天地间最简化的形象的模拟，所有属于两类不同性质的事物，都是它所表征的范围。因此，正像有的学者所说，"象数提供给人以听任思维自由驰骋的空间，象数提供各种意义和义理以自由生成的场所，象数成了完全开放式的，向未来无限开放的各种意义和义理的收摄、吸纳、表征或蕴示者"。而道家的核心概念"道"在老子那里就已经身兼多义,具有多重表征功能,原始道家试图从本体、功能、过程、目的等各个方面去论述道,后来的学者又从不同角度对之做了规定和解释,赋予它极为复杂的含义。

另一方面,通观中国传统哲学,其重要术语的意蕴极不稳定,常常出现变化,人们对它们可以进行随机解释,赋予其不同意义。在易学中,象数符号的意义变化比比皆是。《周易》历来被视作一部阐论变化的经典。作为其符号系统的六十四卦的卦画,就是宇宙和社会人生领域中的一切表征和符示者。宇宙人生中的一切,都处于生生不息、变化日新的过程中,因而带有鲜明的时性,六十四卦亦因此有了其"时义"。所以说"神无方而易无体","不可为典要,惟变所适"。其实,"惟变是从"在儒、道、释三家那里是一个通用的准则。孔子论"仁",从来都不重复。他对颜渊说"克己复礼为仁",对樊迟说"仁者爱人",对子张说"能行五者于天下为仁矣",对仲公又说"己所不欲,勿施于人"。孔子还说"仁者,其言也讱","仁者,先难而后获","惟仁者能好人,能恶人","刚毅木讷近仁"。如此简洁的言语与如此繁复的含义恰相对照,以至于颜渊喟然叹曰:"仰之弥高,钻之弥坚。瞻之在前,忽焉在后。夫子循循然善诱人,博我以文,约我以礼。欲罢不能,既竭吾才,如有所立卓尔。虽欲从之,未由也已。"这也就是告诉我们,"仁"的含义是不确定的,并且是无限丰富的,它所要提示给我们的,不是独立于主体的确定的客观知识,而是一种生存智慧。要想从概念的角度去把握它,是不可能的。不仅"仁"是这样,道家的核心概念"道"也是这样。什么是道呢?道家有时用"无"来表示,有时用"逍遥"来表示,有时又用"齐物"来表示。对于佛家而言亦是如此,什么是佛呢?佛教有"一切法皆是佛法"之说,低头举手皆成佛道,行走坐卧都是佛法。其中的变动性更是溢于言表。可见,先哲们对于重要概念的规定是随机的,可以因人而变、因时而变。

但是,必须指出的是,这些可以随时变化的规定并不是"任人打扮的女孩子",在这种随机性而不是随意性当中,存在着一以贯之的内在联系。传统哲学中术语的这种多义性和变动性并非意味着中国传统哲学可以被任意阐释或无法解读。先哲对术语的解释虽是变化多端的,但其目的却是恒定的,即是要求每个人都从德性实践的态度出发,以自己的生命本身为对象,深切体会到这种不断地变化以实现道德的圆满,达到与天的和谐。因此,先哲们的不同意见之间不仅未形成真正的分裂,而且往往相互补充。从中国思想史的发展过程看,其术语的多义性、变动性又被体系的稳定性、统一性所限定。不论是变动还是稳定,都是关注主体性和道德性而非关注自然的结果。中国哲学自身的这种特性注定了它在总体上无法有过人的科学成就。

"其文约,其辞微……其称文小,而其指极大,举类迩,而见义远。"司马迁用来评价屈原的这句话,恰恰可以准确地说明中国传统文化的特点。由此亦足见中国传统文化受诗性思维影响之深。以上的简要论述可以说明这样一个问题:传统文化之所以在世人所谓的科学昌明的现代社会表现出异常突出的异质性是有其自身的遗传基础的,这一基础即是诗性思维方式。这种思维方式与知性思维的对立使得中国传统文化文质彬彬、诗意盎然,但是同时它又在发展科学方面先天不足。现代人对科学似乎已经崇拜到无以复加的地步,不知道有些人是否会因此而期待基因突变,是否知道突变中所存在的巨大风险。

第二节 中华民族诗性思维的历史渊源

一、中华民族诗性思维的形成与深厚的社会文化根基

众所周知,中国是远古人类频繁活动的地区之一,早在一万多年前,北抵黑龙江、南至珠江流域,东起东海之滨,西达青藏高原的辽阔版图内,都发现了旧石器时代的文化遗存。至于新石器时代的文化遗址,迄今已发现七千余处,遍布长城内外,大江南北,而且北方草原地区、长江流域、珠江流域的远古文化发展水平,达到较高的程度,与黄河流域的古文化相比,并不逊色。可以说,从遥远的旧石器时代开始,整个中华大地上都活跃着中国各民族先民辛勤劳作的身影,正是他们的社会实践,促进了人类体质的改善、大脑的发达和文明的起源,也为人的思维从原始思维向更高级的思维模式转化,蕴藏了巨大的推动力。

跨入文明的门槛之后,中国先贤们排斥鬼神思想,弘扬理性精神,人本主义得到了较早的觉醒。春秋战国时期,中国文明走向成熟,确立了人在自然和社会文化中的核心地位,百家争鸣的主要内容,是王道与霸道、法治与人治、君与臣、君与民等现实性的问题。法家强调法、术、势,道家讲究顺应自然,儒家提倡刚健有为,墨家以实证严谨为本,无不证明原始思维的式微,中国的理性精神得到一以贯之的传承。

中国理性精神的外化,产生了在当时处于领先地位的科技成果。早在先秦时期,《墨经》论及数学、物理等方面的问题,如有穷与无穷、同与异、方与圆、相交、相比、物质不灭、针孔成像、球面反射镜成像、杠杆、斜面、滑车原理的应用等。秦汉至明清,中国先后为世界文明宝库奉献了指南针、造纸术、火药、印刷术,还有其他灿若繁星的表现为物质文化、制度文化、精神文化各方面的杰出

创造。美国学者德克·卜德在《中国物品西传考》中指出,从公元前200年到公元后1800年这两千年间,中国给予西方的东西超过了她从西方所得到的东西。英国著名学者李约瑟的皇皇巨著《中国科学技术史》,雄辩地证明了中国科技的伟大成就,实际是以不可辩驳的事实,论证了在中国人的思维结构中,理性思维的因素占据了相当大的比例,至少实现了原始思维到诗性思维的飞跃。

中国人淡漠的宗教情绪,无可无不可的敬神心理;无事不登三宝殿的实用型崇拜模式;见神就磕头、逢庙便烧香,三百六十行、行行都有神的多神信仰,既是走出原始思维领域的表现,也给诗性思维的产生提供了宽广的空间。卡西尔对原始思维的保守性、刻板性、不可变更性作了精辟的论述:"在神话和原始宗教中,稳定化的倾向是如此强烈以致完全压倒了对立的一极。在人类生活中,这两种现象似乎是最保守的力量……从原始思维的观点看来,对事物的已成格局的最轻微变更都是灾难性的。"而中国的宗教世界,给个人留下了自由思考的余地,原始宗教的禁忌,失去了约束力,以自由想象为重要特征的诗性思维得以萌生。

中国少数民族由于社会进化缓慢,野性思维的色彩显得较为浓厚,但并不意味着中国各民族的思维模式总是停滞不前的,相反,在动态的变迁中,许多民族的文化同样闪烁着理性智慧之光,如和田玉,龟兹铁,壮族、布依族等南方少数民族的铜鼓,苗族、瑶族、黎族等少数民族的纺织、印染技术,皆名冠中外。藏族医学家宇妥·云丹贡布的《四部医典》、维吾尔族农学家鲁明善的《农桑衣食撮要》、回族天文学家扎马鲁丁的《万年历》、蒙古族数学家明安图的《割圆密率捷法》等,都在中国科学史上占有一定的地位。

中国各民族从原始思维过渡到诗性思维和理性思维的根本动力,在于长期的社会实践,促进了人们思维能力的提高,改变了采集狩猎的社会形态,建立了与诗性思维生成根基相适应的经济基础。布留尔说:许多社会事实彼此间都是紧密联系着并且相互制约着的。因此,具有自己的制度和风俗的一定类型的社会,也必然具有自己的思维样式。不同的思维样式将与不同的社会类型相符合,尤其是因为制度和风俗本身,实际上只是那些可说客观地受考察的集体表象的某种样式。但是,布留尔多次引用中国的材料用以说明原始思维的特征,而且轻率地否定中国科学,宣称"所有这一切只不过是扯淡"。一方面清楚地暴露了他的根深蒂固的种族偏见,另一方面说明了他对中国社会类型的一无所知,还有其理论本身的某种欠缺。实际上,举世公认的中国文明成就,绝不是在原始思维、野性思维的基础上取得的,而是依赖中国社会的发展和中国各民族理性精神才发扬光大的。当然,这种理性精神有别于现代西方工业化之后的理性思维,而是同诗性思维密切相关的理性精神。这种以人的主体意识觉醒为主要标志的理性精神,强劲地推动着中华民族的思维结构由以野性思维为主，过渡到以诗性思维为主，进而确立诗性思维的核心地位。

二、诗性思维与中国诗歌的繁荣

中华民族在诗歌创作领域取得了举世无双的杰出成就，从《诗经》《楚辞》到唐宋诗词，从清诗到现当代古体诗与自由诗，中国"诗言志"的诗学传统一脉相承；从屈原、李白、杜甫到毛泽东、郭沫若，中国诗坛奇才辈出；从卷帙浩繁的英雄史诗《格萨尔王传》《江格尔》《玛纳斯》，到优美动人的《阿诗玛》《召树屯》《哭嫁歌》，中国各民族的诗歌创作异彩纷呈。然而，中国没有基于原始思维的整合了的宗教思维体系，也尚未全面形成基于理性思维的科学技术，实际上，中国人是把相当一部分激昂的感情、杰出的智慧、丰沛的能量，从宗教和科学领域转向了诗歌创作，或者说中国人在诗歌创作中找到了实现生命价值的途径，长期执迷于此而形成思维定式，这种思维定式又反过来促进诗歌的繁荣。

中国文人诗歌创作的动力源泉，来自他们的济世救民理想的确立和对高官厚禄、显赫名声、生命延续的追求，而世道的险恶，官场的黑暗，人情的冷暖，常使他们壮志难酬，心理的创伤使他们形成心灵焦虑，转而追求自我解脱、自我超越、自我实现，达至超逸的人格境界。诗歌创作首先是作为实现这一目的的工具，然而，工具主义诗学的演化，必是目的主义诗学以及两者的汇融。正是兼有工具与目的的双重功能，有力地促进了中国文人诗歌长盛不衰的繁荣发展。

中国人以诗性思维为主导，保存有野性思维的率直、朴实、虔诚、幼稚、粗放的特质，较少受到理性思维那种刻板、僵化、抽象、冷峻因素的影响，不像笃信宗教的民族专心于追求一种超验，也不像实现工业化以后的现代民族醉心于感官的享受，而是挚诚地迷恋心灵世界的充实。中国人"过着孩童的生活、心灵的生活"，尽管"是一个带有幼稚之像的民族"，但是，"却有着一种思维和理性的力量"，由于有着"童子之心"，兼备"成年人的智慧"，而能永葆青春，让心灵世界充满了激情，造就了一种温良而洋溢着诗情画意的精神品格。

从《诗经》的形成过程可推知，汉族先民在先秦时期已习歌成俗，当今中国的许多民族仍常年以歌代言，以能歌善唱为最高荣誉，以传歌为人生之最大乐趣，教者倾其所能，兢兢业业，学者诚心诚意，全力以赴。每逢节日，或个人，或团体，各择对手，互问互答，试比歌艺高低，往往需几天几夜通宵达旦对歌，方可决出雌雄。若逢多人同声齐唱，则长声绕天，回旋往复，抑扬顿挫，山谷回音，远播数里，令人怦然动怀。日本文化人类学家小松和彦认为："人类按照培养自己的不同文化模式来理解和组织自己的生活以及他们周围的环境。也就是说，人类根据文化创造出来的精神装置，把没有形状和紊乱无序的世界，改变为具有意义的形态，然后根据通过这一活动所得到的对于世界秩序的容纳来认识世界。"以诗性思维为核心的文化模式，迫使人们以诗性的视角去组织外在无序的世界，以诗代言，以诗言理，以诗感化人。南方民族十分丰富的说理长诗，如壮族的《欢传扬》，苗族的《议榔词》《理词》，瑶族的《石牌话》，侗族的《款词》，其核心意旨为宣传民族传统美德、阐明为人处世之道，告示族规民约，调解民间纠纷，其表现形式却是诗歌艺术，广泛采用比喻、借代、夸张、对偶、排比、反复层递的修辞手法，使得全诗叙述生动，说理透彻，语言朴实，风格清新、亮丽。从表面看来，南方民族说理长诗的盛行，是风俗习惯使然，或者说是一种文化传统，但从更深层面看，是南方民族诗性智慧灵光的外化，是各民族从野性思维中走出，有了理性的觉醒，是诗与理完美化合的结晶。各民族的诗性思维往往将接触到的致思对象予以诗化，是情以诗化之，是理亦以诗化之，是物更以诗化之。瑶族在《石牌话》中说："石牌大过天，对天也不恶，哪个敢作恶，哪个敢捣乱，即使它是铜，也把它熔了，即使它是锡，也把它化掉。"形象表达出疾恶如仇的坚定信念。壮族《欢传扬》中有"小树不扶正，长大弯成钩"，以比喻对青少年教育的重要性。在不同的思维意象中，"树"与"人"浮现不同的情景，产生不同的联想。在诗性思维看来，"树"与"人"是一种本体与喻体、具体与抽象的审美关系，一旦脑际中出现"树正"的意象，就想起抽象的"人正"，要表达抽象的"人正"，则必然想起具体可感的"树正"，并用之入诗加以说明。在野性思维看来，"树正"引起的是神性的联想，将之归结为神灵的护佑，进而产生对神灵的崇拜之心。以理性思维的眼光看"树正"，联想到的是此树养分之充足，发育之良好，为材之可用，利润之可求，顿生占有之欲，与诗性思维联想到的刚健挺拔，正直无私的审美意象是迥然有别的。商品大潮涌动之前的大多数中国人看到"树正"，脑际中浮现的是挺秀的诗性情境，造就了诗歌的繁荣，而当今时势，商海潮涌，物欲横流，诗心枯竭，诗意寡然，诗歌式微，其根由在于诗性思维模式向理性思维模式的转化。只有发达的诗性思维，才会有发达的诗歌文化，古今皆然。从思维模式转化的角度阐明诗歌的兴衰，能从全新的层面，揭示诗歌创作的演化规律。

第三节　诗性思维的运作模式

美国人类学巨擘博厄斯说过：一切人的智慧在根本上是一致的。人类的大脑及其思维机能的共同性远及于差异性，各民族的诗学精神互有相同、相似、相异之处。不同族群表情言志的差异性，是作为人类共同特性基础上的差异性，而其一致性，是各民族相互区别的诗学精神外在显观模式掩盖下的一致性。因而探寻中国诗学精神特质的着眼点，应是人类诗性精神共同性基础上的特殊性，是产生于特定社会文化根基上的特殊性，更重要的是表现为不同运思模式和外化过程的特殊性，而不是作为一种结果和归宿的特殊性。

脑科学家认为，人的大脑是凭着一种生物电、一种特殊的化学物质或一种特殊的脉冲信号，组成思维单元的联系网络，负责分析处理反射到大脑的各种信息符号。而信息符号的来源在于社会生活和文化实践，特定的社会文化背景是各民族思维模式得以正常动作的重要能量潜源。

中国各民族诗性思维模式的动作，深受人类思维从野性思维模式，经诗性思维模式，到理性思维模式的整个演化过程的影响。从动态的发展观点看，这三种思维模式是前后相延续的承继关系，然而，从共时性的角度看，三者都是人的大脑形成后的三种思维结构。由于宗教、文学、科学的发展，思维并不是戛然而止，远古人类也有理性思维的萌芽，甚至表现出惊人的智慧。面对无穷无尽的茫茫宇宙和千变万化的自然现象，现代人同样面临许多难解之谜，现代人的心理意识中，也有原始思维的遗存。正如布留尔指出：神秘的前关联和神秘因素并不必然也不永远弱化下去。原始民族的思维即使在变得比较能接受经验的教训时，在长期里仍然继续是原逻辑的，并在自己的大多数观念中保留着神秘的痕迹。此外，抽象的和一般的概念一经形成，任何东西也不能阻止它们在自己身上保留着属于前一时期的仍然可辨的痕迹的因素。经济所无力破坏的那些前关联仍然继续保留着，神秘属性仍然为人与物所固有。

所以说，野性思维结构中包含着诗性思维及理性思维的因素，理性思维结构中也遗存着诗性思维及野性思维的成分，原始人在安排自己的狩猎和捕鱼的活动中极为经常地表现出惊人的灵敏和巧妙。他们在自己的艺术作品中屡屡显示了机敏的才干和高超的技艺。他们所说的语言有时是十分复杂的，和我们的语言一样，常有精密的句法。但是，原始人的理性思维因素和现代人的理性思维，现代人的野性思维和原始人的野性思维，依然存在着明显的差异。现代人的理性思维是成熟状态的理性思维，而原始人的理性思维则处于萌芽状态，是处在野性思维阴影笼罩下的理性思维。同理，在以诗性思维为核心的思维结构中，野性思维多少带有诗化的色彩，而理性思维则日趋成熟，处于上升状态。在以理性思维为主导的结构中，工业化带来的激烈竞争，压制了诗性思维的发展，反而使野性思维伴随着现代杀伤性武器与现代人的贪欲，以新的形式得到复活。人类思维结构永远处在动态的发展历程中，何种思维形态居于主导地位，决定了某个时代精神的总体风貌。一般地说,原始社会以野性思维为主导,诗性思维处于上升阶段,理性思维是潜隐的;传统农业社会以诗性思维为主导,理性思维由潜隐转为外显,野性思维受到压制;现代工业社会以理性思维为主导,野性思维再度泛起,诗性思维变为潜隐状态。

当然,在某些特定的历史时期的特定场合,潜隐的思维模式在外力的强烈推动下,亦有可能发生突变,占据主导地位。就个人而言,从童年、少年、青年、中年到老年的成长,大体上也经历了自野性思维,经诗性思维,到理性思维的演化过程,只是显现程度的不同,形成了人们的不同个性。

中华民族思维结构的根基在于人类思维模式演化的第二阶段,由诗性思维居于主导地位,理性思维处于新生态,野性思维受到抑制,这一定位,是理解中国诗学精神的前提和关键。

中国文化特征以及异常发达的诗歌文化折射出中国思维结构的运作特点:首先,这一思维结构刚从以原始野性思维为主体的思维结构转化而来,虽然野性思维转为潜隐,但它毕竟仍然余留有一定的能量,在相当一部分人当中,仍以神秘互渗为致思方式,泛灵信仰、自然崇拜、祖先崇拜在各民族中广为传承,粗野迷狂的思维风格特征时有泛滥,证明了野性思维的巨大影响力。不过,中国人的野性是处在进化发展过程中的野性思维,是人类思维演进过程中必经的一个阶段,虽同原始民族的思维有承接关系,但并非到此停滞不前,而是向着更高级的诗性思维转化。

其次,诗性思维模式由前一阶段的新生态转为成熟,居于主导地位,讲究和谐、含蓄、韵律的诗歌文化,从宗教文化、民间文化的浑融体中逐渐分化出来,脱离神秘互渗的思维方式和粗野迷狂的文化风格,文化风貌变得清新秀雅,把文学尤其是诗歌创作推向历史高峰。

最后,中国思维结构的特点是理性思维由潜隐态转为新生态,其实质是人的主体意识觉醒了,并由自在的主体意识向自为和自由的主体意识转化,有力地支撑着诗性思维的主导地位。然而,中国人的理性思维毕竟尚未完全成熟,且基于传统农业经济之上,其外化成果是具体层面的科学技术,而不是真正的工业文明,李约瑟等人深感迷惑的中国发达的科学技术未能造就出中国的工业文明,其原因除了中国农业经济基础之外,重要的原因就在中国的思维结构中,中国的理性思维处于新生态,而不是像西方民族的理性思维居于主导地位。中国的思想大解放在春秋战国时代,其思维能量的释放,形成了发达的诗性思维,并绵延两千多年,而西方的思想大解放在文艺复兴和启蒙运动时期,其成果是确立理性思维的核心地位,造就了发达的工业文明。从思维结构运作及其能量释放的时机看来,中国之所以成为诗的国度，工业文明之所以发源于西方，也就不难理解了。

第四节　唐宋诗词中的诗性智慧

"文学"有狭义和广义之分。狭义的文学也就是我们今天所说的"语言的艺术"，包括诗歌、小说、戏剧、散文；而上古时期，所谓"文学"还是泛指一切见之于"文"的东西，也就是刘勰《文心雕龙·原道》篇所说的"心生而言立，言立而文明"的"人之文"。《易传》说："观乎天文，以察时变；观乎人文，以化成天下。"孔颖达释曰："观乎人文以化成天下者，言圣人观察人文，则诗书礼乐之谓，当法此教以化成天下也。"以"人文"来"化成天下"一方面构成"文化"一词"以文教化"的基本内涵，同时也隐含着"文化"与"文学"的某种天然联系。

"文学"一词最早见于《论语·先进》篇，孔门弟子按其才能特长分为四科，"文学"是其中之一。对此，杨伯峻《论语译注》释曰："文学——指古代文献，即孔子所传的《诗》《书》《易》等。"可见《论语》所说的"文学"既是儒家文化的组成部分，又是儒家文化精神的文本化。

中国古代文化以儒家为正统，以道家以及后来传入中国的佛教为补充，儒、道、释或三水分流或三川汇一，共同构成中国文化的思想背景。因此，涵咏于其中的古典诗词，也就在这一文化背景的观照下，体现出独特的思维方式——诗性智慧。

思维方式是指人类观察、思考世界（包括人类自身）的方式。世界以何种方式向人类呈现，从根本上说取决于人类以何种方式去思考这个世界。因此，人类的思维方式是人类文化的核心之所在，它与人类文化是同步产生的。在对神话故事的研究中，意大利人类学家维柯发现了一种与哲学家们的理性智慧（分析性、思辨性、逻辑性）完全不一样的智慧，即以一种诗意性、想象性、以己度物和以象喻义的方式来看待并思考这个世界，维柯称之为"诗性智慧"。按照维柯的说法，全人类的思维方式在史前时代（即原始社会）是相同的，都是这种可以称之为"诗性智慧"的思维方式。如果说理性智慧是人类智慧的理智，那么，诗性智慧则是人类智慧的感官。诗性智慧以粗糙的、原始的、充满敬畏的方式，通过人类感官的渠道，创造了各门科学的世界起源，描绘了人类智慧的大致轮廓。诗性的智慧，这种异教世界的最初的智慧，一开始要用的玄学就不是现在学者们所用的那种理性的玄学，而是一种感觉到的想象出来的玄学。这种玄学就是他们的诗，诗就是他们生而就有的一种功能，他们生来就对各种原因无知，无知使他们对一切事物都感到新奇。诗所特有的材料就是可信的不可能（credible impossibility）。正是人类推理能力的欠缺才产生了崇高的诗，崇高到后来的哲学家们尽管写了无数的诗论和文学批评的著作，却没有创作出比得上诗人们更好的作品来，甚至妨碍了崇高的诗的出现。现代语言中丰富的抽象词语以及与之相对应的抽象思想，使现代人的心智脱离了感官。现代人不仅再也无法想象出诸如"具有同情心的自然"那样巨大的虚幻的形象，也同样没有能力去体会原始人的巨大想象力。因为原始人内心世界中丝毫没有抽象、洗练或精神化的痕迹，他们的心智完全沉浸在感觉里。

以维柯的理论来观照中国传统文化，我们很容易就能看出：中国传统文化受先秦原始儒、道的影响，其思维方式既有着形而上的、思辨的特征，同时也保持了诗性的特征，而这种思维方式绵延于几千年的中国古代文学的发展历史中，以至于成为中国文学区别于西方文学的重要特征之一。中国古代文化诗性的思维方式，大体上可以概括为类比思维、整体思维和直觉思维。

一、类比思维

人类在原始时代，凡遇到自己所不能理解、不能解释的事物，便习惯以自身为衡量标准来推想、类比身外之物，这就叫以己度物。进入文明时代，人类不仅继续以己度物，而且反过来取物喻人，以自然外物来类比人自身。无论是以己度物还是取物喻人，都是一种类比思维。孔孟取自然之物来类比君子人格，老庄亦取自然之物来推论自然之道，禅宗则取外境来示喻吾心，用的都是类比推理。

《易传·系辞》有"引而申之，触类而长之"的说法，这是说类比思维的功能是由一而多，由简单而复杂，遇到同类则扩大其象征，凡触类处即可引申，可见类比思维具有较强的象征性、启发性和暗示性。类比思维不过于依赖语言，也不讲求繁复的形式，而是化理性为感性，化繁复为简约，化认知为审美，从人与物（自然）的相互类比，上升为心物之间的感应交流，从而形成混融有机的境界。《易传》中的"立象以尽意"就有类比的意味："意"仅靠"言"是无法表现的，须借助于"象"，而一旦引进"象"，则就有了类比，用象（自然、人事等）来类比所有阐明的对象或道理，这也是"引而申之，触类而长之"的意思。试想，一部《易经》，如果离开了天、地、山、水、风、火、雷、泽这八大自然物象，如何能尽其哲学、伦理、美学、文学之意？同样的道理，离开了"风清骨峻"，刘勰如何能尽文学风格之意？离开了"落花无言，人淡如菊"，司空图又如何体貌"典雅之品"？

如果说，先秦文化的类比推理还仅仅是一种思维方式的话，那么，汉代儒学则完全依赖天与人之间广泛的类比推理来建构其全部哲学体系，在某种意义上说，董仲舒的"天人合一"是建立在"天人类比"的思维基础之上的。在先秦，天人感应说就已经流行了，如《尚书·汤诰》"天道福善祸淫"，已经表达出天能因为人的善或淫而降福或祸的基本思想。但真正将天人感应说上升到哲学的高度，并建立了一整套理论框架的，还是董仲舒的《春秋繁露》。

董仲舒是中国历史上第一个运用天人感应说系统地分析《春秋》灾异，并建立王道和灾异的联系的哲学家。他继承了战国时期孟子等提出的"天人合一"的观点，并加以发展，提出了"人副天数""人副天类"的观点，来论证天人关系的合一。董仲舒认为"为人者天"，天是人的曾祖父，人的一切都"受命于天"，所以天人具有天然的如同人的血缘关系一样牢固的关系。人的思想感情、伦理道德，无法抽象出具体的数字，无法与天数相比附，董仲舒提出的解决办法是："于其可数也，副数；不可数者，副类。皆当同而副天，一也。"于是刑德可与阴阳比附，喜怒哀乐可同春夏秋冬的暖温清寒四气、生养收藏进行比附。《春秋繁露·人副天数》云："天地之符，阴阳之副，常设于身。身犹天也，数与之相参，故命与之相连也。"从这种天人"相副""相类"的基本思想出发，董仲舒不仅以自然类比人之身体及情感，还以自然事物类比社会政治生活。在董仲舒的天人类比之中，天和人已不是抽象的概念，而是基于直观类比所树立的感性形象，即便是阴阳这类普遍存在的东西也是像泥和水一样的实物，并具有喜怒哀乐之情而与人相类。显然，这种类比推理之中还保存着原始思维"万物有情""万物同行"的思维特征。

既然天（自然）与人类相副、相类，那么自然的特征及变化与人的情感的特征及变化也是有着对应关系的，这就是刘勰所说的"岁有其物，物有其容；情以物迁，辞以情发"，情与外物之间可以相互感应，相互赠答。这种情与物的相类相迎，不仅见于诗文理论，更常见于书画理论，如北宋郭熙的《林泉高致·山水训》："春山烟云连绵，人欣欣。夏山嘉木繁阴，人坦坦。秋山明净摇落，人肃肃。冬山昏霾雾塞，人寂寂。看此画令人生此意。如真在此山中，此画之景外意也。"从思维方式的角度论，画中"景外之意"的形成，是建立在山水与情感的相类相副，相应相从的基础之上的。

以己度物的类比推理，不仅应用于自然与人之间，还应用于文章与人之间。中国古代文化在将自然人化、生命化的同时，也将文章人化、生命化了。以己度人包括了"生命化"和"人格化"两个方面，前者以人的生命有机体的部分和整体来命名或指代文学艺术的部分和整体，从而构成古代文论上一组常用的基本概念和范畴，如形神、风骨、气韵、血脉、主脑、肌肤、眉骨等；后者则是以某一类人的人格形象来类比并体貌文学艺术的某一种风格，如《二十四诗品》用美人、佳士分别类比体貌诗歌风格的纤秾和典雅，用畸人、壮士类比体貌高古、悲慨等。从《易传》的"近取诸身"到康有为的"书若人然"，生命化和人格化成为一以贯之的思维传统。

二、整体思维

以己度物的生命化和人格化，既是一种类比式思维，同时也有整体性思维的倾向。以己度物或以物比人走向极致就是物我一体，就是打破"此心"与"彼物"的界域，使我变成了物，也使物变成了我，正如庄子梦蝶的寓言，使庄周变成了蝴蝶，也使蝴蝶变成了庄周。既然外物与"我"一样是有感觉，有情欲，有喜怒哀乐的生命实体，那么用"我"所拥有的一切（身体、生命、情感、人格等）来理解并表述外物，就是最自然，最合理，也是最方便的了。与类比推理一样，天人合一、物我一体的整体性思维方式也源于人类远古社会的"万物有生"、"万物同情"和"神人以和"。

中国传统文化的"天人合一"遍涉儒、道、释三家，与西方传统文化的"主客二分"相区别，构成华夏民族特有的思维方式。《老子》又名《道德经》，陈鼓应在《老子注释及评介》中说："形而上的道，落实到物界，作用于人生，便可称它为德。"反过来说，人须遵循于"道"才能有所"得"（即德）。《老子》第二十五章说人法地，地法天，天法道，道法自然。从逻辑上讲，人最终要取法于自然（即天道）。《论语·泰伯》说："唯天为大，唯尧则之。"孔子认为尧的伟大正在于他能以天为准则。虽然老子和孔子对"天"的理解不尽相同，但这里讲的是以人合天、天人合一。禅宗作为佛教中国化的代表，主张"从于自心顿现真如本性"，消除此岸与彼岸、梵天与俗众的差别，在思维方式上也表现出物我一体、天人合一的特征。

中国传统文化之中，天人合一、物我一体既是以"我"观"物"的基本方式，同时也是"物"呈现于"我"的和谐状态。先秦儒、道两家都极为推崇"和"之境界，老子视"和"为自然之道的根本性特征，所谓"万物负阴而抱阳，冲气以为和"（《老子》第四十二章）。孔子则将"和"由"天道"引入"人道"，讲"君子和而不同"，并将"中和"或"中庸"视为道德和人格的最高境界："中庸之为德也，其至矣乎！民鲜久矣。"（《论语·雍也》）并且，孔子以"中和"及"中庸"的方式观照文学，提出"尽善尽美""文质彬彬""乐而不淫，哀而不伤"等具有综合性和统一性特征的观点。

以"和"的方式思考文学，则必然将"和谐视为文学美的最高境界"（《文心雕龙·序志》）。刘勰有"擘肌分理，惟务折衷"的说法，"惟务折衷"的思维方式直接源于孔儒的中和（中庸）思想，是对孔儒"和而不同"的整体性弘扬和创造性解读。刘勰所处的时代，文学已经发展到这样一个程度：要求对文学思想做出总体性描绘和总结性论述，刘勰舍弃"铨序一文"之易而担当起"弥纶群言"之难，面对文学思想的"前论""旧谈"，既不刻意标新立异，亦不轻率地雷同一响。刘勰要总结前人首先要超越前人，要集众说之精华，纳百川入大海，欲完成这一使命，最佳的思维方式和研究方法便是"擘肌分理，惟务折衷"。

刘勰之前的文学思想家，虽说在理论上各有建树且各有特色，但他们常常是"各照隅隙，鲜观衢路"（《文心雕龙·序志》），"各执一隅之解，欲拟万端之变，所谓东向而望，不见西墙也"（《文心雕龙·知音》），因而有不同程度的片面、偏颇和局限；而刘勰的高明之处正在于他将孔儒"和而不同"的思维方式引入文论研究，从而将前人视为相互对立或互不相关的许多命题、范畴和概念，通过剖析辨正，找到它们之间互相关联着的某种共同性，从而建立起一种更深刻的关于统一的看法。刘勰"惟务折衷"的整体性思维贯穿《文心雕龙》全书，涉及诸多命题、范畴和概念，如属于玄学范畴的"才性""言意""哀乐"，属于儒学范畴的"心物""通变""文质"，具有佛学意味的"奇正"，以及"情采""华实""比兴""隐秀"这类较为纯粹的文论术语，大多染上了"中和"的色彩，或者说就是"折衷"的产物，充分地表现出整体性思维的综合性和统一性。

三、直觉思维

"佛"的本义是"悟"，释迦牟尼因悟而成佛。佛祖之后，大凡在佛教史上留名的都有"悟"的故事。以禅宗为例，先有西天摩诃迦叶于佛祖拈花之时而领悟微妙至深的禅境，后有东土六祖慧能于弘忍命偈之际而创南宗顿教，此所谓"拈花之妙悟，非树之奇想"。从思维方式的角度而言，"悟"属于直觉性思维。道家也讲"悟"，《庄子·大宗师》说子祀、子舆等四人在一起讨论"生死存亡之一体"时"相视而笑，莫逆于心"，讲的也是直觉性的顿悟。

其一，"古今胜语，皆由直寻"。直觉思维属于诗性智慧，是文学创作中最常见的思维方式。当诗人用语言来表达对世界的感知时，他们不可避免地要以感悟的、直觉的、艺术的、审美的方式来思维。钟嵘提出诗歌创作的"直寻说"，主张"寓目则书"，在直观感悟中，心与物直接对话而无须以逻辑推理作中介，这也就是朱光潜所说的"不假思索，不生分别，不审意义，不立名言"之意。这种思维的直接性表现为吾心与外物的相摩相撞，寓目与书写的相伴相生。面对自己的批评对象（五言诗），钟嵘也是"寓目则书"，或比较或比喻或知人论世或形象喻示，均为诗性言说并无理性分析。比如，评范云、丘迟："范诗清便宛转，如流风回雪；

丘诗点缀映媚，似落花依草。"两个比喻加两个形容词，"用自己创造的新的'批评形象'沟通原来的'诗歌形象'"，使人读后有一种妙不可言的领悟，感受到甚至比定性分析更清晰的内容。

其二，"诗道亦在妙悟"。禅宗的妙悟是最为典型的直觉思维，严羽以禅喻诗，其实质是将中国禅宗的思维方式引入诗歌理论和批评。严羽《沧浪诗话》的"诗道亦在妙悟"取自"禅道亦在妙悟"，而禅宗的妙悟（南顿北渐）则是承续了东晋竺道生的"大顿悟"。据慧达《肇论疏》，道公大顿悟既讲"理不可分，悟语极照。以不二之悟，符不分之理"，也讲"悟不自生，必借信渐。用信伏惑，悟以断结"。前者指必须一次性地全面把握真如本性，悟理之时便是成佛之时，这显然是后来南宗禅的思想来源；后者则明示顿悟并不排斥渐修，必须以"信"（闻解）去"伏惑"并最终"断结"（了悟），这又是后来北宗禅的思想来源。

学诗作诗，皆须从最上乘参起，才可能有第一义之悟。学诗者对前人佳构既要转益多师又要烂熟于心，若无"读书破万卷"之"参"，何来"下笔如有神"之"悟"？而所谓"活参"，则是将禅宗"参活句不参死句"的思维方式引入诗歌创作中。禅宗公案多为直觉感悟式对话，问者深藏机锋，答者奇显妙悟，试举一则：

润州鹤林玄素禅师者，延陵人也。姓马氏。晚参威禅师，遂悟性宗。后居鹤林寺。一日有屠者礼谒，愿就所居办供。师欣然而往，众皆见讶。师曰："佛性平等，贤愚一致。但可度者，吾即度之。复何差别之有！"僧曰："如何是西来意？"师曰："会即不会，疑即不疑。"又曰："不会不疑底，不疑不会底。"有僧扣门，师问："是甚么人？"曰："是僧。"师曰："非但是僧，佛来亦不着。"曰："为甚么不着？"师曰："无汝栖泊处。"

这样一种"问非求答，答非诣问"的超语言方式，直奔惯常的、逻辑的语言所无法企及的思维层面，最终使对话者"惑"落而"悟"起。

诗歌创作的第一义之悟，则为别材别趣，它与"读书穷理"既相关又有别。作诗之悟非凭空而起，也有赖于对前人作品的遍参、熟参和活参，所以诗人要多读书多穷理。但诗歌的最佳境界，有如禅宗的真如本性，不在彼岸而在此岸，不在外物而在吾心，是由吾心之兴发所产生的一种情趣。其不可言喻，不可凑泊，恰似严羽所言的"空中之音，相中之色，水中之月，镜中之象"。严羽以禅喻诗而独标"妙悟"与"兴趣"，其思维特征是"不涉理路，不落言筌"，"羚羊挂角，无迹可求"，"透彻玲珑，不可凑泊"……更进一步说，禅是一种思维方式，也是一种生存方式，或者说是二者的统一；参禅者通过直觉式的妙悟去体验那个形而上的终极境界，最终进入一种诗意的此在。在这一点上，中国古典诗词与禅是相通的。诗人吟诗，其意并非在诗，而在于这种诗意化和个性化的生存方式。"逢人问道归何处，笑指船儿是此家。"（陆游《鹧鸪天·懒向青门学种瓜》）诗之舟是心灵的栖息地，是精神的家园。

第五章 诗词与修辞

第一节 辞格

研究辞格史,自然须先阐明辞格是什么。自 1923 年唐钺《修辞格》问世后,人们便开始注意对辞格定义与特性的研究。经过几十年的研究,修辞方面的研究取得了显著成绩。王培基的《修辞学专题研究》对此有详细总结。他介绍了 11 家有代表性的定义,并予以评析。学界目前关于辞格尚无统一的定义,但各家分别从不同的视角对辞格研究做出了重要贡献。由于这里并非探讨辞格的定义,故不作一一介绍。

陈望道将修辞现象分为消极修辞与积极修辞两类。辞格属于积极修辞范畴。他指出:所谓积极手法,约略含有两种要素:内容是富有体验性、具体性的;形式是在利用字义之外,还利用字音、字形的。

他进一步指出,消极修辞是抽象的、概念的,积极修辞是具体的、体验的。对于语言,一则利用语言的概念因素,一则利用语言的体验因素。对于情境,也一则利用概念的关系,一则利用经验所及的体验关系。一则怕对方不明白,一则还想对方会感动、会感染自己所怀抱的感念。

以上论述可以说是从辞格的内容与形式、辞格的表达法式与目的作用来论述辞格的特点的,同时也论及辞格对情境利用的特点。

20 世纪 80 年代,吴士文提出辞格的定义:辞格是在言语活动中长期形成的具有特定功能、特定结构、特定方法,符合特定类聚系统的模式。(《修辞格的定义及其他》)

这一定义提出后,曾得到许多同行的赞同。关于"模式"的提法,《修辞学发凡》中也曾出现过:"辞格不过是修辞上几种重要的模式或代表。"

陈光磊曾从话语表达的角度提出"话语模式"说:修辞格,作为积极修辞的各种格式,是一种语言的话语表达模式。

他还进一步指出辞格具有"文化性征":如果把语言看作是文化的组成部分并且是文化的表现形式,那么,作为话语模式的辞格也就是一种文化的具体体现,或者说，修辞格就是一定的文化所编制出来的语言组合的模式。这样，一种语言的辞格也就自然流露出它的文化性征了。

的确，大量的辞格实例和辞格史的史料也证明，不同的辞格，虽然流露出的文化性征或者说文化底蕴会有程度深浅的不同，但它们都是一定的文化所编制出来的语言组合模式。它们或多或少地必然受到社会文化的影响。

随着辞格研究的深入，人们还认识到，有些辞格除了是一种修辞方式外，还是一种思维方式、认知方式，如比喻、借代等辞格，已为学界所公认。

第二节　汉语辞格的发展演进

所谓辞格史，就是辞格发展演变的历史。汉语辞格史在发展演变中表现出以下几个特点。

一、历史悠久，源远流长

我国是世界四大文明古国之一，拥有五千年的悠久历史，文化源远流长。语言作为交际工具，随着人类社会的产生而产生。远古的先民们在劳动生产、日常生活中，由于交际的需要而逐步创造了多种辞格，作为人际交往、交流思想的方式。因此，有些辞格早在远古时期便已萌芽、逐渐成长，并发展到现代。我们今天常用的一批传统辞格便是如此。据已掌握的史料，比喻于商周时期即已萌芽，嵌字在甲骨文中已经出现，引用在商代已经运用，借代在西周铭文中也有巧用。还有仿拟、比拟、回文、避讳、顶真等辞格俱于先秦时期开始萌芽。这些辞格已走过数千年的历程，真可谓历史悠久，源远流长。

辞格既然是随着社会发展的需要而产生的，那么辞格产生的时间便有先后的不同。除了先秦时期产生的一批辞格外，后来也不断有新的辞格诞生。谭永祥1996年《修辞新格》（增订本）中的三十种新辞格，便是后来陆续产生的。虽然这些辞格的历史不及先秦产生的辞格历史长，但它们同样有一个萌芽、形成、发展的过程，也具有自己的历史。

二、稳步发展，有起有伏

汉语辞格发展的历史虽然是一个漫长的历程，但辞格史的主流，并没有出现大起大落，多是沿着健康的轨道，缓慢但却稳步地向前发展。这与语言本身的演变不是突变而是渐变的规律密切相关。我们所整理的这十二个辞格史的史料充分地证明了这一点。以比喻、引用等辞格为例,它们在几千年的历史过程中,便是比较缓慢地自然演进着,比较健康地发展着。它们之所以能发展至今,仍具有勃勃生机,仍为群众所喜爱,就是因为它们的主流能适应社会发展的需要而变化,能称职地为社会交际服务。可以说,适应社会的需要,称职地为社会服务,便是辞格史正确的方向和健康发展的标准。

当然,辞格在历史的长河里并不是一帆风顺、直线前进的。它也有起伏与快慢的不同。例如,回文辞格可分为回环(广义回文)与回文体(狭义回文)两类。这两类的发展便有起伏快慢的不同。回环于先秦时期萌芽,逐步形成后,进展一直缓慢,直至现代才有较大发展。而回文体于晋代兴起后便有了较快发展,但到了现代,它却处于缓慢前行的状态。

辞格史的长河也"常有上落"。例如避讳辞格,古代有敬讳与忌讳两类,但以敬讳占绝对优势。到了现代,敬讳已基本消失,而以忌讳占优势了。又如借代辞格,唐宋时期由于文坛上重视诗歌佳句的传颂,因而产生了以作品代作者,即以脍炙人口的佳句或诗题代作者的借代方式。发展至现代,这种方式就比较少见了。

辞格史的长河里也时常会翻起几朵偏离航向的浪花。以借代为例,南北朝时一度出现泛滥现象。唐宋时出现"醋浸曹公一瓮,汤燖右军两只""药炉烧姹女,酒瓮贮贤人"的借代。甚至有依据"泰山"代岳父,便推演为"泰水"代岳母;依据"右军"代鹅,便以"左军"代鸭的借代。明代时多将借代法视为换字法,以至"明人诗文,遂多换字涩体矣"。但这些现象最终都如昙花一现,被历史浪潮所淘汰。对待这种历史现象,当以历史主义的观点把它放在具体的文化背景下分析。这种偏离的修辞现象的出现是不足为奇的。从某种意义上说,它是辞格史中难以避免的,或是必然会出现的现象。因为伴随着巨浪滚滚,总会有泥沙俱下。

三、语辞魅力的不断创造

陈望道在《修辞学发凡》中还论及:"积极的修辞却要使人'感受'。使人感受……必须使看读者经过了语言文字而有种种的感触,……必须积极地利用中介上一切所有的感性因素,如语言的声音,语言的形体等等,同时又使语言的意义,带有体验性具体性。每个说及的事物,都像写说者经历过似地,带有写说者的体验性,而能在看读者的心里唤起了一定的具体的影像。"

所谓积极手法,这种形式方面的字义、字音、字形的利用,同那内容方面的体验性、具体性相结合,把语辞运用的可能性发扬光大了,往往可以造成超脱寻常文字、寻常文法以至寻常逻辑的新形式,而使语辞呈现出一种动人的魅力。

笔者从美学的高度明确地指出了辞格的特性之一是具有语辞美的魅力。辞格说及的事物能在听读者心里唤起一定的具体的影像，辞格常常可以造成无理而妙的新形式，因而能使语辞呈现出动人的魅力。所谓魅力就是一种最富有吸引力的情感力量。而语辞的魅力就是辞格以它独特的美感染并打动听读者，引起听读者心灵的共鸣和震撼。辞格常常使听读者产生"谈欢则字与笑并，论戚则声共泣偕"，"登山则情满于山，观海则意溢于海"的感受，正是它的美感力量所致。

当然，辞格必须以消极修辞为基础，必须适应题旨情境，才能产生语辞的魅力，辞格的这种魅力不是静态的、固定的，而是动态的、变化的。辞格正是以它不断变化的语辞魅力服务于社会，因而从某种意义上说，辞格演进的历史也是它的语辞魅力不断创新、演进的历史。

几千年来，一代代的人民群众、诗人、学者在运用辞格的过程中，不断地创造着语辞的美，不断地变化和丰富着语辞的感染力和表现力。

这种魅力随着语言文字自身的发展演进而发展演变着，而语音修辞、词汇修辞与语法修辞的发展也为辞格的发展提供了有利的条件。辞格也在不断地利用语言文字的感性因素。例如，析字利用了字的形音义而产生化形析字、谐音析字和衍义析字。仿拟的仿词、仿句、仿段、仿篇、仿调等便是对语言的词、句、段、篇等结构形式和既成腔调的利用。嵌字常与谐音双关相结合。回文主要是对汉语语序灵活性的利用。顶真则注重在音节节奏链条中的上下蝉联等。虽然这种对语言文字感性因素的利用也是一个历史的过程，但这些感性因素的利用，无疑为辞格增添了形美、音美、义美等种种动人的魅力。

辞格的这种魅力更随着社会的发展演进而发展演进。社会的发展对辞格不断提出新的需要，并为辞格的品类、方式与资源等方面创造了有利的条件；而辞格在品类、方式、资源等方面的发展，使语辞美的感染力、表现力更加多样化，更加绚丽多彩。以引用辞格为例。先秦时引用的主要方式有明引、暗引、正用、借用、虚用等。到了南北朝，由于帝王的提倡、文坛流行崇新尚奇的风尚等社会因素，引用的方式新增加了反用、化用、夸用、别用等，而骈文中的引用频率趋于密集化。到了唐宋元，尤其是宋代，更出现了众多的变化，如反用的大幅度增加、集句的流行、宋词化用唐诗的重营造新意境、引用在时间性与所属性方面的新变，以及注重切题、切姓氏、切时间、切地点等。这些都与文坛上追求创新与禅宗思想的影响等社会因素密切相关。这时引用的资源也愈加丰富，除了经史子集外，还有道教、佛教、禅典等，这自然又与外来文化的影响有关。元代陈绎曾在《文说》中便指出用事的资源有经史子集、佛老事、稗官、小说、俗说、戏谈、异端、鄙事等。引用辞格原本就有着较多的文化底蕴，经过一代代作者的运用、加工、改造，不断地为引用的言与事增添新的色彩、情感、情境等，从而使其文化积淀愈益深厚、多样化，而其语辞美的魅力自然更为动人、迷人。历史上常有人反对引用辞格，但至今引用辞格仍具有勃勃生机，其缘由之一就是与它不断开拓、创新，变换其魅力，有效地服务社会有关。不仅引用辞格如此，其他有生命力的辞格亦是如此。

四、反映社会文化的演进

由于辞格本身便具有一定的文化特征、文化底蕴，因而辞格不仅受社会文化的制约和影响，而且它也是文化的载体、文化的反映。修辞格的发展史也必然或多或少地反映社会文化的发展变化。

例如，借代辞格中服饰标记代的借体表现出与今不同的变化，同时也反映出古今服饰文化的演变。古代服饰文化的一个显著特点是具有尊卑等级之分。从周代的服饰制度上即可看出人们社会地位的尊卑贵贱。唐代更规定文武三品以上服紫，四品深绯，六品七品服绿，八品九品服青的宫服制度，黄色成了皇帝的专用服，平民和无功名的人只能服白色、素色服装。因此，在服饰标记代中便出现了以"赭袍""朱紫""青衫""白袍"等分别代皇帝、高官、卑微官职者及无功名的应试举子等的借体。而到了现代，则出现以"橄榄绿""白衣天使""绿衣使者"等借体分别代解放军、医务工作者、邮递员等，借体与古代完全不同。这充分反映了现代的服饰文化已根本取消了尊卑贵贱的等级制度，人们的观念有了很大的改变。

又如，在镶嵌辞格中，古代有镶嵌卦名、针穴名、龟兆名、相名、五行名、六甲名、建除名、八音名、六府名等方式。到了现代，这些嵌字的方式已经极少，多数业已消失。而现代嵌字多为人名、地名、国名、戏曲名、电影名、作品名、企业名、品牌名等，其中有继承中的变化，也有新的方式。古今这些嵌字方式的变化，同时反映了古今文化的演变。

五、多角度地研究辞格史

我们对辞格史的研究，除了注重运用历史主义的观点和方法，以及史论结合、选择重点等方法外，还对辞格的内部与外部诸因素进行了多角度的探索。

辞格本身就是一个动态的有机的整体，而辞格之间也存在着联系。鉴于此，对辞格的内部，我们主要从它的构成要素、品类与方式，它在不同文体中的分布、修辞功能以及辞格之间的联系等多种角度来研究它的发展演变。《修辞学发凡》曾论及"修辞学本身应该告诉我们下列几件事"，即修辞方式的构成、变化、分布、功能或同情境的关联，以及各种方式的交互关系等。这体现了系统论的观点和方法，也同样适用于辞格史的研究。一般来说，前三个视角应为重点。落实到每一个辞格史的具体研究时，则从实际出发而有详略与取舍的不同。例如，比喻辞格，主要研究其构成要素本体、喻体、喻词等的变化，其基本形式的发展，其在不同文体如诗歌、散文、小说、散曲中的分布以及它的修辞功能等。至于辞格之间常有兼用、连用、综合运用等现象。如顶真辞格发展到现代，则出现了顶真与借代或双关兼用，顶真与回文或引用等连用的现象。

辞格这个开放的系统，不是无源之水、无本之木，而是深深植根于社会这个大系统厚实的土壤之中。社会政治、经济、文化等种种因素，尤其是文化动因，有力地影响和制约着辞格的发展变化。鉴于此，本书对辞格的外部，即它与社会的关系也进行了多角度的研究。诸如社会的政治文化、经济文化、学术文化、民俗文化等；诸如祖先崇拜、圣贤权威崇拜、趋吉避凶、尚雅避俗等民族文化心理；诸如以用事炫耀才学，或追求新奇的文坛风尚、士人间应酬往来与娱乐游戏的需要，以及直接影响辞格发展变化的古今有关辞格的理论（它们与辞格史存在着互动关系）等，都成为我们探索的视角。总之，笔者认为，不能单维地、孤立地研究辞格史，而应该进行多维地、多视角地探索，才能较全面地阐释辞格的演变。

第三节　诗词的修辞手段

一、比喻

朱熹在《诗集传》中说，比喻是"以此物喻彼物也"。词典中的解释是"用跟甲事物有相似之点的乙事物来描写或说明甲事物"，说白了就是打比方。"风雅颂，赋比兴"中的"比"就是比喻。比喻是一种最古老又富有生命力的修辞手法。比喻可使事物生动形象、具体可感，以此引发读者联想和想象，给人以鲜明深刻的印象，并使语言文采斐然，富有很强的感染力。古希腊哲学家亚里士多德甚至说："比喻是天才的标志。"

比喻可以将表达的内容说得生动、具体、形象，给人以深刻鲜明的形象，使说理更透彻，其方式具体有以下几种。

（一）化抽象为具体

比喻可以用浅显易见的事物对深奥的道理加以描述，化抽象为具体，化繁为简，帮助人们深入地理解，并使语言生动形象，富有文采。

翻开唐宋诗词，"愁"字是随处可见的。"愁思""愁肠""愁城""愁云""愁容",带"愁"字的词语比比皆是。"愁"是一种抽象的人的心理,如何让这种抽象的心理变得具体可感,就要使用"比喻"这个修辞手法了。李白用三千丈的白发来比喻愁,"白发三千丈,缘愁似个长"(李白《秋浦歌》)。李煜将愁比作一江春水,"问君能有几多愁,恰似一江春水向东流"(李煜《虞美人·春花秋月何时了》)。而满城的风絮、梅雨都成了贺铸眼中的"愁","试问闲愁都几许,一川烟草,满城风絮,梅子黄时雨"(贺铸《青玉案·凌波不过横塘路》)。

(二)化平淡为生动

比喻能使具体的形象变得优美动人。用比喻来对事物进行描绘和渲染,可使事物生动形象、具体可感,给人以鲜明深刻的印象,并使语言文采斐然,富有很强的感染力。

例如,同样是雪,在吴均看来是像雾又像花,"萦空如雾转,凝阶似花积"(《咏雪》)。在苏轼看来,雪变成了杨花,"风力无端。欲学杨花更耐寒"(《减字木兰花·雪词》)。

《世说新语·言语》载:"谢太傅寒雪日内集,与儿女讲论文义。俄而雪骤,公欣然曰:'白雪纷纷何所似?'兄子胡儿曰'撒盐空中差可拟。'兄女曰'未若柳絮因风起。'公大笑乐。"同样形容雪,"盐撒空中"比起"柳絮因风起",就显得逊色很多。可见,比喻用得不到位,会让诗词失色不少。

(三)化深奥为浅显

用比喻描写事物,可使事物形象鲜明生动,加深读者的印象;用比喻来说明道理,能使道理通俗易懂,使人易于理解。运用比喻可以把陌生的东西变为熟悉的东西,把深奥的道理浅显化,把抽象的事理具体化、形象化,使情感抒发更加充沛、感人。

例如苏轼《和子由渑池怀旧》:

和子由渑池怀旧
苏轼
人生到处知何似,应似飞鸿踏雪泥。
泥上偶然留指爪,鸿飞那复计东西。
老僧已死成新塔,坏壁无由见旧题。
往日崎岖还知否,路长人困蹇驴嘶。

比喻在这首诗中起了贯穿全篇的关键作用。这首诗表达出诗人对人生来去无定的怅惘和往事旧迹的深情眷念。在苏轼看来,整个人生也充满了不可知,就像鸿雁在飞行过程中,偶一驻足雪上,留下印迹;待鸿飞雪化,一切又都不复存在。

然而，它毕竟过了，也就无悔了。

二、互文与互体

互文，就是"参互成文，含而见文"。为了增强某种表达效果，把本应该合在一起说的话临时拆开，使同句或相邻句中所用的词相互补充、相互渗透，上下文义互相交错、互相渗透、互相补充来表达一个完整句子意思的修辞方法，就是互文。这类修辞关系特殊，文字上只交代一方，而意义上彼此互见。我们在理解时，要把上下文的意思联系起来考虑，要瞻前顾后，不能把它割裂开来，不能只从字面上去理解。只有如此，我们才能正确地、完整地、不片面地掌握真正意思。

（一）互文的作用

1. 能收到笔墨经济，以少胜多，表意委婉，耐人寻味的艺术效果

在写诗填词的过程中，有时出于字数的约束、格律的限制或表达艺术的需要，必须用含蓄而凝练的语句来表达丰富的内容。于是两个事物在上下文只出现一个而省略另一个，即所谓"两物各举一边而省文"，以收到言简意繁的效果。例如，《江南逢李龟年》中的"岐王宅里寻常见，崔九堂前几度闻"。其中，"见"与"闻"互补见义，即（当年我）常在岐王与崔九的住宅里见到你并听到你的歌声，并非在岐王宅只见人而不闻歌，也并非在崔九堂只闻歌而不见人。

2. 避免了词语单调重复

如果行文时交替使用同义词，会给人拖沓的感觉。

例如王昌龄《出塞》：

出塞

王昌龄

秦时明月汉时关，万里长征人未还。

但使龙城飞将在，不教胡马度阴山。

其中，"秦时明月汉时关"就是互文。虽然按照原意，应该为"秦汉时明月秦汉时关"，但是读起来前后重复，用词拖沓。于是作者在前面省去个"汉"字，后面省去个"秦"字，解释时再把两个词合起来讲，显得精致，读起来也没有重复枯燥的感觉了。

3. 增强文章的形象性，也能产生一种韵律美，使人回味无穷

例如，"风含翠篠娟娟净，雨裛红蕖冉冉香。"（杜甫《狂夫》）此句写微风中的绿竹、细雨中的红荷花，句里点明风和雨，写得自然，风中见雨，雨中见风，形象生动。

这类互文，只有掌握了它的结构方式，才能完整地理解其要表达的意思。如只从字面理解，不但不能完整地准确地把握其要表达的内容，并且有时会令人进入迷宫百思而不得其解。

（二）互文与互体

互文和互体相类似，有些书上将二者合为一体，但实际上二者稍有不同：互体的两个相关部分之间，不按互相陈说的办法理解也说得通。也就是说，即便我们不知道它是互体同样可以解释。如"当窗理云鬓，对镜贴花黄"（《木兰诗》）的下句，就可理解为对着镜子贴花黄，但"互文"相对的两个部分则必须按互相陈说、共为一体的办法理解，否则会曲解文意。

由此看来，互文的范围比互体大。可以说，互体是包含在互文中的，这也是有些书将二者视为一体的原因。属于互体这种修辞手法的，一定也是互文。但是，属于互文这种修辞手法的，却不一定是互体。

三、通感

通感修辞格又叫"移觉"，就是在描述客观事物时，用形象的语言使感觉转移，将人的听觉、视觉、嗅觉、味觉、触觉等不同感觉互相沟通、交错，彼此挪移转换，将本来表示甲感觉的词语移用来表示乙感觉，使意象更为活泼、新奇的一种修辞格。

（一）通感的作用

通感不是某个时代某位诗人的创造，从本质上讲，它是来源于人的本能；从艺术上说则是人的想象所造成的。通感的手法用于文学创作，便赋予了文学作品独特的艺术魅力。

通感对意境有强化作用，加强了抒情的效果。

王国维在《人间词话》中说："'红杏枝头春意闹'，著一'闹'字，而境界全出。'云破月来花弄影'，著一'影'字，而境界全出矣。"这句话很贴切地道出通感与境界的关系，由于通感的运用而使诗歌生出意境。又如贾岛《客思》中"促织声尖尖似针"将"促织声"的听觉感受转化为"针"的视觉与触觉感受，以针的形状来比喻促织声，则意味着促织声如针一般无孔不入，再配之以"针尖"的实象，如针钻入心里，愈显烦闷，加强了无言的愁思，就把客思的疾痛表达得无以复加。

通感用形象化的比喻展示出了没有具体形象的事物，重在表达对某种事物的体验感受，是不同感官之间相同部分的联系。

例如，"无言独上西楼，月如钩。寂寞梧桐深院锁清秋。剪不断，理还乱，是离愁。别是一般滋味在心头。"（李煜《相见欢·无言独上西楼》）离愁本是看不见摸不着的一种心绪，但是词人却用剪刀去"剪"它，用手去"理"它。作者用通感的修辞手法加强了愁闷的心境，他使愁不仅仅成为看得见摸得着的东西，还让它在读者眼前清晰呈现，形成一种特别的"滋味"。它打破了视觉、触觉、味觉和人内在的感觉所存在的界限，使之相通，互相弥补不足，从而增强了抒情的效果。

诗歌借助于通感的作用，可以积极推动欣赏者的审美再创造，把欣赏者从一种美的境界带到另一种美的境界，而这两种境界的融合，更使欣赏者获得更强烈的审感愉悦感。

同样是"闹"字，不仅仅可以修饰红杏，如"车驰马骤灯方闹，地静人闲月自妍"（黄庭坚《才韵公秉》）"行入闹荷无水面，红莲沉醉白莲酣"（范成大《立秋后二日泛舟越来溪》）"月翻杨柳尽头影，风擢芙蓉闹处香"（陈耆卿《与二三友游天庆观》）等。

词中，"闹"字使用也比较频繁，如晏几道《临江仙·浅浅余寒春半》"风吹梅蕊闹，雨细杏花香"，毛滂《浣溪沙·水北烟寒雪似梅》"水北寒烟雪似梅，水南梅闹雪千堆"，马子严《阮郎归·西湖春暮》"翻腾妆束闹苏堤，留春春怎知"等。从这些例子可以看出，"闹"字是把事物无声的姿态说成好像有声音的波动，令读者仿佛在视觉里获得了听觉的感受，并获得更强烈的审美愉悦感。

（二）通感的分类

视觉与听觉间的通感。五官可以相通，但最易打通的是视觉与听觉，正如唐代学者孔颖达有言："声音感动于人，令人心想其形状如此。"视觉与听觉之间的通感可以分为两类。

一类是听觉表现视觉，这种表现方式能给事物以动态美。例如，苏轼的《夜行观星》"大星光相射，小星闹若沸"，大大小小的星星聚集在一起，大星星似乎明亮而平静，小星星闪烁不定，在诗人的笔下就成了"闹若沸"的场面，一个"闹"字在宁静的夜空中更显其活泼自在又乖巧的意境。

另一类是视觉表现听觉，这种形式能使虚化的东西实化，达到化虚为实、虚实结合的境界。例如李贺的《李凭箜篌引》"昆山玉碎凤凰叫，芙蓉泣露香兰笑。"带露的芙蓉、盛开的兰花，它们都是美的化身。诗人用"芙蓉泣露"描写琴声的悲抑，而以"香兰笑"显示琴声的欢快，不仅可以耳闻，而且可以目睹。

触觉与听觉间的通感。例如，"寒磬满空林"（刘长卿《秋日登吴公台上寺远眺》),以触觉上的寒形容磬声的深远,寒磬衬空林,旧日辉煌的场所如今衰草寒烟,十分凄凉。又如"晨钟云外湿"(杜甫《船下夔州郭宿雨湿不得上岸别王十二判官》),清晨的钟声远扬,穿过雨幕,袅袅的余音穿透云层,悠远而空明,但因雨天而钟声里显"湿",人们不得上岸的一点烦闷也表现得贴切自然。

视觉与触觉间的通感。例如,"杨花扑帐春云热"(李贺《蝴蝶飞》),杨花在春风中飘落,而春云也让人产生了热的感觉,春意热闹盎然的意境因"热"字而更形象。"来时万缕弄轻黄"(石柔《绝句》),杨花开的花色淡到若有若无,使人产生飘忽不定感觉,突出了杨花随风飘荡不能自主的无奈之感。

其他感官之间的通感。有听觉和嗅觉间的通感,如"哀响馥若兰"(陆机《拟西北有高楼》);有视觉与嗅觉间的通感,如"瑶台雪花数千点,片片吹落春风香"(李白的《酬殷佐明见赠五云裘歌》);还有多种感官间的相通,如白居易的《琵琶行》"间关莺语花底滑,幽咽泉流冰下难",这句话将听觉、视觉及触觉互通。

四、比拟和直言

比拟和直言,都属于修辞手法。我们先来讲比拟。

(一)比拟

比拟就是借助丰富的想象,把物当成人来写,或把人当成物来写,或把甲物当成乙物来写。也就是说把一个事物当成另外一个事物来描述、说明。比拟是根据本体事物和拟作事物之间的可拟性,借助联想和想象而形成的辞格,因而联想是通向比拟的桥梁,想象是比拟的翅膀。比拟具有很强的感情色彩,是作者用自己自然流露的强烈感情去感染读者的一种辞格。

王希杰在《修辞学通论》中说:"比拟,向来是一个独立的辞格。但是,如果从本质上看,比拟其实就是比喻的一种。比拟分为拟人和拟物两种:把人当成物,把物当成人。为什么可以把两个不同的事物混淆起来,把甲当成乙呢?因为这两种事物之间有某种相似之处,这种相似之处或者是客观存在的,或者是说写者主观心理上的一种情绪。"

可见,从本质上讲,比拟确实可以看成是比喻的一种。但比喻还是不同于比拟,主要表现在比喻可以直接把拟体当成本体来写,本体和拟体的关系是重合、相融的关系,彼此是混同的。而比拟重在"拟",且本体必然出现。

1. 比拟的作用

比拟能启发读者想象,令文章更生动。运用这种修辞手法能收到特有的修辞效果:或增添特有的情味,或把事物写得神形毕现,栩栩如生,抒发作者爱憎分明的感情。

（1）色彩鲜明。

比拟可以让暗淡无色的表述变得色彩鲜明，让平淡无奇的语言变得生机勃勃。例如，汉乐府《白头吟》："皑如山上雪，皎若云间月。"卓文君用山顶白雪和云间之月来比喻自己的高洁和坚贞，这比直言说自己如何坚贞更能让人体会作者当时那种悲痛的心情。

（2）描绘形象。

比拟可以让静的变成动的，让抽象的变成具体形象、活灵活现的，从而让诗词变得富有艺术魅力。例如，贺知章的《咏柳》诗："碧玉妆成一树高，万条垂下绿丝绦。不知细叶谁裁出，二月春风似剪刀。"这首诗采用拟人的手法，将杨柳比拟成美人"碧玉"出现，栩栩如生地刻画出杨柳的苗条身段、婀娜的腰身。这首诗还将二月春风比作剪刀，赞美它裁出了春天，形象生动地描绘出了春风带来的盎然生机。前者使用的是拟人的修辞手法，后者则使用的是比喻的修辞手法。

（3）表意丰富。

通过比拟，还可以表现人们的想象力、思想倾向和感情色彩，并创造某种意境，给人以强烈的感染力。例如，林逋《山园小梅》"霜禽欲下先偷眼，粉蝶如知合断魂。"这两句采用拟人的手法。白鹤爱梅之甚，它还未来得及走下来，就迫不及待地先偷看梅花几眼，"先偷眼"将白鹤那种喜爱之情表露无遗；"合断魂"一词写粉蝶因爱梅而至销魂，把粉蝶对梅的喜爱之情夸张到极点。

2. 比拟的分类

（1）拟人。

拟人又分为两种：以物拟人和以人拟人。以物拟人就是把物当成人来写，或者用表现人的特性的词语来描述物，或者直接把物变成人。例如，王之涣《凉州词》中的"羌笛何须怨杨柳，春风不度玉门关。"这两句诗引入羌笛之声，一"怨"字托"笛"寄情，委婉含蓄，耐人寻味，明写边远苦寒，暗含着无限乡思离情；龚自珍《己亥杂诗》"落红不是无情物，化作春泥更护花"，则是借喻自己为培育新人甘作牺牲；等等。

词中的拟人手法也不少，如辛弃疾《鹧鸪天·代人赋》"城中桃李愁风雨，春在溪头荠菜花"，用城中桃李比喻畏惧金兵的朝廷权贵，用溪头荠菜花比喻民间主战力量；贺铸的词《鹧鸪天·重过阊门万事非》"梧桐半死清霜后，头白鸳鸯失伴飞"，用"梧桐半死""鸳鸯失伴"比喻自己妻子的亡故，只剩下孤单的自己；等等。

还有一种就是以人拟人。如杜甫《和裴迪登蜀州东亭送客逢早梅相忆见寄》

"东阁官梅动诗兴,还如何逊在扬州",以六朝何逊爱梅来比喻自己对梅花的喜爱;李白《答王十二寒夜独酌有怀》,其中用"韩信""衡""李北海""裴尚书"这些历史人物来比喻王十二,或是激励其保持操守,或是要他将功名看淡些。

（2）拟物。

拟物也分为两种:以人拟物和以物拟物。以人拟物就是把"人"当成"物"来写,使人具有物的动作或情态,或者把甲物当成乙物来写,表达某种强烈的爱憎感情。为了表达的需要,将人的本质特点转移于其他事物,让它们具有人的某些特点,可以将事物描写得具体、生动、形象,使人感到亲切,容易受到感染。

例如,"身轻一鸟过,枪急万人呼"（杜甫《送蔡希曾都尉还陇右因寄高三十五书记》）,用飞鸟急速地飞过比喻蔡希鲁都尉的身手矫健;"感时花溅泪,恨别鸟惊心"（杜甫《春望》）,将人的那种悲痛比拟成花和鸟,也是拟物修辞手法的经典运用。

"只恐双溪舴艋舟,载不动许多愁"（李清照《武陵春·风住尘香花已尽》）,词人把无形、无量的愁苦化成有质有量的东西,并且用船来载,运用了拟物的修辞手法,把人物的内心世界写得淋漓尽致。

拟物的第二种就是以物拟物。如"天阶夜色凉如水,卧看牵牛织女星"（杜牧《秋夕》）,以水喻夜晚的寒意;"阳春二三月,草与水同色"（无名氏《孟珠》）,以青碧的水比喻春草;"日出江花红胜火,春来江水绿如蓝"（白居易《忆江南》）,以火喻春天的红花,以蓝色染料喻春天的江水;"余霞散成绮,澄江静如练"（谢朓《晚登三山还望京邑》）,用彩绢"绮"形容晚霞,用素绢"练"形容江水。

3. 比拟的运用

比拟确实可以增强语言的表现力,但用得不当,还不如不用。因此,运用比拟应注意以下几点:

第一,本体事物和拟作事物之间必须有一定的联系,具有可拟性,符合事物的特点,能唤起人们的想象。例如"岭树重障千里目,江流曲似九回肠"（柳宗元《登柳州城楼寄漳汀封连四州刺史》）,江流的弯转和九回肠不是很相像吗？如果将这百转千回的江流比拟成白杨树,自然就不符合事物的特点了。

第二,要注意感情色彩。比拟的目的之一是更好地抒发思想感情,因而比拟的感情色彩必须鲜明。运用比拟必须是自己真情实感的流露,感情必须符合所描写的环境气氛。例如,辛弃疾《鹧鸪天·代人赋》"城中桃李愁风雨,春在溪头荠菜花",用城中桃李比喻畏惧金兵的朝廷权贵,用溪头荠菜花比喻民间主战力量。那些权贵面对金兵到来,一个个愁眉苦脸,而民间主战力量却一派生机勃勃,很好地表达了作者主战的坚定信念。

（二）直言

直言是和比拟相对的一种修辞手法，就是用简单直白的语言来表达情感。在诗词中，就是采用直陈其事的写法，表面看来似乎简单、直白，缺少象征的奥义，实则意味、情味既深且长。诗词中透出那么一种氛围，那么一种神韵，也是能勾住读者心魄的东西。

直言的修辞手法，在古诗词中使用的较多。例如《古诗十九首》：

古诗十九首
行行重行行，与君生别离。
相去万余里，各在天一涯。
道路阻且长，会面安可知。
胡马依北风，越鸟巢南枝。
相去日已远，衣带日已缓。
浮云蔽白日，游子不顾反。
思君令人老，岁月忽已晚。
弃捐勿复道，努力加餐饭。

这是一首在东汉末年动荡岁月中的相思乱离之歌。尽管在流传过程中失去了作者的名字，但"情真、景真、事真、意真"（陈绎《诗谱》），读之使人悲感无端，为诗中女子真挚痛苦的爱情呼唤所感动。这里没有后来所推崇的含蓄之美，作者用简洁、直白的语言告诉我们思妇对远行君子深婉的恋情和热烈的相思。这种直白的呼喊，给人以沉重的压抑感，痛苦伤感的氛围立刻笼罩全诗。这种"若秀才对朋友说家常话"式单纯优美的语言，一点不逊于那些以雅致、委婉为美的诗歌。其他诸如李白的《静夜思》、白居易的《赋得古原草送别》等都以其简洁明快而流传至今。

唐宋以来，恐怕最为直白的诗歌要数张打油的《雪》了：

雪
张打油
江上一笼统，井上黑窟窿。
黄狗身上白，白狗身上肿。

这首诗简直直白得成了顺口溜，其实细细品味起来，虽然全诗没有一个"雪"字，但它却描绘了一幅别具韵味的雪景图，以至于后来人们竞相模仿，产出了许多俗中见雅的诗坛绝唱。再来看这样几首俗中见雅的诗：

东坡七岁黄州住，何事无言及李琪。
却似四川杜工部，海棠虽好不吟诗。

一上一上又一上,一上直到高山上。
举头红日白云低,四海五湖皆一望。

一爬爬上最高楼,十二栏杆撞斗牛。
纪钧不愿留诗句,恐压江南十二州。

一片两片三四片,五六七八九十片。
千片万片无数片,飞入梅花总不见。

总而言之,不管这几首诗的作者是谁,其直白程度几乎已在俚语之右,而其风雅趣味却让人品玩不尽。这几首诗的一个共同特点,就是起句平平,与俚语无二,但接着层层拔高,渐入佳境。正所谓用曲径通幽之妙,而把诗词的直白与含蓄的妙旨演绎得出神入化。

直白的修辞手法,在词中运用更是频繁,因为词当初是从曲而来,更接近下层老百姓的生活。例如白居易的《长相思》:

长相思
白居易
汴水流,泗水流,流到瓜洲古渡头。吴山点点愁。
思悠悠,恨悠悠,恨到归时方始休。月明人倚楼。

这首词以"恨"写"爱",用浅易流畅的语言、和谐的音律表现人物的复杂感情。特别是那一派流泻的月光,更烘托出哀怨忧伤的气氛,增强了艺术感染力,显示出这首词言简意富、词浅味深的特点。其他如张志和的《渔歌子》、李煜的《相见欢》等诗词遣词造句都非常直白。

有许多习作的诗词者都有一个通病,就是协调不好直白与含蓄的关系。这些人追求直白则流于粗俗,追求含蓄则流于生涩。一言以蔽之,掌握不好直白和含蓄的修辞手法,写诗填词就会误入歧途。

五、倒装

古典诗词中常出现句子倒装现象。刘勰《文心雕龙·定势》中早就指出:"辞反正为奇,效奇之法,必颠倒文句。"诗词中运用倒装,一方面是为了押韵和平仄的需要,另一方面更重要的是它避免了叙述手法上的单一,使原本生硬的句子和文章灵动起来。

(一)倒装的作用

1.可以让诗词韵律和谐

诗词押韵,不仅便于吟诵和记忆,更能使作品具有节奏之美。为此,不少古诗词运用了倒装。例如,"春眠不觉晓,处处闻啼鸟。夜来风雨声,花落知多少。"(孟浩然《春晓》)如果把"处处闻啼鸟"改为"处处闻鸟啼",那么"啼"与"晓""少"就不押韵了。

2. 可以让诗词的平仄协调

例如,"淮水东边旧时月,夜深还过女墙来。"(刘禹锡《石头城》),其中"淮水东边旧时月"正常的顺序应为"旧时淮水东边月",诗句颠倒后,平仄正好与下句相对,既合乎格律诗对于平仄的要求,又使句子音律和谐,声调优美。

3. 可以突出强调,让诗词侧重点鲜明

有时,诗人为了突出某种特殊的情感,在写作时有意将词语的语序改变。例如,"秋色渐将晚,霜信报黄花。"(叶梦得《水调歌头·秋色渐将晚》)其中"霜信报黄花"应为"黄花报霜信"。将"霜信"提前,表面上是写景物的凄凉,实际上是为了强调词人晚年生活的凄楚。"故国神游,多情应笑我,早生华发。"(苏轼《念奴娇·赤壁怀古》)正常语序应为"神游故国,应笑我多情,华发早生"。颠倒词序,突出了词人宦途失意的辛酸和对现实的愤懑。

(二)倒装的分类

倒装不外乎倒词、倒句、倒叙这三种类型。

1. 倒词

诗词中,经常会出现几个词语的倒置使用。例如,"峨眉山月半轮秋,影入平羌江水流。"(李白《峨眉山月歌》)其正常语序应为"峨眉山半轮秋月,影入平羌江水流。""染柳烟浓,吹梅笛怨。"(李清照《永遇乐·落日熔金》)其正常语序应为"烟染柳浓,笛吹梅怨。"苏轼《浣溪沙·簌簌衣巾落枣花》中"簌簌衣巾落枣花",其正常语序应为"簌簌枣花落衣巾"。如果不了解倒装,是无法理解这些诗句的意思的。

2. 倒句

倒句,俗称"倒装句",大多在两句之间变化。例如,"为报倾城随太守,亲射虎,看孙郎。"(苏轼《江城子·密州出猎》)其中"亲射虎,看孙郎"应为"看孙郎,亲射虎"的倒装。李清照《永遇乐·落日熔金》中"来相招,香车宝马,谢他酒朋诗侣",显然是"谢他酒朋诗侣,来相招,香车宝马"的倒装。

3. 倒叙

倒叙与顺叙相对,就是将正常的叙述方式颠倒,把结果前置、原因后置。例如,白居易在《上阳白发人》中就运用了倒叙,开头一句"上阳人,上阳人,红颜暗老白发新",把上阳宫女的现状和盘托出,然后诗人再将上阳宫女老死宫中的悲惨命运娓娓道来。又如"梦后楼台高锁,酒醒帘幕低垂。去年春恨却来时。落花人独立,微雨燕双飞。记得小蘋初见,两重心字罗衣。琵琶弦上说相思。当时明月在,曾照彩云归。"(晏几道《临江仙·梦后楼台高锁》)词的上阕写现时"春恨",下阕追忆当年初见小蘋及"当时"的情景,采用的是倒叙,表现了词人的苦恋之情和孤寂之感。

诗词中使用倒装,适当颠倒语序,可能将普通句子化平淡为神奇,避呆板而成佳句。但也并不是所有的句子都能倒装。用好了,能化腐朽为神奇;用不好,可能适得其反,画蛇添足。

六、重叠和反复

我们知道,诗词的语言贵在简洁精练、准确鲜明。但是,在诗词创作过程中,作者往往运用一种特殊的表现手法,故意将一些字巧妙地反复重叠。这就是"重叠"和"反复"。重叠一般是指字词的重叠,反复一般是指语句的反复。

(一) 重叠

重叠是将两个完全相同的字连续使用的一种修辞现象,又叫叠音或重言。它能生动地表现声音、颜色、形态、神情,从而增添语言的音韵美,加强语言的形象性,使表意更细致、丰富。

在文学作品中恰当地运用释字,能起到渲染气氛、深化情感、增强韵律等作用。

1. 重叠的作用

(1) 运用叠字能够绘景状物,能突出景物的特征,使人如见其形,突出形象性。

例如,岳飞《满江红·写怀》中"凭栏处,潇潇雨歇"一句,用"潇潇"拟雨声;杨万里《小池》"小荷才露尖尖角,早有蜻蜓立上头",用"尖尖角"来描写荷叶;白居易《琵琶行》"大弦嘈嘈如急雨,小弦切切如私语。嘈嘈切切错杂弹,大珠小珠落玉盘",用"嘈嘈""切切"状声,再加上"珠落玉盘"的形象比喻,使琵琶女的乐律弦声仿佛弹奏在读者的耳畔。

(2) 运用叠字能够渲染气氛,创设一种意境。

例如,"繁枝容易纷纷落,嫩蕊商量细细开"(杜甫《江畔独步寻花七绝句》),用"纷纷""细细"抒发自己惜花、爱花的心情,情真意切;韦应物的《赋得暮雨送李胄》"漠漠帆来重,冥冥鸟去迟",二组叠字使诗的意境更为深邃;《敕勒歌》"天苍苍,野茫茫,风吹草低见牛羊",叠字"苍苍""茫茫"的成功运用,从"天"

与"野"的角度勾画出了一幅迷人的辽阔草原的图画。

（3）运用叠字能够增强韵律，叠字可使诗的音律和谐，读起来朗朗上口，听起来声声悦耳。

例如，"千千石楠树，万万女贞林。山山白鹭满，涧涧白猿吟。君莫向秋浦，猿声碎客心。"（李白《秋浦歌十七首之十》）诗的前四句分别用叠字领起，节奏明快，富于音乐美。又如，"梨花院落溶溶月，柳絮池塘淡淡风。"（晏殊《无题》）"迟迟钟鼓初长夜，耿耿星河欲曙天。"（白居易《长恨歌》）这些诗句运用叠字手法，形式整齐，悦耳动听，增强了旋律美。

（4）运用叠字能够表情达意，可以使诗的思想感情表达得更加深切。

例如，"抽刀断水水更流，举杯销愁愁更愁"（李白《宣州谢朓楼饯别校书叔云》），其中"愁"字的重叠使用，将作者那种无处宣泄的愁写得淋漓尽致。又如，《古诗十九首·迢迢牵牛星》一诗，全诗仅十句，用了六组叠词，"迢迢牵牛星，皎皎河汉女。纤纤擢素手，札札弄机杼。……盈盈一水间，脉脉不得语"，形象地表达了牛郎织女缠绵的感情。

当然，叠字只是一种艺术手法，并不是叠字越多越好，应恰当地运用，不可为单纯追求形式，刻意用叠字而影响思想感情的表达。

2. 重叠的分类

依叠字在句中的位置，可分为首珠对、腹珠对、尾珠对和续滚对。

（1）首珠对。将叠词用在句首最为常见，能够突出叠词所模拟的意象的情态，使诗句描写细腻，具有朦胧婉约之美。

例如，"落落出群非榉柳，青青不朽岂杨梅。"（杜甫《凭韦少府班觅松树子》）"片片花经眼，垂垂柳拂肩。"（吴芾《暮春感怀》）"去去人应老，年年草自生。"（张籍《思远人》）"年年喜见山长在，日日悲看水东流。"（王昌龄《万岁楼》）"双双新燕飞春岸，片片轻鸥落晚沙。"（陆游《鹧鸪天·懒向青门学种瓜》）

（2）腹珠对。将叠词放在句中，多是对前面词语作补充说明，进一层渲染意象。

例如，"无边落木萧萧下，不尽长江滚滚来。"（杜甫《登高》）"一道残阳铺水中，半江瑟瑟半江红。"（白居易《暮江吟》）"荆巫脉脉传神语，野老婆婆起醉颜。"（刘禹锡《阳山庙观赛神》）"三山渺渺鸾鹤远，七泽茫茫蓑笠寒。"（陆游《夜登山亭》）"疏林红叶纷纷下，绕径黄花细细开。"（王庭珪《九日登鸿飞台》）"大弦嘈嘈如急雨，小弦切切如私语。"（白居易《琵琶行》）。

（3）尾珠对。将叠词放在句尾，二字韵调相同，没有抑扬起伏的变化，所以用得最少。

例如，"半世奇奇兼怪怪，一春白白与红红。"（吴则礼《怀关圣功》）"去程风刺刺，别夜漏丁丁。"（李商隐《送千牛李将军赴阙五十韵》）"丹壑树多风浩浩，碧溪苔浅水潺潺。"（许浑《早发天台中岩寺度关岭次天姥岑》）"夜听疏疏还密密，晓看整整复斜斜。"（黄庭坚《咏雪奉呈广平公》）"念去去，千里烟波，暮霭沉沉楚天阔。"（柳永《雨霖铃·寒蝉凄切》）

（4）续滚对。无论五言还是七言，一句之中往往连用两个叠音词，两句之间四个叠音词相互对偶。整句都是叠词的称为"续滚对"，具有极为强烈的律动美、韵味美、画面美。

例如王实甫《十二月过尧民歌·别情》：

十二月过尧民歌·别情

王实甫

自别后遥山隐隐，更那堪远水粼粼。见杨柳飞绵滚滚，对桃花醉脸醺醺。透内阁香风阵阵，掩重门暮雨纷纷。怕黄昏忽地又黄昏，不销魂怎地不销魂。新啼痕压旧啼痕，断肠人忆断肠人。今春香肌瘦几分？缕带宽三寸。

其他诸如"暗暗淡淡紫，融融冶冶黄。"（李商隐《菊花》）"夜听疏疏还密密，晓看整整复斜斜。"（黄庭坚《咏雪奉呈广平公》）"红红白白花临水，碧碧黄黄麦际天。"（杨万里《过杨村》）

在诗联作品中，叠词几乎可以充当各种句子成分。但两字重叠后，有的字义没有改变，而是加强了语气或是着重了语意。如"谁知盘中餐，粒粒皆辛苦。"（李绅《悯农》）句中叠词"粒粒"就是表示"每一粒"。

有的两字重叠后，叠词和原来单一的字意义已经不一样了，如杜甫《咏怀五百字》"兀兀遂至今"中的"兀兀"重叠后就是"忙碌"之意，而"兀"原意为"突兀"。

（二）反复

反复是指语句的反复，在词中运用较为广泛，诗联作品中运用较为少见。其作用是为了强调某种意思、突出某种情感，特意重复使用某些词语、句子或者段落等。

反复分两种情况。第一种，格律中规定必须反复的。例如《忆秦娥·箫声咽》这个词牌，我们以李白的词为例：

忆秦娥·箫声咽

李白

箫声咽，秦娥梦断秦楼月。秦楼月，年年柳色，灞陵伤别。乐游原上清秋节，咸阳古道音尘绝。音尘绝，西风残照，汉家陵阙。

这个词牌的上下阕中，规定了第三句和第八句必须和前面的三个字反复出现。又如《如梦令·昨夜雨疏风骤》这个词牌，我们以李清照的词为例：

如梦令·昨夜雨疏风骤
李清照

昨夜雨疏风骤。浓睡不消残酒。试问卷帘人，却道"海棠依旧"。知否，知否？应是绿肥红瘦！

词牌规定了第五句和第六句必须反复出现。其他如陆游《钗头凤·红酥手》中的"一怀愁绪，几年离索。错！错！错"，"山盟虽在，锦书难托，莫！莫！莫"。词人先后两次发出的感叹构成"错""莫"两字的重叠，别开生面地直抒胸臆，表达对唐婉眷恋之深和相思之切的情感，抒发了怨恨愁苦而又难以言状的凄楚之情。《丑奴儿·书博山道中壁》中"少年不识愁滋味，爱上层楼，爱上层楼，为赋新词强说愁。而今识尽愁滋味，欲说还休，欲说还休，却道天凉好个秋。"这段话用反复充分表达作者心情压抑，报国无路的痛苦，增强了文章的气势。

第二种是作者有意为之的反复。例如李贺《苦昼短》：

苦昼短
李贺

飞光飞光，劝尔一杯酒。吾不识青天高，黄地厚。唯见月寒日暖，来煎人寿。食熊则肥，食蛙则瘦。神君何在？太一安有？天东有若木，下置衔烛龙。吾将斩龙足，嚼龙肉，使之朝不得回，夜不得伏。自然老者不死，少者不哭。何为服黄金，吞白玉？谁似任公子，云中骑碧驴？刘彻茂陵多滞骨，嬴政梓棺费鲍鱼。

在诗词中数量词的反复比较多，如"两人对酌山花开，一杯一杯复一杯"（李白《山中与幽人对酌》）"主称会面难，一举累十觞。十觞亦不醉，感子故意长"（杜甫《赠卫八处士》）"几时归去，作个闲人。对一张琴、一壶酒、一溪云"（苏轼《行香子·述怀》）。当然，这种反复通常前后词组结构相同。

七、反衬和陪衬

反衬和陪衬都属于"衬托"修辞的范围。衬托是指用一个或多个相似或相反的事物去突出某一主要事物的一种修辞手法，起衬托作用的事物居于次要地位。其主要作用就是突出主要事物或某个方面。用相反的事物就是"反衬"，用相似的事物就是"陪衬"，我们先来讲反衬。

（一）反衬

反衬，就是利用与主要形象相反、相异的次要形象，从反面衬托主要形象。反衬既是一种修辞方法，也是一种艺术表现技巧，因其表达效果的鲜明、强烈而深受古代诗家词客的钟爱，在写景和抒情的诗词中多有体现。

1. 反衬的作用

反衬是用相反的事物衬托主体,从而使主体更形象、更突出的一种写作技巧,如以美衬丑、以乐衬悲等。王夫之《姜斋诗话》云,"以乐景写哀,以哀景写乐,一倍增其哀乐。"可见反衬如果运用得好,可以起到双倍的作用。

2. 反衬的分类

在古典诗词中常见的反衬方式主要有动与静之间的反衬、虚与实之间的反衬、今昔盛衰之间的反衬、哀与乐之间的反衬等,方式虽各异,但表达效果一样,都是为了增加诗歌的表现力和感染力。

(1) 动与静之间的反衬。

动静之间的反衬,或者以静反衬动,或者以动反衬静,相互映衬,构成一种情境。最著名的例子当数王籍的《入若耶溪》:

入若耶溪

王籍

艅艎何泛泛,空水共悠悠。

阴霞生远岫,阳景逐回流。

蝉噪林逾静,鸟鸣山更幽。

此地动归念,长年悲倦游。

此诗的五、六句用以动反衬静的手法来渲染山林的幽静。"蝉噪"二句是千古传诵的名句,被誉为"文外独绝"。其他如王维的"倚杖柴门外,临风听暮蝉",杜甫的"春山无伴独相求,伐木丁丁山更幽",都是用动来反衬静,使静显得更加幽静、深沉。

以静衬动的例子,如王维的《山居秋暝》:

山居秋暝

王维

空山新雨后,天气晚来秋。

明月松间照,清泉石上流。

竹喧归浣女,莲动下渔舟。

随意春芳歇,王孙自可留。

"明月松间照,清泉石上流",用明月的静衬托清泉的动,将山林的清新、宁静描写得如临其境,为后面的浣女、渔舟之动做衬托。其他如李白的《峨眉山月歌》"峨眉山月半轮秋,影入平羌江水流。"柳宗元的《江雪》"千山鸟飞绝,万径人踪灭。孤舟蓑笠翁,独钓寒江雪。"这些都是以静衬动的例子。

(2) 虚与实之间的反衬。

在古诗词中,虚与实是相对出现的,一般情况都是以虚来反衬实。我们一般将没有的、假托的、主观的、隐蔽的、未来的以及未知的当成"虚",与之相反的即为"实"。

例如崔护的《题都城南庄》:

题都城南庄

崔护

去年今日此门中,人面桃花相映红。

人面不知何处去,桃花依旧笑春风。

通过"去年"和"今日"同时同地同景而"人不同"的对比,把诗人因这两次不同的际遇而产生的感慨,回环往复、曲折尽致地表达了出来。

例如,李白的《梦游天姥吟留别》中的仙境就是虚拟的景象,如"日月照耀金银台""霓为衣兮风为马""虎鼓瑟兮鸾回车,仙之人兮列如麻"等。作者虚拟描绘了一幅美好的图景,来反衬出现实的黑暗。

又如,"今宵酒醒何处?杨柳岸晓风残月。"(柳永《雨霖铃·寒蝉凄切》)这是设想的别后景物:一舟离岸,词人酒醒梦回,只见习习晓风吹拂萧萧疏柳,一弯残月高挂柳梢。

(3)今昔盛衰之间的反衬。

诗歌内容的今与昔的对比,通常是用过去来反衬现在,通过昔盛今衰的对比,以形成强烈的表达效果,给人物是人非的感觉。

例如李煜《虞美人·春花秋月何时了》:

虞美人·春花秋月何时了

李煜

春花秋月何时了,往事知多少。小楼昨夜又东风,故国不堪回首月明中。雕栏玉砌应犹在,只是朱颜改。问君能有几多愁,恰似一江春水向东流。

词中"故国"的"雕栏玉砌"并不在眼前,也就是虚像。作者将"雕栏玉砌"与"朱颜"对照着写,用过去的繁盛来反衬如今的凄凉,物是人非之感油然而生。

又如李白的《越中览古》:

越中览古

李白

越王勾践破吴归,战士还家尽锦衣。

宫女如花满春殿,只今惟有鹧鸪飞。

诗人给我们展示了两幅画面,一幅是越王凯旋,战士们换"锦衣",宫女们在宫殿里恣情欢乐的繁盛景象;另一幅则是只有几只鹧鸪在王城故址上飞来飞去的凄凉景致。诗篇将昔日的繁盛和今日的凄凉通过具体的景物作了鲜明的对比,用过去的繁盛来反衬如今的凄凉,抒发了盛衰无常之感。

（4）哀与乐之间的反衬。

人们对美好的事物有一种自然的欣赏和渴望，一旦遇到自己不能拥有的时候，感伤之情就会不约而至。

例如元好问的《临江仙·荷叶荷花何处好》：

临江仙·荷叶荷花何处好

元好问

荷叶荷花何处好？大明湖上新秋。红妆翠盖木兰舟。江山如画里，人物更风流。千里故人千里月，三年孤负欢游。一尊白酒寄离愁。殷勤桥下水，几日到东州！

这首词上阕回忆畅游大明湖的情景，新秋之时荷花娇艳，荷叶田田，一派美好的景象。下阕笔锋一转，景致再好，却离别在即，用美丽的景色来反衬分离愁思之深。

又如宋代李彭的《春日怀秦觏》：

春日怀秦觏

李彭

山雨萧萧作快晴，郊园物物近清明。

花如解语迎人笑，草不知名随意生。

晚节渐于春事懒，病躯却怕酒壶倾。

睡余苦忆旧交友，应在日边听晓莺。

第一、二联写了盎然春意中一派明媚景象：无边的春草，新绿欲滴；照眼的春花，撩人欲醉；春天气息何等浓郁。然而，诗人年事已高，不能再去游玩，心情怎能不难过？前面的表现越美好，就越突出后面心绪的消沉。

反衬和对比有一定的相似，但读者万不可将二者视为相同。对比即把两种对立的事物或某一事物的两个不同方面放在一起相互比较，以突出事物特征或揭示事物本质的手法。总而言之，反衬有主要形象，意在"衬"，次要形象是为了突出主要形象的；而对比意在"比"，正反两方面是平等的，没有主宾之分。

（二）陪衬

所谓陪衬，也叫"正衬"，就是用类似的景物或景色来烘托情感。说得直白点，就是用好衬好，用美衬美，用丑衬丑，以悲衬悲，以喜衬喜，等等。如李白的"桃花潭水深千尺，不及汪伦送我情"，用深千尺的潭水来衬托汪伦对作者的情谊。诗词中的陪衬有以下几种：

1. 用衰败之景衬托愁苦之情

诗词中常用衰败、萧瑟之景来烘托人的愁苦、伤感之情，景物带上作者的感情色彩。例如杜甫的《登高》：

登高

杜甫

风急天高猿啸哀,渚清沙白鸟飞回。
无边落木萧萧下,不尽长江滚滚来。
万里悲秋常作客,百年多病独登台。
艰难苦恨繁霜鬓,潦倒新停浊酒杯。

这首诗,首联写了急风在高天中发出怒号的声音,猿猴不停哀号;深秋了,在水清沙白的河州上一只鸟或许是因食物少,或许是跟鸟群失散,在急风中不停地盘旋。颔联写森林茫无边际,落叶在秋风中萧萧而下,长江滚滚而来,奔流不息。作者写出了夔州满目苍凉的恢阔秋景,衬托出作者羁旅之愁、孤独之感。这种愁苦像落叶、流水一样排遣不尽,驱赶不绝,为下文作者对国运艰难的关注、对流落他乡的伤感作了铺垫。

2. 用美好之景衬托欣喜之情

美好之景通常给人愉悦的感受,诗词中也常用美好的景物来烘托美好的心情。例如白居易的《钱塘湖春行》:

钱塘湖春行

白居易

孤山寺北贾亭西,水面初平云脚低。
几处早莺争暖树,谁家新燕啄春泥。
乱花渐欲迷人眼,浅草才能没马蹄。
最爱湖东行不足,绿杨阴里白沙堤。

这首诗描写了钱塘湖早春之景。西湖水涨,春水满湖,水色天光,白云和湖面的波澜连成一片。黄莺抢占向阳的暖树来一展它湿润的歌喉,燕子啄泥衔草筑新巢。西湖边到处是绿毯似的嫩草,平坦修长的白沙堤两边垂杨拂堤,人们在大好春光中骑马游玩。当时作者在杭州任刺史做了一些足以自慰的政绩,在政事之余常到西湖一带游赏,面对早春的西湖,作者的欣喜之情流露于字里行间。两湖勃勃生机之景从正面衬托出诗人的欣喜之情。

3. 用景色衬托人物

例如崔护的《题都城南庄》:

题都城南庄

崔护

去年今日此门中,人面桃花相映红。
人面不知何处去,桃花依旧笑春风。

这首诗用桃花的鲜艳来衬托少女的面色。春风中的桃花人人都知道是何等的艳丽，而"人面"竟能"映"得桃花分外红艳。本来已经很美的"人面"，在红艳艳的桃花映照之下定是显得更加青春美貌，风韵袭人。

4. 以景物衬托景物

例如杜甫的《旅夜书怀》：

旅夜书怀

杜甫

细草微风岸，危樯独夜舟。

星垂平野阔，月涌大江流。

名岂文章著，官应老病休。

飘飘何所似？天地一沙鸥。

这首诗用"星垂"来衬托出平野的辽阔，用"月涌"来衬托大江在汹涌奔流。

5. 以人物衬人物

例如苏轼的《念奴娇·赤壁怀古》：

念奴娇·赤壁怀古

苏轼

大江东去，浪淘尽，千古风流人物。故垒西边，人道是，三国周郎赤壁。乱石穿空，惊涛拍岸，卷起千堆雪。江山如画，一时多少豪杰。

遥想公瑾当年，小乔初嫁了，雄姿英发。羽扇纶巾，谈笑间，樯橹灰飞烟灭。故国神游，多情应笑我，早生华发。人生如梦，一尊还酹江月。

词中写"小乔"这样的美人，在于烘托周瑜才华横溢、意气风发，突出人物的风姿。这首词也用了反衬的手法，中间描写周瑜的战功意在反衬自己的年老无为。

第六章　唐宋诗词中的修辞运用

第一节　比喻

唐宋时期散文体中的比喻无多大变化，但比喻在唐宋词中有明显的语体分布差异。明喻于诗词中用法无异，隐喻于诗与词中都绝少出现。唐诗中借喻使用量大，形式多样。明喻在唐诗中也使用量大而在词中很少见，定心结构的比喻虽在诗词中都有，但在唐宋词中量更大，表现力更强。另外，诗与词作为诗歌体都大量存在着省略喻词的比喻。

一、唐诗的比喻：以篇章为单位的借喻、明喻大量使用

唐诗借喻十分丰富，特别是以篇章为单位的借喻大量出现是唐诗不同于前代诗作也与宋词有别的主要修辞特点。如下列几例：

（1）八月湖水平，涵虚混太清。气蒸云梦泽，波撼岳阳城。欲济无舟楫，端居耻圣明。坐观垂钓者，徒有羡鱼情。（孟浩然《望洞庭湖赠张丞相》）

对此诗的表现手法，清代《唐诗从绳》讲得非常明晰："此篇望人援手，不直露本意，但微以比兴出之，幽婉可法。"又如清人《瀛奎律髓记评》引纪昀语："只以望洞庭托意，不露于乞之痕。"

又，唐代科场时有不公，考科举往往有不凭诗文而凭门第、出身、关系录取的，对这种现象那些有才学的士子欲隐忍不言又做不到，欲直言又对自己更不利，因之产生了很多婉曲达意的落第诗。如以下两首：

（2）天上碧桃和露种，日边红杏倚云栽。芙蓉生在秋江上，不向东风怨未开。（高蟾《下第后上永崇高侍郎》）

此诗被《诗法易简录》评为"唐人下第诗以此为最"。高蟾屡举不第，下第后赋诗高侍郎表明自己不怨主司，全诗用比喻构成，对本事不着一字。前二句喻得第者沐知遇之恩，后二句喻己下第系命运使然，不敢归怨主司。此诗既表达了自己高才落第的不幸，又不致刺伤主司和得第士人，引起时人普遍同情，第二年高蟾擢第。再如：

（3）懒修珠翠上高台，眉月连娟恨不开。纵使东巡也无益，君王自领美人来。（章碣

《东都望幸》）

诗人章碣屡试不第。乾符四年，侍郎高湘知贡举，将其所知邵安石自长沙携至京城，擢为进士第。诗人赋《东都望幸》刺之。诗前二句借美人失意喻自己无背景而下第。后"君王自领美人来"明明是刺高湘携所知邵安石入京擢第。全诗于正意可谓不着一字，然而处在当时背景中的人自然可领会诗歌的寓意。

唐诗和宋词中都有词与句的借喻，但篇章的借喻在唐诗中非常发达而在宋词中似乎难得一见。

明喻在唐诗中也大量使用。唐诗中的明喻有以句群为单位的，也有以诗篇为单位的。且看以句群为单位的：

（1）雨落不上天，水覆难再收。／君情与妾意，各自东西流。（李白《妾薄命》）

上例前两句为喻体，后两句为本体。喻女子与爱人情义已断，女子被弃。

（2）兔丝附蓬麻，引蔓故不长。／嫁女与征夫，不如弃路旁。（杜甫《新婚别》）

兔丝虽然藤蔓很长，却附在低矮的蓬麻上，藤蔓自然不能伸展，以此喻女子嫁与征夫不能与夫长聚。

明喻还可构成全诗，下面是以篇章为单位的例子：

高马勿唾面，长鱼无损鳞。辱马马毛焦，困鱼鱼有神。／君看磊落士，不肯易其身。（杜甫《三韵三篇》）

明喻被大量使用是不难理解的，因明喻是以排偶为外在形式，而唐诗刚好是对偶最多的文学样式，所以只要使用比喻就很容易用到明喻。

二、唐宋词中定中结构比喻的发展

唐宋词中使用明喻与唐诗无异，宋词中明喻十分少见，借喻多限于单词，这些都已见于前文，这里略而不谈。

定中结构的比喻在宋词中大量使用，且用法灵活，其特征是：比喻以词的等价物的身份参与组句并在句中处于重要的表意地位，句子的其他成分则对比喻的内容进行拓展、丰富，使得整个句子有更强的表现力、有更丰富的语义。如前所列，这类用法唐诗中也偶见，但不及宋词多见。不妨将历史上传统用例同唐宋词用例作一比较：

楚子将以商臣为太子，访诸令尹子上，子上曰："……是人也，蜂目而豺声，忍人也，不可立。"（《左传·文公元年》）

此处，"蜂目""豺声"语义是自我完足、自我封闭——不对其他的语言成分产生语义上的影响，比喻自身已构成了意义完整的句子，不参与其他词组句。

第二节　借代

一、服饰标记代

唐宋时期的服饰标记代以颜色词的运用较有特色，因而我们着重总结这方面的现象。这类颜色词的借代反映了唐宋时期官宦和平民的服饰文化。唐代官制：三品以上服紫，四五品服绯，六七品服绿，八九品则服青，无品级的宦官穿白衫。世俗平民着白衣、素衣，僧人服黑衣、缁衣，而皇帝则服赭黄袍。举例如下：

（1）部曲尽公侯，舆台亦朱紫。（高适《宋中送族侄式颜》）
（2）旧族知名士，朱衣宰楚城。（徐铉《送刘山阳》）
（3）已作谤薰天，金朱果何益。（黄庭坚《次韵子瞻和王子立风雨败书屋有感》）
（4）凭轩一双泪，奉坠绿衣前。（李贺《洛阳城外别皇甫湜》）
（5）嗟余身贱不敢荐，四十白发犹青衫。（欧阳修《圣俞会饮》）
（6）青袍朝士最困者，白头拾遗徒步归。（杜甫《徒步归行》）
（7）翩翩两骑来是谁？黄衣使者白衫儿。（白居易《卖炭翁》）
（8）觚棱金碧照山高，万国珪璋捧赭袍。（杜牧《长安杂题长句》之一）
（9）紫燎光销大驾归，御楼初见赭黄衣。（和凝《宫词百首》之一）

例（1）"朱紫"代指高官，因唐代三品以上服色紫，五品以上服色朱。例（2）"朱衣"代指刺史，因唐宋四五品服绯。例（3）"金朱"，金，指印章；朱，指高官的服色，"金朱"代高官。例（4）"绿衣"代皇甫湜为服绿衣的官。例（5）"青衫"代官职卑微。例（6）"青袍"代八九品官，指官职卑微者。例（7）"白衫儿"代小宦官。例（8）"赭袍"是"赭黄袍"的省称，因天子所服，代称天子。例（9）"赭黄衣"，即赭黄袍，代天子。

除官吏、天子的服饰代外，其他阶层的服饰代如下：

（10）来暑高阳里，不遇白衣还。（韦应物《答裴处士》）
（11）愿君闻此添蜡烛，门外白袍如立鹄。（苏轼《催试官考较戏作》）
（12）海南仙云娇堕砌，月下缟衣来叩门。（苏轼《十一月二十六日松风亭下梅花盛开》）
（13）今度人既多，缁衣半道，不本行业，专以重宝附权门，皆有定直。（《新唐书·魏元忠传》）
（14）黄帽传呼睡不成，投篙细细激流水。（姜夔《除夜自石湖归苕溪》）

例（10）"白衣"即素色衣服，代庶人，没有功名的人。例（11）"白袍"即白色袍服，因古代科举应试者穿白袍，故代称举子。例（12）"缟衣"即素色衣服，代称无功名的人。例（13）"缁衣"为浅黑色的僧服，故代称僧徒。例（14）"黄帽"，黄色帽子，古代船夫戴黄帽，故代称船夫。以上有些借体，唐宋之前已有运用。

由上可见，唐宋时期服饰代的颜色词中，以赭黄色为最高，代天子。紫色上等，朱色次之，代高官。绿青低下，代小官。黑褐色最低。白色则无地位，代平民、世俗之人。

二、事物产地代

唐宋时期事物产地代的范围有所扩大，除物质生产的产地外，还有人的出生地（即籍贯）代和精神产品的产地代。举例如下：

（1）下若醹醋，竞欲金钗当。（张先《醉落魄·吴兴莘老席上》）
（2）茶试赵坡如泼乳，芋来犀浦可专车。（陆游《晚过保福》）
（3）陆羽旧茶经，一意重蒙顶。比来唯建溪，团片敌金饼。（梅尧臣《得雷太简自制蒙顶茶》）
（4）醉时数丛红芍药，渴尝一碗绿昌明。（白居易《春尽日》）
（5）樽罍溢九酝，水陆罗八珍。（白居易《轻肥》）
（6）斜抱云和深见月，朦胧树色隐昭阳。（王昌龄《西宫春怨》）
（7）食顷，有一人控大宛，汗流而至。（白行简《李娃传》）
（8）山深虎横馆无门，夜集巴儿扣空木。（元稹《通州丁溪馆别李景信三首》之二）
（9）谁知杜陵杰，名与谪仙高。（苏轼《次韵张安道读杜诗》）
（10）高生跨鞍马，有似幽并儿。（杜甫《送高三十五书记十五韵》）
（11）常恐夜寒花索寞，锦茵银烛按凉州。（陆游《花时遍游诸家园》十首之八）
（12）老去将何散老愁，新教小玉唱伊州。（白居易《伊州》）

例（1）"下若"即下箬，地名，在今浙江省长兴县南，产美酒，故代称该地所产的美酒。例（2）"赵坡"，既是名茶又是地名，赵坡茶产于赵坡（在今四川省广汉县），故又可谓产地代产品。例（3）"建溪"本为福建水名，其地产名茶，号建茶，故代称建茶。例（4）"昌明"为古代四川昌明县（今为江油县），该地产茶名昌明，故为昌明地代昌明茶。例（5）"水陆"即水上和陆地，代称水陆所产的食品。例（6）"云和"为古地名（一说为山名），产琴瑟，故代称琴瑟。南北朝时已有此借体。例（7）"大宛"为古代西域地名，盛产骏马，故代称骏马。例（8）"巴儿"，"巴"为"巴蜀"，巴蜀多猿，故以"巴儿"代称猿。例（9）"杜陵"为地名，在今陕西省西安市东南，唐代杜甫祖居杜陵，故代称杜甫。例（10）"幽并儿"，幽并为古代的幽州、并州，地名。幽、并二州多豪侠之士，后用"幽并儿"代称侠客。例（11）（12）"凉州""伊州"，均为地名，代其地所传来的乐府大曲。洪迈《容斋随笔》卷十四："今乐府所传大曲，皆出于唐，而以州名者五：《伊》《凉》《熙》《石》《渭》也。《凉州》今转为《梁州》，唐人已多误用，其实从西凉府来也。凡此诸曲，唯《伊》《凉》最著。"

三、事物作者代

三国时期曹操的《短歌行》以"杜康"代酒之后，后人继承这一借代法的多了起来。唐宋时期主要以与文章、酒和鲤鱼等有关的作者为借体。例如：

（1）吟思远，负东篱，还赋小山。（周密《声声慢·逃禅作菊、桂、秋荷，目之曰三逸》）

（2）有枣强尉张怀庆，好偷名士文章。……人谓之曰："活剥王昌龄，生吞郭正一。"（刘肃《大唐新语·谐谑》）

（3）歌罢莫愁檀板缓，杯倾白堕琼酥滴。（吴潜《满江红·乌衣园》）

（4）杜康能散闷，萱草解忘忧。（白居易《酬梦得比萱草见赠》）

（5）霜林收鸭脚，春网荐琴高。（黄庭坚《送舅氏野夫之宣城》）

（6）白云堆里紫霞心，不与姚黄斗色深。（梅尧臣《白牡丹》）

（7）是天姿妖娆，不减姚魏（黄升《花发沁园春·芍药会上》）

以上例（1）"小山"代指《招隐士》赋。东汉王逸指出《楚辞·招隐士》是淮南小山所作。例（2）"王昌龄""郭正一"均为唐代文学家，此处代其作品。例（3）"白堕"代酒。白堕是北魏河东人，善酿酒，其酒香美醉人。见北魏杨衒之《洛阳伽蓝记》卷四。例（4）"杜康"是传说中最早的造酒者，故以杜康代指好酒。晋江统《酒诰》："酒之所兴，肇自上皇，或曰仪狄，一曰杜康。"例（5）"琴高"代鲤鱼。汉刘向《列仙传》卷上《琴高》载：琴高，赵人，本为宋康王舍人，后入涿水中取龙子，乘赤鲤鱼跃出水面成仙而去。例（6）（7）"姚黄""姚魏"，见欧阳修《洛阳牡丹记·花释名》："姚黄者，千叶黄花，出于民姚氏家。魏花千叶而红，始樵者得于寿安山中，卖于魏相仁溥家。魏氏之馆，其池甚大。传者以花初开时，有欲观者人数十钱乃得登舟。至花落，魏氏卒得数十缗钱。"姚氏、魏氏均为培育黄色牡丹和红色牡丹的能手，故以"姚黄"代指名贵的牡丹花，即育花者加花色。也以"姚魏"代指名贵的牡丹花。"姚黄""姚魏"，即以育花者代其所育之花。

四、作品代作者

唐代文坛十分重视诗词的佳句，常争相传诵，因此产生了以作品中脍炙人口的篇目或佳句代作者的借代手法。

（一）以诗词佳句代作者

1. 以"赵倚楼"代称赵嘏

唐代赵嘏《长安秋望》七律中的颔联，"残星几点雁横塞，长笛一声人倚楼"，尤为诗人杜牧所赞赏，因称赵嘏为"赵倚楼"。

2. 以"云破月来花弄影"与"红杏枝头春意闹"代称张先与宋祁

张先《天仙子·水调数声持酒听》词中"云破月来花弄影"与宋祁《玉楼春·春景》词中"红杏枝头春意闹"，均为词坛上受人称赞的名句，故以此名句代作者。《遯斋闲览》记载：张子野郎中，以乐章擅名一时。宋子京尚书奇其才，先往见之，遣将命者，谓曰："尚书欲见'云破月来花弄影'郎中乎？"子野屏后呼曰："得非'红杏枝头春意闹'尚书邪？"遂出，置酒尽欢。盖二人所举，皆其警策也。

3. 以"张三影"代称张先

张先诗词中带有"影"字的佳句有六：浮萍断处见山影。（《题西溪无相院》）隔墙送过秋千影。（《青门引·春思》词）帘压卷花影。（《归朝欢·声转辘轳闻露井》词）堕风絮无影。（《剪牡丹·舟中闻双琵琶》词）云破月来花弄影。（《天仙子·水调数声持酒听》词）无数杨花过无影。（《木兰花·乙卯吴兴寒食》词）世人常以其中三句代称张先为"张三影"。如：子野尝有诗云"浮萍断处见山影"，又长短句："云破月来花弄影。"又云："隔墙送过秋千影"并脍炙人口，世谓张三影。（《高斋诗话》）

张先善著词，有云："云破月来花弄影""帘压卷花影""堕风絮无影"。世称诵之，号张三影。（《后山诗话》）

二书所记载略有不同，而张子野自以为"平生所得意"的名句则与《后山诗话》相同。

4. 以"贺梅子"代称贺铸

贺方回尝作《青玉案·凌波不过横塘路》词，有"梅子黄时雨"之句，人皆服其工，士大夫谓之贺梅子。（周紫芝《竹坡诗话》）

5. 以"山抹微云"代称秦观

秦观《满庭芳·山抹微云》词一出即被广为传唱，于元丰年间已盛传于淮楚一带，可谓名噪一时，世人则以"山抹微云"代称秦观。唐圭璋主编《唐宋词鉴赏辞典》记载："山抹"一联以其对仗工稳，下字精练，绘景贴切而盛传都下。据说东坡曾戏呼以"山抹微云君"，更曰："山抹微云秦学士，露花倒影柳屯田"。其婿范温赴宴，竟以"某乃山抹微云女婿也"而自抬身价。

（二）以诗词的篇目代称作者

1. 以"郑鹧鸪"代称郑谷

晚唐诗人郑谷的《鹧鸪》诗传诵于文坛，被以"郑鹧鸪"代称作者。这是以诗的篇目为借代的例子。《唐才子传》记载：郑谷"尝赋鹧鸪，警绝"。清代沈德潜亦称赞说："咏物诗刻露不如神韵，三四语胜于'钩辀格磔'也。诗家称郑鹧鸪以此。"

2. 以"梅河豚"代称梅圣俞

梅圣俞的《范饶州坐中客语食河豚鱼》诗写于景祐五年。范仲淹约他同游庐上，酒席上，客人们大谈吃河豚美味之事，于是梅氏即席写下这首五古。欧阳修于《六一诗话》中对此倍加称赞说："梅圣俞尝于范希文席上赋《河豚鱼诗》云：'春洲生荻芽，春岸飞杨花。河豚当是时，贵不数鱼虾。'河豚常出于春暮，群游水上，食絮而肥。南人多与荻芽为羹，云最美。故知诗者，谓只破题两句，已道尽河豚好处。……此诗作于樽俎之间，笔力雄赡，顷刻而成，遂为绝唱。"为此，梅尧臣被以"梅河豚"相代称。

其他还有以"宋采侯"代称宋祁，以"鲍孤雁"代称鲍当等，不一一列举。

这一借代手法，后世元、明、清时亦沿用。如元人张叔夏以《春水词》著名，人们便以"张春水"代称之。明代袁海叟以《白燕》诗著名，便被代称为"袁白燕"。清代崔华为王士禛的门生，王士禛很欣赏崔华《浒墅舟中别相送诸子》诗中的佳句"丹枫江冷人初去，黄叶声多酒不辞"，因而称崔华为"崔黄叶"。

五、事物作用代

唐宋时期，事物的功能用途代，以酒为本体的借体较多。随着酒文化的发达，酒与人们的关系更为密切。酒的用途也有多种，因而其借体也有多种。其次，人们日常用的头簪、扫帚、扇子、取暖器等也多有借体。例如：

（1）俗号销愁药，神速无以加。（白居易《劝酒寄元九》）
（2）应呼钓诗钩，亦号扫愁帚。（苏轼《洞庭春色》）
（3）平生中圣人，翻然腐肠贼。（元稹《寄吴士矩端公五十韵》）
（4）贫难聘欢伯，病敢跨连钱。（杨万里《和仲良春晚即事五首》之四）
（5）生喜饮酒，尝命之日"太和汤"。（邵雍《无名公传》）
（6）沾牙旧姓余甘氏，破睡当封不夜侯。（胡峤《饮茶》）
（7）花钿委地无人收，翠翘金雀玉搔头。（白居易《长恨歌》）
（8）烦君笑领婆欢喜，探借新年五日春。（范成大《雪中送炭与龚养正》）
（9）商山馆中窗颊上有八句诗云："净君扫浮尘，凉友招清风，淡淡火云节，萧然一堂

中。……"净君凉友是帚与扇明矣。(陶谷《清异录·器具·净君》)

（10）唤起窗全曙，催归日未西。(韩愈《赠同游》)

上例中关于酒的功能用途代六种借体：例（1）"销愁药"和例（2）的"扫愁帚"是代酒能消愁的功用。例（2）"钓诗钩"是指酒能使诗人借助酒兴而激活诗意的功用。例（3）"腐肠贼"是指酒对肠胃有害的坏处。例（4）"欢伯"指酒能解除忧愁，使人忘忧的作用。例（5）"太和汤"指代酒有使人血脉流畅的功能。例（6）"不夜侯"指代茶有醒脑提神的功用。例（7）"搔头"指代簪插于发际有搔头的功用。例（8）"婆欢喜"即大炭墼，烧红后常放在炉中取暖，冬天老年人常用于取暖解寒，故代称为"婆欢喜"。例（9）"净君"是扫帚的代称，其有使事物洁净的功用。"凉友"为扇的代称，因能扇风给人凉爽。例（10）"唤起"即百舌鸟的别名，此鸟有唤人起床的作用。厉荃《事物异名录·禽鸟上·百舌》："百舌，又名反舌，一名望春，一名唤起。"宋《冷斋夜话》引黄庭坚语："唤起，声如络纬，圆转清亮；偏于春晓鸣，亦谓之春唤。""催归"即杜鹃鸟。此鸟叫声有催人归乡的作用。

六、别称异名代

唐宋时期，别称异名代更加备受关注，一些著名文学家也常喜运用，因而黄彻曾指出："此体甚众。"与南北朝不同的是：酒的别名更受青睐。如浊酒被称为贤人，清酒被称为圣人，早在三国时便已作为隐语代用。东晋桓温的主簿善品酒，称美酒为"青州从事"，劣酒为"平原督邮"。这些别称，唐宋时期运用频率较高。例如：

（1）天意资厚养，贤人肯相违。(孟郊《立德新居》)

（2）醉月频中圣，迷花不事君。(李白《赠孟浩然》)

（3）尝作酒家语，自言中圣人。(陆龟蒙《添酒中六咏》之五)

（4）春撩狂兴，香迷痛饮，中圣中贤。(张元干《朝中措·次聪父韵》)

（5）向乐棚高处，何妨颂圣；枢体筵侧傍，仍与中贤。(吴泳《洞庭春色·元夕》)

（6）试呼名品细推排。重重香腑脏，偏孀圣贤杯。(辛弃疾《临江仙·忆醉三山芳树下》)

（7）日高犹苦圣贤中，门外谁酣蛮触战？(辛弃疾《玉楼春·客来底事逢迎晚》)

（8）从今便踏青州曲，薄酒知君笑督邮。(苏轼《次韵周开祖长官见寄》)

（9）青州从事难再得，墙底数樽犹来眠。商略督邮风味恶，不堪持到蛤蜊前。(黄庭坚《醇道得蛤蜊复索舜泉》)

（10）瓮边吏部应欢喜，殊胜平原老督邮。(黄庭坚《送酒与毕大夫》)

以上例（1）（2）（3）（4）（5）（6）（7）中的"贤人""中圣""中圣人""中圣中贤""中贤""圣贤杯""圣贤"等分别为清酒、浊酒的别名，代清酒、浊酒。例

(8)(9)(10)的"青州曲""青州从事""督邮""平原老督邮"等分别代美酒、劣酒。

除以上酒的别名代之外,还有关于钱、鸟类等的别名代也较多。例如:

(1)管城子无食肉相,孔方兄有绝交书。(黄庭坚《戏呈孔毅父》)
(2)方兄百辈买一只,可惜羽衣锦狼藉。(杨万里《食鹧鸪》)
(3)青州从事孔方君,终日纷纷喜生事。(李清照《感怀》)
(4)冻合玉楼寒起粟,光摇银海眩生花。(苏轼《雪后书北台壁二首》之二)
(5)江干食息呼扶老,木末攀缘讶宛童。(黄彻《郊行》)
(6)树暗小巢藏巧妇,渠荒新叶长慈姑。(白居易《履道池上作》)
(7)添炉烹雀舌,洒水净龙须。(刘禹锡《病中一二禅客见问因以谢之》)
(8)莳药闲庭延国老,开樽虚室值贤人。(柳宗元《从崔中丞过卢少尹郊居》)
(9)愿随琴高生,脚踏赤鯶公。(苏轼《庐山二胜·开先漱玉亭》)
(10)药炉烧姹女,酒瓮贮贤人。(刘禹锡《送卢处士归嵩山别业》)

以上例(1)(2)(3)均为"钱"的别称。语出于晋鲁褒《钱神论》:"亲爱如兄,字曰孔方。"例(4)"玉楼"代肩,"银海"代目,二者均为道家语。例(5)"扶老"是"秃鹙"的别名,见《古今注》卷中《鸟兽》第四。"宛童",《蛮溪诗话》认为是"女萝"的别称。例(6)"巧妇",《蛮溪诗话》认为:"鹪鹩,俗呼巧妇。"例(7)"雀舌"乃"香"的别名,"龙须"乃"蓆"的别名。例(8)"国老"乃中药"甘草"的别名。例(9)"赤鯶公"为鲤鱼的别称。因唐皇李姓,故讳"鲤",别称为"赤鯶公"。例(10)"姹女"乃汞的别名,"贤人"为酒的别名,此诗如只从字面解则会引起误解,与"汤燖右军""醋浸曹公"如出一辙。

第三节 引用

一、引用方式的发展

(一)反用:大幅度增加

南北朝时期反用方式运用较少。唐宋时期,特别是宋代,文坛上提倡翻案法,因而反用方式大量涌现。唐宋诗词中均有出现,元曲中反用也较多。例如:

(1)地僻无网罟,水清反多鱼。(杜甫《五盘》)

杜甫此诗反用《大戴礼记·子张问入官》:"故水至清则无鱼。"

(2)随意春芳歇,王孙自可留。(王维《山居秋暝》)

《楚辞·招隐士》:"王孙兮归来,山中兮不可久留。"王维反用此典,意谓"山中"比"朝中"好,可以远离官场以洁身自好。

（3）墙角数枝梅，凌寒独自开。遥知不是雪，为有暗香来。（王安石《梅花》）

此诗反用《古乐府》："庭前一树梅，寒多未觉开。只言花似雪，不悟有香来。"以赞美梅花不仅具有雪一样高洁的品格，还具有雪所没有的香的品格。

（4）城郭山林路半分，君家尘土我家云。莫吹尘土来污我，我自有云持赠君。（王安石《戏城中故人》）

此诗反用陶弘景《诏问山中何所有赋诗以答》："山中何所有，岭上多白云。只可自怡悦，不堪持赠君"之语意，以增添戏谑之趣，因为"云"自然是无法赠送的。

（5）左手作圆右手方，世人机敏便可尔。一风分送南北舟，斟酌鬼神宜有此。（黄庭坚《官亭湖》）

黄氏此诗前两句反用《韩非子·功名篇》："右手画圆，左手画方，不能两成"之语意；后两句反用苏轼《泗州僧伽寺塔》诗："耕田欲雨刈欲晴，去得顺风来者怨。若使人人祷辄遂，造物应须日千变。"

（6）君看赤壁终陈迹，生子何须似仲谋？（陆游《黄州》）

此诗反用《三国志·孙权传》中曹操语："生子当如孙仲谋。"陆游一生，志在报国。他对孙仲谋式的英雄自然钦佩。这里所以反用，乃是他当时触景生情产生无限感慨，隐含着对南宋朝廷偏安江左，不思进取的愤懑。

（7）茂林他日求遗稿，犹喜曾无封禅书。（林逋《自作寿堂因书一绝以志之》）

此诗反用《史记·司马相如传》汉武帝派使臣去司马相如府中取遗稿封禅书的典故，以表示自己不会像司马相如那样希求荣宠。

（8）抛家傍路，思量却是，无情有思。（苏轼《水龙吟·次韵章质夫〈杨花词〉》）

苏轼此词写杨花"无情有思"，反用了韩愈《晚春》："杨花榆荚无才思，惟解漫天作雪飞。"

（9）萧然今夕，无鱼无酒无客。（刘辰翁《酹江月·中秋待月》）

刘辰翁此词反用苏轼《后赤壁赋》"有客无酒，有酒无肴，月白风清，如此良夜何"之语意，表现了中秋待月时的孤寂心情。

（二）化用：化用唐诗

宋词中对化用修辞手法的运用颇为广泛，与前代化用所不同的特点之一，便是特别热衷于对唐诗的化用。融化唐诗入词已成为宋代词坛流行的风尚。所谓融化唐诗，即要求对唐诗进行熔铸锤炼，与自己作品融合为一，浑然天成。不仅词语要有所变化，且须另出新意，从而深入意境或创建新意境、新境界。举例如下：

（1）是他春带愁来，春归何处？却不解、带将愁去！（辛弃疾《祝英台近·宝钗分》）

这三句词语是全词的结尾，从唐代雍陶《送春》："今日已从愁里去，明年更莫共愁来"诗句中融化而出。雍氏诗句是实写，比较笼统。辛氏则是虚写，采用问句方式，虚拟闺人的怨春、伤春情怀，竟至责怨春将愁带来，却不解"带将愁去"。这种无理而妙的词句营造了一种更为浓郁的新意境，且更含蓄地表现了闺人强烈的怀人之情，意在言外，耐人回味。刘克庄《后村诗话》前集卷一曾称赞说："稼轩词云：'是他春带愁来，春归何处？却不解、带将愁去。'虽用前人语，而反胜之。"

（2）斜阳外，寒鸦万点，流水绕孤村。（秦观《满庭芳·山抹微云》）

这是一首写惜别伤怀的词。这三句一直被读者喜爱，叹为绝唱。它是融化了隋炀帝诗句"寒鸦千万点，流水绕孤村"入词，与"斜阳外"相组合，形成了长短句形式。其意境也有所不同。秦氏点化原作后，变实景为虚实相间，勾勒成一幅美而迷离惝恍的画境，而它的背后却隐含着游子天涯沦落，前途未卜的苦痛情怀。宋人晁无咎曾赞此三句词曰："虽不识字人，亦知是天生好言语。"

（3）叶下斜阳照水，卷轻浪，沈沈千里。桥上酸风射眸子。立多时，看黄昏，灯火市。

古屋寒窗底。听几片，井桐飞坠。不恋单衾再三起。有谁知，为萧娘，书一纸。（周邦彦《夜游宫·叶下斜阳照水》）

此词中"酸风射眸子"句化用唐李贺《金铜仙人辞汉歌》："魏官牵车指千里，东关酸风射眸子。"以表叙自己凄苦的思念。下片的"为萧娘，书一纸"句，则化用杨巨源《崔娘诗》："风流才子多春思，肠断萧娘一纸书。"写寒夜也挡不住自己的怀念之情，起而挥笔向心上人倾诉相思。《胡适诗话》曾称赞说："周邦彦读书甚博，词中常用唐人诗句，而融化浑成，竟同自己铸词一样。如《夜游宫》，上半片用'东关酸风射眸子'，下半片用'肠断萧娘一纸书'，皆是唐人诗句。但这两句成句，放在他自己刻意写实的词句里，便只觉得新鲜而真实，不像旧句了。"

（三）借用：多用字面义

借用方式在唐宋诗词中运用较多，其特点之一是多引用其字面义，而与原典的原意并无干系。例如：

（1）城下秋江寒见底，宾筵莫讶食无鱼。（唐·羊士谔《郡中即事三首》其一）

诗中对"食无鱼"典的运用即为借用。此典为战国时，孟尝君门客冯谖曾弹铗作歌曰："长铗归来乎！食无鱼。"表示对待遇不满（见《战国策·齐策四》）。后世用作自伤不遇，希求救助的典故。而羊士谔此诗中的"食无鱼"则只取此典的字面义，是对自己宴请宾客而席上无鱼表示歉意。

（2）皓夜迷三径，浮光彻九垓。（唐·无可《和宾客相国咏雪诗》）

无可此诗中借用了"三径"典故。此典言西汉末，蒋诩告病隐居后，于宅院内辟三径，只用作与知己交往过从。（见东汉·赵岐《三辅决录》卷一）后晋陶潜在《归去来兮辞》中用其事，以"三径就荒，松菊犹存"来描述自己归隐的家园。后世便以"三径"作为咏退隐生活的典故，并代指家园。无可于诗中并不取此典的原意，而是取其字面义，泛指小路而言。

（3）衡门之下可栖迟，日之夕矣牛羊下。（辛弃疾《踏莎行·赋稼轩·集经句》）

《诗经·王风·君子于役》："日之夕矣，牛羊下来。"写太阳下山，牛羊归圈，意谓女主人盼望丈夫归来。辛弃疾则借用以表示田园生活的淡泊恬适。

（4）一瓢饮。人问翁爱飞泉，来寻个中静。绕屋声喧，怎做静中景？（辛弃疾《祝英台近·与客饮瓢泉》客以泉声喧静为问，余未及答。或以"蝉噪林逾静"代对，意甚美矣。翌日，为赋此词褒之也）

"一瓢饮"典见于《论语·雍也》："子曰：'贤哉，回也！一箪食，一瓢饮，在陋巷，人不堪其忧，回也不改其乐。贤哉，回也。'"后世以之称美寒士安贫乐道。辛弃疾在此则借用"一瓢饮"字面义，描述自己与客饮于瓢泉。

（四）集句

何谓"集句"？陈望道说："第一类明引法在中国文学中发现的奇现象，就是那全篇尽集古人成语而成的所谓'集句'或'集锦'。集句大抵是诗，文不多见。"郑子瑜也说："集句是引用的修辞法发展到了臃肿的地步，而至于全文（一般都是用于诗的方面）都引用前人的句子，凑缀成篇。所谓借他人酒杯，浇自己块垒，确也不是轻松的事。"钱钟书《管锥编》也论及集句："……以至'集句'成文之巧，正'赋《诗》断章'之充类加厉，捋扯古人以供我之用耳。"周策纵在《弃园文粹》一书中从文学角度论及集句，他主张集句"如是集两句以上成联，那就有创作的可能了，而且应该算做到创作方法之一种"。集句"是给正常的方法增加一种别格"。关于集句是引用"现成语句"的问题，周策纵认为："作品的好坏应该从综合的整体看，不应单凭所采用的材料来批评那个整体"，"王安石和梁启超等也还创作了不少的好诗，何尝受到集句的牵累？"有关集句方式，在古代也有几种不同看法。不过对于集引得较好的作品来说，集引者在集句时也可能经过两个步骤：一是解构所集作者的作品；二是按照自己的诗旨进行重建。这样集句的过程便是对原诗进行解构和重建的过程。这一过程中，当然也离不开集引者创造性的劳动。如果重建的诗能够和谐妥帖，浑然一体，有新意境，则也未必不可以成为好的作品。但由于集引诗有一个先天性的局限，即所集诗句，都是他人的，而不是自己的原创。因此要把他人的诗句，组建融合为一有机整体，且有诗味，有意境，这确是非常不容易、"不轻松"的事，非有高超的文学素养、眼光和高超的驾驭语言文字的能力不可。所以集句成功的作品不多，而显露拼凑痕迹的作品却不少。

集句并不始于唐宋，早在晋代便已出现。但最早的集句当为春秋时期鲁哀公的《诔孔子》一文。梁绍壬认为《诔孔子》一文为"集句之祖"。郑子瑜对此作了考证，进一步指出：它"不能算全文的集句，只能说是集句的滥觞罢了"。可见集句最早的出现是在文（诔体）中，而不是在诗中；只是数句集引，而不是全文集引。晋代傅咸有集句诗的史实，见于刘勰《文心雕龙》和清赵翼《陔余丛考》。傅咸的《七经诗》大约可算是较早的集句诗了。《七经诗》集句的范围是全部集引古人经书，且均为四言诗。今只存有《论语》《毛诗》《周易》《周官》《左传》《孝经》六经诗了。

　　唐代也有集句，据胡震亨《唐音统签》卷29记载："昭宗时，有同谷子者，集五子之歌讥时政。"但这方面史料很少。

　　宋代的集句比唐代有较快的发展，主要表现在：集句的作者增多，如王安石、苏轼、黄庭坚、孔毅父、石曼卿、辛弃疾、陆游、文天祥、李龏等人均有这方面作品，其中，集句最多的是王安石、李龏和文天祥。集句的文体不仅有集句诗，而且有集句词的产生。集句的形式多样：有集句单篇诗句，也有集句专书。包括集多个朝代作者诗词的、集某一朝代作者诗词的；也有集多位作者诗词的、集某一作者诗词的作品。所集作者既有前代人也有当代人。现将不同的集句形式分述于下。

1. 单篇集句诗、集句词

（1）《赠张轩民赞善》

王安石

潮打空城寂寞回①，百年多病独登台②。

谁人得似张公子③，有底忙时不肯来④。

王安石此首七绝集四位唐代诗人的诗句而成：①刘禹锡《石头城》；②杜甫《登高》；③杜牧《登池州九峰楼寄张祜》；④韩愈《同水部张员外籍曲江春游寄白二十二舍人》。

（2）《铜官县望五松山》

黄庭坚

北风无时休（韩愈），崩浪聒天响（陶潜）。

蛟鼍好为祟（杜甫），此物俱神王（杜甫）。

我来五松下（李白），白发三千丈（李白）。

松门闭青苔（李白），惜哉不得往（韩愈）。

今日天气嘉（陶潜），清绝心有向（杜甫）。

子云性嗜酒（陶潜），况乃气清爽（杜甫）。

此人已成灰（李白），怀贤盈梦想（李白）。

衣食当须几（陶潜）？吾得终疏放（杜甫）。
弱女虽非男（陶潜），出处同世网（杜甫）。
搔背牧鸡豚（李白），相见得无恙（韩愈）。

此首五言集句古诗系集引不同时代的多位诗人诗句而成。

（3）《南乡子·集句》（三）

苏轼

何处倚阑干（杜牧），弦管高楼月正圆（杜牧）。蝴蝶梦中家万里（崔涂），依然。老去愁来强自宽（杜甫）。

明镜借红颜（李商隐），须著人间比梦间（韩愈）。蜡烛半笼金翡翠（李商隐），更阑。绣被梦香独自眠（李商隐）。

苏轼《南乡子》集句词共三首，此为第三首，系集引了唐代诗人杜牧、崔涂、杜甫、李商隐、韩愈等人诗句而成。

（4）《采桑子·闺怨集句》

朱希真

王孙去后无芳草（朱淑真），绿遍香阶（李秀兰），尘满妆台（吴淑姬）。粉面羞搽泪满腮（王幼玉），教我甚情怀（李清照）。

去时梅蕊全然少（窦夫人），等到花开（苏小小），花已成梅（陶氏）。梅子青青又待黄（胡夫人），兀自未归来（王娇姿）。

朱希真这首集句词所集作者均为宋代女词人：（1）朱淑真词，失调名。（2）李秀兰《减字木兰花·自从君去》："绿遍香阶，过夏经秋雁又来。"（3）吴淑姬词，失调名。（4）王幼玉词，失调名。（5）李清照词，失调名。（6）窦夫人词，失调名。（7）苏小小《减字木兰花·别离情绪》："音信全无，等到花开不见来。"（8）陶氏《苏幕遮·闺怨》："看着梅花花不语，花已成梅，结就心中苦。"（9）胡夫人《采桑子·与君别后愁无限》："烟水茫茫，梅子青青又待黄。"（10）王娇姿词，失调名。（转引自徐元选注《趣味诗三百首》）

（5）《卜算子·秋晚集杜句吊贾傅》

宋·杨冠卿

苍生喘未苏①，贾笔论孤愤②。文采风流今尚存③，毫发无遗恨④。

凄恻近长沙⑤，地僻秋将尽⑥。长使英雄泪满襟⑦，天意高难问⑧。

南宋词人杨冠卿此词全部集引杜甫诗句，以悼念汉代贾谊。杜诗出处：①《行次昭陵》；②《寄岳州贾司马六丈巴州严八使君两阁老五十韵》；③《丹青引》；④《敬赠郑谏议十韵》；⑤《入乔口》；⑥《秦州杂诗》之十八；⑦《蜀相》；⑧《暮春江陵送马大卿公恩命追赴阙下》。

2.集句专书

集句专书以下面三书为代表。

第一，文天祥《文信国集杜诗》。

文天祥为保卫宋代江山，英勇作战，不幸兵败，最后从容就义。他初在燕狱中时，集杜甫之诗句，成二百首集句诗，共分为四卷。"首述其国，次述其身，次述其友，次述其家，而终以写本心。"（见刘定之序）后人称此书为《文信国集杜诗》。现将其集句诗选录几首于下：

（1）《社稷第一》

文天祥

南极连铜柱（《公安送李二十九弟晋肃入蜀余下沔鄂》），煌煌太宗业（《北征》）。始谋谁其间（《舟中苦热遣怀奉呈阳中丞》），风雨秋一叶（《故司徒李公光弼》）。

（2）《误国权臣第三》

文天祥

似道丧邦之政，不一而足。其羁房使，开边衅，则兵连祸结之始也。

苍生倚大臣（《奉送韦中丞之晋赴湖南》），北风破南极（《北风》）。开边一何多（《前出塞》），至死难塞责（《两当县吴十侍御江上宅》）。

此二诗写社稷并斥责专权误国的贾似道。

（3）《思故乡第一百五十七》

文天祥

江汉故人少（《赠韦赞善别》），东西消息稀（《忆弟》）。异花开绝域（《陪郑广文游何将军山林十首》），野风吹征衣（《别赞上人》）。

（4）《第一百七十二》

文天祥

济时肯杀身（《寄唐使君》），惨淡苦士志（《送樊侍郎》）。百年能几何（《别唐诚》），终古立忠义（《陈拾遗故宅》）。

此二诗写思故乡与文天祥本心。

文天祥所集杜诗，出自肺腑，十分感人。王伟所撰序中说："虽得之少陵，又则关乎时事，读之未有不惨凄而怛怛者。"

第二，李龏《剪绡集》。

李龏，字和父，号雪林，南宋荷泽人。其《剪绡集》上、下两卷，皆集唐人诗句。上卷共28首，除五言律一首外，皆为古体；下卷共90首，皆为七言绝句。举例如下：

（1）《塞上北风行》

李龏

北风叫枯桑，玉沙粼粼光。天寒山路石断裂，驻马相看辽水傍。军容带甲三十万，都护宝刀冻欲断。旌头夜落捷书飞，少年金紫就光辉。（孟郊、李贺、张籍、王建、高适、岑参、王维、张祜）

（2）《采莲归》

李龏

采莲女，采莲归。落日晴江里，莲舟渐觉稀。莲茎有刺不成折，争弄莲花水湿衣。白练束腰袖半卷，不语低鬟幽思远。碧玉搔头落水中，粉痕零落愁红浅。（阎朝隐、王勃、刘方平、崔颢、孟迟、王昌龄、张籍、毛熙震、白居易、温飞卿）

（3）《枫桥晚泊》

李龏

水阔风高日复斜，鹭鸶缭绕入人家。

船头系个松根上，霜叶红于二月花。

（左偃、周繇、皮日休、杜牧）

（4）《过乌衣巷》

李龏

王谢风流满晋书，东南一望可长吁。

平芜隔水时飞燕，更有何人在此居。

（羊士谔、罗隐、李建勋、方干）

第三，李龏《梅花衲》。

李龏《梅花衲》是一本专题集句专书。所谓专题集句专书即围绕一个专题而集句的专书。南宋时出现了专题集句专书，而且以梅花专题最受人关注。李龏此书便是较早集梅花专题中的一本。它主要集唐宋诗人的诗句。全书共有集句诗212首，其中七言绝句147首，五言绝句65首。举例如下：

（1）蟾精雪魄孕灵荄，逐朵檀心巧胜裁。

要比春工高一著，凌寒先伴六花开。

（欧阳永叔、丁谓之、王承可、田元遽）

（2）人人欲看寿阳妆，自笑狂夫老更狂。

取醉不辞留夜月，踏花归去马蹄香。

（范希文、苏子瞻、李太白、胡曾）

（3）碧落风烟外，正朝发早梅。

散空香郁郁，应为剪刀催。

（王维、张说、陈羽、宋之问）

（4）白日依山尽，春风引思长。

抱琴沽一醉，寻艳复寻香。

（王之涣、雍陶、朱彬、郑谷）

以上为选录《梅花衲》中七绝与五绝的集句诗例。丹阳刘宰曾在此书序中称赞说："荷泽李君寄示《梅花衲》，余读之，若武陵渔人误入桃源，但见深红浅红，后先相映，虽有奇花异草间厕其间，莫能辨孰彼孰此也。"

二、引用的时间性与所属性的变化

引用修辞现象，在唐代以前，从时间性的角度看，多是引用前代与古人的言与事。从所属性的角度看，多是引用他人的言与事。刘勰《文心雕龙·事类》篇所说"据事以类义，援古以证今者也"，援古证今，已被认同。至于引用当代人的言与事的，其实南北朝已有，但用得不多。到了唐代，引用明显发生了时间性与所属性的变化，即引用当代人的言与事，或引用后代人的言与事以及引用自己的诗句等。唐诗、宋词、元曲中便有此变化。

（一）"用当时作者语为故事"

唐代引用当代人诗语的现象，宋王直方有所叙述：

（1）乐天云："哺歠眠糟瓮，流涎见麴车。"杜甫有"路逢麴车口流涎"。而张文潜有寄予诗云："须看远山相对颦，莫欺病齿恼衰翁。"自注云："黄九《谢人遗梅子》诗有远山对颦之句。"乃知诗人取当时作者之语，便以为故事。此无他，以其人重也。（《王直方诗话·用当时作者语为故事》）

王直方指出白居易《和春深二十首》（其十四）中的"哺歠眠糟瓮，流涎见麴车"诗句是引用了杜甫《饮中八仙歌》中的"道逢麴车口流涎"诗句。而张文潜《句》"须看远山相对颦，莫欺病齿恼衰翁"乃化用黄庭坚《以梅馈晁深道戏赠二首》中的"莫与文君颦远山"句。这都是引用当代人诗句的例子。王直方还指出被引诗句的当代作者，乃文坛上有影响的名家。

宋代引用当代人诗语比较多见。不仅宋诗中有，而且宋词中也很多。例如：

（2）红妆翠盖，生朝时候，湖山摇曳。（张元干《水龙吟·周总领生朝》）

欧阳修《采桑子·荷花开后西湖好》："荷花开后西湖好，载酒来时，不用旌旗，前后红幢绿盖随。"张元干词中引杜甫词语，将湖中的荷叶荷花喻为绿伞盖下的美女。

（3）从教睡去，为留银烛终夕。（王炎《念奴娇·海棠时过江潭》）

王炎化用苏轼《海棠》诗中"只恐夜深花睡去，故烧高烛照红妆"句意，以咏海棠。

还有前面"反用"中所举刘辰翁《酹江月·中秋待月》中引用苏轼《赤壁赋》语等例。这种引用当代人语的方式，一直影响到现代的引用之中。

（二）前代人引用后代人的言和事

引用中时间性变化之一是引用当代人语。变化之二便是前代人引用后代人的言与事。这第二种变化出现于元曲之中。元代戏剧作品中的人物常有这种引用中时代颠倒的现象。明代王骥德《曲律》曾评论说:"元人作剧,曲中用事每不拘时代先后。马东篱《三醉岳阳楼》,赋吕纯阳事也。《寄生草》曲:'这的是烧猪佛印侍东坡,抵多少骑驴魏野逢潘阆',俗子见之,有不訾以为传唐人用宋事耶。画家谓王摩诘以牡丹、芙蓉、莲花同画一景,画《袁安高卧图》有雪里芭蕉,此不可易与人道也。"他把这种引用喻为王维《袁安高卧图》中的雪里芭蕉,显然是持肯定的态度。这种引用在戏剧中以虚拟的人物为主体,因而对后世的小说体产生一些影响。现举数例如下:

（1）盼的是冬残晓日三阳气,不信我拨尽寒炉一夜灰。（佚名杂剧《冻苏秦衣锦还乡》第二折《煞尾》）

此例是苏秦的唱词,他引用的"拨尽寒炉一夜灰",却是吕蒙正的残诗句。苏秦是战国人,吕蒙正是宋代人,战国人引用宋代人语典,便造成了时代的舛错。

（2）又不是烽火连三月,真个家书抵万金。（高明南戏《琵琶记》第三十出《瞷询衷情·江头金桂》）

此例是蔡邕急切盼望家书时的表达。他引用的却是杜甫《春望》诗:"烽火连三月,家书抵万金。"汉代人引用了唐代人的诗句。

（3）有一日列簪缨画戟门排,琼林宴花压帽檐歪。（关汉卿杂剧《山神庄裴度还带》第一折《尾声》）

此例是唐代人裴度的唱词,其中"琼林宴"却是宋代典故。宋代进士及第后,皇帝便在琼林苑举行赐进士宴,即为琼林宴。（见《宋史》卷155《选举之一》及宋《石林燕语》卷一）唐代进士及第后,杏园设宴,然后雁塔题名。故此例为唐人用宋典。

（三）"用自己诗为故事"

唐宋时还出现引用自己诗为故事的现象,这与唐以前多引用他人典故有别。南宋黄彻对此有所总结:用自己诗为故事,须作诗多者乃有之,太白云:"沧浪吾有曲,相子棹歌声。"乐天……《赠微之》云:"昔我十年前,曾与君相识。曾将秋竹竿,比君孤且直。"盖旧诗云:"有节秋竹竿"也。坡赴黄州,过春风岭有两绝句,后诗云:"去年今日关山路,细雨梅花正断魂。"至海外又云:"春风岭下淮南村,昔年梅花曾断魂。……"（《碧溪诗话》卷四）

黄彻举李白、白居易、苏轼的诗例说明他们的诗中有"引自己诗为故事"的现象。如白居易《赠元稹》诗中"有节秋竹竿"句称赞元稹为人如秋竹竿一样孤直。十年后在《酬元九对新栽竹有怀见寄》诗中便引用从前诗中句意:"昔我十年前,曾与君相识。曾将秋竹竿,比君孤且直。"再如苏轼最喜爱梅花。元丰三年（1080）正月赴黄州贬所,经过麻城县春风岭时写了《梅花二首》。次年（1081）

正月往岐亭,想起春风岭上梅花,赋诗:"去年今日关山路,细雨梅花正断魂。"十三年后,苏轼于绍圣元年(1094)在海外惠州贬所写下《十一月二十六日松风亭下梅花盛开》诗中有"春风岭上淮南村,昔年梅花曾断魂"句,便是引用了十三年前往岐亭时的诗句。黄彻认为,诗作多的作家常引用自己诗句为故事。

三、引用重视适应题旨情境

关于言语交际(包括口语、书面语)过程中,须注意对象、场合、时机、主旨等问题,自先秦开始便陆续有零星而精辟的论述。现代修辞学奠基人陈望道更提出"修辞以适应题旨情境为第一义"的观点,并将其作为修辞的基本原则。我们发现,唐宋诗词中的引用修辞,在与题旨情境相适应方面颇具特色,主要表现在适应题旨的切题与适应情境的切对象、时间、地点等方面。

(一)切题

(1)青青竹笋迎船出,日日(一作白白)江鱼入馔来。(杜甫《送王十五判官扶侍还黔中》)

此诗主旨是送王判官奉母归养还黔中,此处颔联二句引用了两个孝亲养亲的故事。一是孟宗为母求笋的故事(见《三国志·孙皓传》与南朝宋·裴松之注引《楚国先贤传》)。一是王祥于冬季为母剖冰求鱼的故事(见《晋书·王祥传》)。这两个典故的引用显然切合诗旨。

(2)随梦入池塘,无心在金谷。(唐彦谦《春草》)

作者化用谢灵运"池塘生春草"之句意,以切咏"春草"之题旨。

(3)东风何事入西邻,儿家常闭门。(苏轼《阮郎归·梅花》)

此词的词旨与题面均是咏梅。苏轼化用了唐人蒋维翰《春女怨》中诗句:"白玉堂前一树梅,今朝忽见数花开。几家门户寻常闭,春色因人得来",以切咏梅。

(4)旧游忆著山阴,厚盟遂访上苑。(史达祖《东风第一枝·咏春雪》)

作者化用了晋代名士王徽之雪夜访友人戴逵的故事(见《世说新语·任诞》),以切咏雪词旨。

(5)山围故国绕清江,髻鬟对起。怒涛寂寞打孤城,风樯遥度天际。(周邦彦《西河·金陵怀古》)

周氏化用了刘禹锡《金陵五题·石头城》"山围故国周遭在,潮打空城寂寞回"诗句,以写金陵城山水景象,从而抒发怀古的感慨,正切金陵怀古的词旨。

(6)南极耿耿祥光灿,明星烂,庆老圃黄花娱晚。(柯丹丘南戏《荆钗记》第三出《庆诞·珍珠帘》)

这是钱玉莲为庆祝父亲华诞的唱词,引用南极老人的典故正切题,因为"南极老人"是星宿名,主寿命与安宁。

(二)切合对象、作者姓氏

引用时关注对象(即诗词所写予的对方),多用与对象同姓氏的故事,既切合对象的姓氏,也切合作者姓氏,也切合对象与作者彼我二者的姓氏。这是宋代诗词,尤其是赠答诗词引用中的一个特点。清赵翼《瓯北诗话》曾指出:"宋人诗,与人赠答,多有切其人之姓,驱使典故,为本地风光者。"因为当时文坛上认为这样做可以增加作者与对象之间的亲切感,故称此为"用事亲切"。当然这样的引用必须妥帖自然,与全诗融和无间,才能取得"用事亲切"的修辞效果。

(1)今观郭裔奇俊郎,眉目真似攻文章。(梅圣俞《采石月赠郭功甫》)

此例引用唐代郭子仪故事(见《旧唐书》卷120《郭子仪传》)以赠郭功甫。胡仔《苕溪渔隐丛话·前集》对此评论说:"圣俞用此事,尤为亲切;若非姓郭,亦难用矣。"

(2)东京望重两并州,遂有汾阳整缀旒。

翁伯入关倾意气,林宗异世想风流。(黄庭坚《郭明甫作西斋于颍尾请予赋诗二首》之二)

此例为黄庭坚七律诗的首联与颔联。四句均引用郭姓故事。第一句引用汉人郭丹、郭伋的故事(见《后汉书》)。第二句引用唐代郭子仪封汾阳郡王的故事。第三句引用汉人郭解的故事(见《郭解传》)。第四句引用汉郭泰的故事(见《后汉书》)。这也是一种博引方式,以博引来切对象郭明甫姓氏,企图使交际双方更为亲切。

(3)畴昔奇君,紫髯铁面,生子当如孙仲谋。(刘克庄《沁园春·送孙季蕃吊方漕西归》)

作者引用《三国志·孙权传》中曹操语:"生子当如孙仲谋。"既切孙氏季蕃姓,又称赞孙季蕃是非凡人才。

(4)射虎山边寻旧迹,骑鲸海上追前约。(晁补之《满江红·次韵吊汶阳李诚之待制》

作者引用汉李广将军多次射杀猛虎的故事(见《史记·李将军列传》),以此典悼念李诚之,并暗切其姓氏。

以上例(1)(2)(3)(4)均为诗词引用中切合对象姓氏的例子。除了部分诗句的引用注意切合对象姓氏外,还有整首诗词的引用都切合对象姓氏的例子。例如:

(5)酒群花队,攀得短辕折。谁怜故山归梦,千里莼羹滑。便整松江一棹,点检能言鸭。故人欢接。醉怀双橘,堕地金圆醒时觉。

长喜刘郎马上，肯听诗书说。谁对叔子风流，直把曹刘压。更看君侯事业，不负平生学。离觞愁怯。送君归后，细写茶经煮香雪。（辛弃疾《六幺令·用陆氏事送玉山令陆德隆侍亲东归吴中·酒群花队》）

此词引用了七个陆氏的故事，以切对象陆德隆的姓氏。"谁怜"二句引用陆机的故事（见《世说新语·言语》）。"松江"二句引用陆龟蒙能言鸭的故事（见《南里文集》附录《杨文公谈苑》）。"故人"三句引用陆绩怀橘的故事（见《三国志·吴志·陆绩传》）。"刘郎"二句引用陆贾的故事（见《史记·陆贾传》）。"谁对"二句，引用陆抗的故事（见《晋书·羊祜传》）。"更看"二句引用陆贽的故事（见《旧唐书·陆贽传》）。"离觞"三句引用陆羽杜门著书，撰写茶经的故事。

(6) 前度看花白发郎，平生痼疾是清狂。（刘克庄《鹧鸪天·腹疾困睡和朱希真词》）

刘克庄于词的开头即化用刘禹锡《再游玄都观》"种桃道士归何处，前度刘郎又重来"诗句，以刘禹锡姓氏与己相同，其被贬遭遇也与己相同，因而以刘禹锡自比，既切作者姓氏，又说明被贬的缘由是"清狂"。

(7) 休将宝瑟写幽怀，座上有人能顾曲。（周邦彦《玉楼春·大堤花艳惊郎目》）

《三国志·周瑜传》记载周瑜精通音律，时人谣曰："曲有误，周郎顾。"周邦彦引用此典，以"能顾曲"点出周瑜，并以周瑜喻自己。言外之意，自己亦精通音律，恰好姓氏亦相切。

以上二例是引用切作者姓氏的词例。一般来说，当作者引用典故以自喻时，多选用切作者姓氏之典故。

(8) 近代声名出卢骆，前朝笔墨数渊云。（王安石《奉酬杨乐道》）

此例第二句的"渊云"系指王褒（字子渊）与扬雄（字子云）。王安石引用王、扬二氏的故事正切合他与对方的姓氏。

(9) 敝裘赢马古河滨，野阔天低糁玉尘。自笑餐毡典属国，来看换酒谪仙人。（苏轼《至济南李公择以诗相迎次其韵》）

诗中引用了苏武与李白的故事，因苏武从匈奴返回后曾被封为"典属国"一职，而"谪仙人"乃唐太子宾客贺知章对李白的誉称（见李白《对酒忆贺监二首·序》），正切合苏轼与李公择姓氏。为此，胡仔《苕溪渔隐丛话·后集》称赞曰："东坡作诗，用事亲切类如此，他人不及也。"

（三）切合时间、地点

(1) 须信采菊东篱，高情千载，只有陶彭泽。（辛弃疾《念奴娇·重九席上》）

因陶渊明常于"九月九日出宅边菊丛中坐"，"满手把菊"，因而后世将"采菊"作为咏重阳节之典。辛弃疾于此词中既化用了陶渊明"采菊东篱下"诗句，又引用了"采菊"之典，因而既赞扬了陶渊明的隐逸超俗，又切合重阳节令。

（2）传柑当令节，连璧朝天阙。（丘崈《菩萨蛮·次朱都大韵送王漕行》）

北宋时有"传柑宴"的风俗：每逢上元之夜，皇帝登宣德楼观灯宴饮，贵戚于宴间以黄柑遗侍从之臣。故宋词中常用此典点明上元节令。作者丘崈送王漕行的时间适逢上元，故用此典。

（3）枫叶荻花动凉思，又寻思，江上琵琶泪。（葛长庚《贺新郎·送赵师之江州》）

葛氏引用白居易《琵琶行》江州送客，登船听琵琶而落泪的故事，既寓以送友惜别之情，又切合赵师所去之地江州。

（4）谁怜故山归梦，千里莼羹滑。（辛弃疾《六幺令·用陆氏事送玉山令陆德隆侍亲东归吴中·酒群花队》）

作者化用了"千里莼羹"典。言晋时，陆机曾引吴地千里湖之莼菜羹以自豪（见《世说新语·言语》）。因此后世诗词常用此为咏吴地的典故。辛弃疾送陆德隆归吴中，化用此典则既切陆氏姓，又切吴地，可谓对象姓氏与地点双切。

（5）海棠风信，明朝陌上吹尘。（乔吉《越调·天净沙》《即事》）

乔吉在这首小令里运用了"海棠风信"典故（见宋程大昌《演繁露·花信风》），以点明时间在春分节。正切时。

（6）记元戎洄曲奇勋，被雪鹅池，惊倒骡军。（卢挚《双调·蟾宫曲》《汝南怀古》）

此例为怀古曲作。汝南即蔡州，所用"洄曲奇勋"典故，即唐裴度平定蔡州吴元济叛乱的故事，正与地点相切。

第四节　移就

唐宋元明清时代传统的移就方式一直被大量使用，从目前观察看，只出现于诗和词中。元曲虽为诗作却罕用移就，散文我们分别以唐代韩、柳文，宋代王、苏文，明代小品为对象，未发现移就。这一时期移就主要集中于唐诗及宋、清词中。

一、唐诗中的移就

经过晋代陶渊明以后的典型移就的运用，移就在唐代已经成熟起来，我们以《唐诗汇评》所收 5127 首为对象作穷尽式调查发现用例 11 例：

（1）草间蛩响临秋急，山里蝉声薄暮悲。寂寞柴门人不到，空林独与白云期。（王维《早秋山中作》）

寂寞为山居心态，移之于柴门。

（2）一路经行处，莓苔见履痕。白云依静渚，春草闭闲门。（刘长卿《寻南溪常山道人隐居》）

闲为隐士之心境，移之于门。

（3）行至上留田，孤坟何峥嵘！积此万古恨，春草不复生。悲风四边来，肠断白杨声。（李白《上留田行》）

"肠断"为见孤坟引起的心绪，移之于目前物。

（4）君边云拥青丝骑，妾处苔生红粉楼。楼上春风日将歇，谁能揽镜看愁发？（李白《捣衣篇》）

"愁"为独守空闺的少妇的心绪，移之于少妇之发。

（5）送君灞陵亭，灞水流浩浩。上有无花之古树，下有伤心之春草。（李白《灞陵行送别》）

"伤心"本因别友而起，移之于眼前景物"春草"。

（6）数丛芳草在堂阴，几处闲花映竹林。（张谓《西亭子言怀》）

以写人的"闲"移用写花。

（7）促织甚微细，哀音何动人？（杜甫《促织》）

"哀"因作者久别家而起，移用修饰促织之鸣叫。

（8）癫狂柳絮随风去，轻薄桃花逐水流。（杜甫《绝句漫兴》）

"癫狂""轻薄"系人的品性，转修饰风与河水。

（9）寂寞富春水，英气方在斯。（柳宗元《哭连州凌员外司马》）

"寂寞"为人之心理，移之于江水。

（10）一夜西风送雨来，粉痕零落愁红浅。（温庭筠《张静婉采莲歌》）

"愁"为人的心绪，用以修饰红花。

（11）年年春日异乡悲，杜曲黄莺可得知。更被夕阳江岸上，断肠烟柳一丝丝。（韦庄《江外思乡》）

断肠心绪，移之于"烟柳"。

唐诗中的用例，都是类似陶渊明作品移就的性质，人的精神、情感在移就发生中起主导作用。外物都是相对静止的事物，它们不像寒风、暴雨对人的感觉——乃至情志产生刺激性的影响，在移就发生的心理过程中外物是被动的，不能起主导作用。例如，"送君灞陵亭，灞水流浩浩。上有无花之古树，下有伤心之春草。""春草"是美丽而富有生机的，看到春草，正常情况下只能引起快乐、愉快、轻松之类的情感体验。"伤心"不可能是由春草引起的，纯粹是因人"伤心"，所以视物亦伤心。春草在这里是被动物，是心理投射的对象。唐诗所用的典型移就与汉赋、汉魏诗中的移就萌芽状态对比有明显的差异。

二、宋词中的移就

宋词中的移就比例明显高于唐诗，我们以《全宋词简编》（选词1672首）、《宋

十大名家词》(集词 2010 首) 为范围 (在量上远远少于《唐诗汇评》5000 余首),发现移就 15 例:

(1) 无言独上西楼,月如钩,寂寞梧桐深院锁清秋。(李煜《相见欢·无言独上西楼》)

失去了故国,心境寂寞,将自己心境移之于"梧桐"。

(2) 拣尽寒枝不肯栖,寂寞沙洲冷。(苏轼《卜算子·黄州定慧院寓居作》)

诗人被贬燕州,作者以孤鸿自比。"寂寞"正是自己的心境,用以修饰孤鸿所处的"沙洲"。

(3) 寂寞园林,柳老樱桃过。(苏轼《蝶恋花·暮春别李公择》)

春已逝,词人的心境也寂寞,故觉园林寂寞。

(4) 新月与愁烟,满江天。(苏轼《昭君怨·金山送柳子玉》)

与友人道别,心绪不佳,故自然界的云烟也含"愁"。

(5) 小阁藏春,闲窗锁昼,画堂无限深幽。(李清照《满庭芳·小阁藏春》)

(6) 小院闲窗春色深,垂帘未卷影沉沉。(李清照《浣溪沙·小院闲窗春色深》)

以上两例,"闲"为作者心境,移之于"窗"。

(7) 绣面芙蓉一笑开,斜飞宝鸭衬香腮。眼波才动被人猜。一面风情深有韵,半笺娇恨寄幽怀。月移花影约重来。(李清照《浣溪沙·闺情》)

"娇"是词中少女的娇美容颜,移之于修饰少女心境。("恨"为"埋怨")

(8) 自昔佳人多薄命,对古来,一片伤心月。(辛弃疾《贺新郎·用前韵 送杜叔高》)

明月是美丽的,"伤心"的是薄命佳人,以人物心境修饰眼前之景物。

(9) 初莺细雨,杨柳低愁缕。(赵汝迕《清平乐·初莺细雨》)

作者为宋室皇族,谪官蛮夷烟瘴之地雷州。"愁"本为词人之心绪,而移之于柳丝。

(10) 离亭黯黯,恨水迢迢。(吴文英《惜黄花慢·送客吴皋》)

作者与友人饯别,也带离恨之情。

(11) 榴心空叠舞裙红,艾枝应压愁鬟乱。(吴文英《踏莎行·润玉笼绡》)

词写歌女身着石榴舞裙,以心境之"愁"来描绘歌女的发饰,说明此女无心歌舞,不事梳妆。

(12) 景萧索,危楼独立面晴空。动悲秋情绪……渔市孤烟袅寒碧,水村残叶舞愁红。(柳永《雪梅香·景萧索》)

全诗为悲秋之作,满眼萧索景象,令作者心中发愁,词人以愁心写红叶。

(13) 一望乡关烟水隔,转觉归心生羽翼。愁云恨雨两牵萦,新春残腊相催逼。(柳永《归朝欢·别岸扁舟三两只》)

思乡而不能归,故"愁"故"恨",本与云雨无涉。

(14) 自春来,惨绿愁红,芳心是事可可。(柳永《定风波·自春来》)

女子苦苦相思,故在红花绿叶当前,也觉"惨""愁"。

（15）楼锁轻烟，水横斜照，遥山半隐愁碧。（柳永《倾杯乐·楼锁轻烟》）

心中"愁"，故眼中远山青碧的山色亦含愁。

宋词的移就物象也明显为被动的，青山、明月、红花、绿叶都是引起人愉悦的美好事物，例（8）辛弃疾笔下月是"伤心月"，例（14）（15）柳永笔下红花绿叶竟是"惨绿愁红"，山的青青之色也竟是"愁碧"。其他用例也一样，在宋词移就中物象是次要的，对移就产生影响的是人的心态。

第五节　比拟

唐代比拟的特质主要反映在诗歌中，散文中的比拟主要是承袭先秦的拟人，几乎无变化。因此，对唐代我们仅分析、介绍唐诗拟人情况，没有介绍散文的情况。

考察唐诗中的比拟，我们以《唐诗汇评》所收5127首为对象作穷尽式调查。从中可看出比拟在唐代有巨大的变化，这就是句子形式的拟人的成熟。

一、唐诗中的比拟

（一）动作性拟人成熟

在形式上以句子为单位，在手法上通过动词赋予对象以人的动作、行为。在前文我们已称之为"动作性拟人"。

此类拟人在汉代仅见1例，晋陶渊明诗作中始多起来，但我们在整个汉魏时期仅发现9例，可见汉魏时还处于萌芽状态。唐诗中已有了较多的运用，成为唐诗最重要的形象化、抒情化修辞手段。我们从《唐诗汇评》中共发现42条含句子的动作性拟人的例句，其中包含56个被拟人对象。从用例分析，动物拟人已极少，仅3例，占总量的5%；95%为以无生命、无情志的植物、自然物为拟人对象。我们认为这种变化是很重要的，说明拟人已不再受限制于物与人的相似性（早期拟人多以动物为对象，就是因为动物与人有更多的相似性：人有语言，动物有鸣叫；人有男女之恋，动物亦有雌雄相守；人有情感，动物有亲子之爱，有喜怒哀乐）。拟人一旦摆脱物与人相似性的约束，就变得更为自由。拟人对象越多样化、拟人的语言形式越简化，越是可使拟人随机运用。

用例如下：

（1）长信宫中草，年年愁处生。故侵珠履迹，不使玉阶行。（崔国辅《长信草》）

（2）野花愁对客，泉水咽迎人。（王维《过沈居士山居哭之》）

（3）山月晓仍在，林风凉不绝。殷勤如有情，惆怅令人别。（王维《别辋川别业》）
（4）清溪深不测，隐处唯孤云。松际露微月，清光犹为君。（常建《宿王昌龄隐居》）

如以上例（3）、例（4）之类自然物情志化的拟人不少：

（5）桃绶含情依露井，柳绵相忆隔章台。（李商隐《临发崇让宅紫薇》）
（6）含情含怨一枝枝，斜压渔家短短篱。惹袖尚余香半日，向人如诉雨多时。（崔橹《岸梅》）
（7）野水无情去不回，水边花好为谁开。（罗隐《水边偶题》）
（8）唯余岩下多情水，犹解年年傍驿流。（罗隐《筹笔驿》）
（9）别梦依依到谢家，小廊回合曲阑斜。多情只有春庭月，犹为离人照落花。（张泌《寄人》）
（10）水边杨柳曲尘丝，立马烦君折一枝。惟有春风最相惜，殷勤更向手中吹。（杨巨源《折杨柳》）

上述例证"含情""多情""无情"（责其无情正是将其作有情物对待），都是把无生命、无情志之物生命化、情志化了。

（11）江春不肯留归客，草色青青送马蹄。（刘长卿《送李判官之润州行营》）
（12）法雨晴飞去，天花昼下来。谈玄殊未已，归骑夕阳催。（孟浩然《题融公兰若》）
（13）桃花开东园，含笑夸白日。偶蒙东风荣，生此艳阳质。（李白《古风其四十七》）
（14）绿水解人意，为余西北流。（李白《宿白鹭洲寄杨江宁》）
（15）车马虽嫌僻，莺花不弃贫。（郎士元《送张南史》）

例（11）江水本是无情物，何必指责它"不肯留客"呢？正是将江水当作有情物了，草色也是有情的，可"送马蹄"；例（12）夕阳有意催人归去；（13）桃花可"含笑"；例（14）绿水能理解人心，能为诗人向西北流去；例（15）莺与花是不嫌贫爱富的，将自己的美献给贫寒之士。

（16）机中锦字论长恨，楼上花枝笑独眠。（皇甫冉《春思》）
（17）白发偏添寿，黄花不笑贫。（顾况《闲居自述》）
（18）去年今日此门中，人面桃花相映红。人面不知何处去，桃花依旧笑春风。（崔护《题都城南庄》）
（19）秋姿白发生，木叶啼风雨。（李贺《伤心行》）

例（16）~（19）花草树木都可以"笑"、可以"啼"。

（20）好花生木末，衰蕙愁空园。（李贺《七月》）
（21）芭蕉不展丁香结，同向春风各自愁。（李商隐《代赠二首》）
（22）天上碧桃和露种，日边红杏倚云栽。芙蓉生在秋江上，不向东风怨未开。（高蟾《下第后上永崇高侍郎》）

例（20）~（22）植物都具有人的情感，可以发愁、生怨。

（23）客鸟怀主人，衔花未能去。（张说《杂诗四首》）虫声竟夜引乡泪，蟋蟀何自知

人愁？（戎昱《客堂秋夕》）

最后一例中"鸟"和"蟋蟀"两个动物类对象都拟人化了，先秦至汉代都是以动物拟人占绝对多数，至南北朝非动物的拟人多了起来，至唐动物拟人变成了绝对少数。

（二）呼告拟人偶见

唐诗中的呼告拟人手法极少，我们仅发现3例：

（1）万类皆有性，各各禀天和。蚕身与汝身，汝身何太讹。蚕身不为己，汝身不为佗。（孟郊《蜘蛛讽》）

（2）飞光，飞光，劝尔一杯酒。吾不识青天高，黄地厚。（李贺《苦昼短》）

（3）三星各在天，什伍东西陈。嗟汝牛与斗，汝独不能神。（韩愈《三星行》）

以上三例分别对蜘蛛、飞光（飞速流逝的阳光，即光阴）、牛斗二星等直接呼唤。

呼告拟人在唐代用得较少，在历代也都不常用。

（三）物言拟人萎缩

魏晋时期我们发现了6例物言拟人，比起魏晋，唐代物言拟人明显萎缩，仅发现3例：

（1）青青水中蒲，下有一双鱼，君今上陇去，我在与谁居？（韩愈《青青水中蒲二首》其一）

（2）青青水中蒲，长在水中居。寄语浮萍草，相随我不如。（韩愈《青青水中蒲二首》其二）

以上二例，都以蒲草对鱼讲话来表人，例（1）《诗比兴笺》："君，谓鱼也，我蒲自谓也。"例（2）《诗比兴笺》："相随我不如，言蒲不如浮萍之相随也。"

（3）黄雀衔黄花，翩翩傍檐隙。本拟报君恩，如何反弹射？（崔颢《孟门行》）

物言拟人直接脱胎于故事形式的动植物拟人。在发生学上看是产生于发生逻辑的起点处，汉魏时期这种用法比例较高，而在唐代这种用法则极为罕见。性状拟人的不断增长与物言拟人的不断萎缩正反映了拟人原始形态的不断消失，新形态的不断成熟定型。

（四）虚物拟物偶见

萌芽于魏晋的"虚物拟物"在唐代仍很少，目前我们在唐诗中仅发现有4例：

（1）片云凝不散，遥挂望乡愁。（戎昱《云梦故城秋望》）

（2）春风一夜吹香梦，梦逐春风到洛城。（武元衡《春兴》）

（3）新妆面面下朱楼，深锁春光一院愁。（刘禹锡《和乐天春词》）

（4）竹雾晓笼衔岭月，颏风暖送过江春。（白居易《庾楼晓望》）

以上4例，例（1）"望乡愁"可挂起；例（2）"香梦"可被风吹；例（3）"愁"可被锁在院中；例（4）"春"是暖风送来的。这些无形之物都拟成了有形物。

二、宋词的比拟

（一）动作性拟人持续使用

萌芽于汉魏，成熟于唐代的以句子为单位的动作性拟人，在唐代基础上无任何变化，只是持续唐代所形成的特色。在所设定的范围中共得句子的动作性拟人46例，发现有些作家特好用此类拟人，如苏轼共用7例，辛弃疾用6例。用量不少只能说明自唐以后这种拟人的确已成为最常用的拟人手法。略举几例，看其特征：

宋词用例：

（1）妍歌艳舞，莺惭巧舌，柳妒纤腰。（柳永《合欢带·身材儿》）

（2）红烛自怜无好计，夜寒空替人垂泪。（晏几道《蝶恋花·醉别西楼醒不记》）

（3）芳草恨，落花愁，去年同倚楼。（晏几道《更漏子·露华高》）

（4）暖风不解留花住，片片著人无数。楼上望春归去。（苏轼《桃源忆故人·暮春》）

（5）寂寞园林，柳老樱桃过。落日多情还照坐，青山一点横云破。（苏轼《蝶恋花·暮春别李公择》）

例（1）莺而可"惭"，柳而能"妒"，都具有人的情感了；例（2）红烛能"自怜"，能"落泪"；例（3）芳草、落花皆有"恨"有"愁"；例（4）责怪风无情，春归去，正是将风、花、春都当作了有情之物；例（5）落日光照万物，本是无情无心，当主人孤独时，落日来照似有意而为。

（6）明月多情来照户，但揽取，清光长送人归去。（苏轼《渔家傲·七夕》）

（7）转朱阁，低绮户，照无眠，不应有恨，何事长向别时圆？（苏轼《水调歌头·明月几时有》）

（8）晓日窥轩双燕语，似与佳人，共惜春将暮。（秦观《蝶恋花·晓日窥轩双燕语》）

（9）念多情但有，当时皓月，向人依旧。（秦观《水龙吟·小楼连苑横空》）

（10）斜阳如有意，偏傍小窗明。（贺铸《鸳鸯梦·午醉厌厌醒自晚》）

以上5例，日、月都是无情物，但在诗人笔下都人格化，叹其"多情"、怨其"不应有恨"、言其"有意"都是诗人心境的产物。

（11）长条故惹行客，似牵衣待话，别情无极。（周邦彦《六丑·蔷薇谢后作》）

（12）我见青山多妩媚，料青山见我应如是。情与貌略相似。（辛弃疾《贺新郎·甚矣吾衰矣》）

（13）自胡马窥江去后，废池乔木，犹厌言兵。（姜夔《扬州慢·淮左名都》）

（14）数峰清苦，商略黄昏雨。（姜夔《点绛唇·丁未冬过吴松》）

（15）人妒垂杨绿，春风为染作仙衣。垂杨却又妒腰肢，近前舞丝丝。（姜夔《莺声绕红楼·十亩梅花作雪飞》》

例（11）草木无情，却"故惹"行客，还"牵衣"，人格化了；例（12）青山本无心智，但诗人眼中它会赏识自己；例（13）乔木是无情之物，言其犹厌讲说战乱之苦，人格化了；例（14）山峰是自然物而具有人的行为：在黄昏中交谈；例（15）无情的垂杨能嫉妒美女的腰肢，故意在风中舞动。

（二）性状性拟人萌芽

以句子为单位，将表达人的性质状态的形容词移用于物，我们称其为"性状性拟人"。这种用法目前仅在宋词中发现一例，但它是新的形式，且对后代有价值，我们予以介绍：

数峰清苦，商略黄昏雨。（姜夔《点绛唇·丁未冬过吴松》）

历史上以句子为单位的拟人，都是将用于人的动词用于物，是通过动词将物象拟人化。而此例是将形容人的形容词"清苦"用来描绘青山。在现当代产生很多这种用法，所以起源之处是值得我们留心的。

（三）呼告拟人延用

呼告式拟人极少，我们在宋词中仅发现2例。

（1）杯，汝前来！老子今朝，点检形骸。……物无美恶，过则成灾。与汝成言：勿留亟退，吾力犹能肆汝杯。（辛弃疾《沁园春·将止酒戒酒杯使勿近》）

（2）溪边白鹭，来吾告汝：溪里鱼儿堪数。主人怜汝汝怜鱼，要物我、欣然一处。（辛弃疾《鹊桥仙·赠鹭鸶》）

（四）虚物拟物方式大量出现

这一时期值得我们格外关注的是，将抽象事物赋以形状、质地的一类拟物方式大量出现。此用法在唐代萌芽我们仅发现4例，而在前文所设定的观察范围内，我们从宋词、元曲、清词中共发现有25例，可见此类用法实已成熟。因考虑到这种用法对后代拟人、拟物都具有大影响，我们悉数录出：

（1）闻岸草，切切蛩吟如织。（宋·柳永《倾杯·鹜落霜洲》）

蛩吟无形，此处拟为有形有质之丝类物质，如此方可织。

（2）自别后，幽怨与闲愁，成堆积。（宋·柳永《满江红·访雨寻云》）

将无形的闲愁拟为有形之物，可以堆积。

（3）看朱成碧，惹闲愁堆积。（宋·柳永《倾杯乐·楼锁轻烟》）

（4）山城歌舞助凄凉，且餐山色饮湖光。（苏轼《浣溪沙·珠桧丝杉冷欲霜》）

山色、湖光拟成食物可供餐饮。

（5）无情汴水自东流，只载一船离恨，向西州。（苏轼《虞美人·波声拍枕长淮晓》）

（6）小小兰舟，荡桨东风快，和愁载。（贺铸《点绛唇·见面无多》）

（7）彩舟载得离愁动，无端更借樵风送。（贺铸《菩萨蛮·彩舟载得离愁动》）

（8）无端不系孤舟，载将多少离愁。（贺铸《清平乐·厌厌别酒》）

（9）多情多病，万斛闲愁量有剩。（贺铸《减字木兰花·多情多病》）

（10）斗酒才供泪，扁舟只载愁。（贺铸《南柯子·斗酒才供泪》）

（11）愁随芳草，绿遍江南。（贺铸《怨三三·玉津春水如蓝》）

（12）住兰舟，载将离恨，转南浦……（贺铸《绿头鸭·玉人家》）

（13）凄恻，恨堆积。（周邦彦《兰陵王·柳》）

（14）平波落照涵赭玉，画舸亭亭浮淡渌。临分何以祝深情，只有别愁三万斛。（周邦彦《玉楼春·大堤花艳惊郎目》）

（15）画烛寻芳去，羸马载愁归。（周邦彦《红罗袄·画烛寻欢去》）

（16）无情画舸……载将离恨归去。（周邦彦《尉迟杯·大石离恨》）

（17）只恐双溪舴艋舟，载不动，许多愁。（李清照《武陵春·春晚》）

上列宋词17例，全将无形表质之物拟物使之形质化，可堆积，如例（2）（3）（13）；可称量，如例（9）（14）；情感还有色彩，如例（11）；更多的是可以车船运载、牛马驮负，如例（5）（6）（7）（8）（10）（12）（15）（16）（17）。

第六节　回文

唐宋时期回文体有了较大发展。图案回文从魏晋南北朝时期的回文铭发展为回文箴，并出现了借字体连环回文和多种读法的连环回文等。新产生了回文律诗，以五绝、七律、七绝回文诗较多。新产生了回文词，且形式多样，有逐句回文、分片回文、通体回文、借字回文和就句回文等。

一、图案回文的继承与发展

（一）回文箴

回文箴是回文修辞用于箴体之中。所谓箴体，明代吴讷《文章辨体序说》："盖箴者，规诫之辞，若针之疗疾，故以为名。"实为规劝、警戒之文体。回文箴的例子有：

1.《酒箴》（玉连环）唐·吕岩

```
        神
    败     伤
  国         德
    荒   坏
       身
```

2.《色箴》（玉连环）唐·吕岩

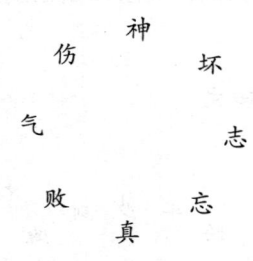

```
        神
    伤     坏
       气   志
    败     忘
       真
```

以上二例是对"酒""色"的规诫。

（二）借字体连环回文

所谓借字体连环回文，即从前句的第四字或第五字读起，借用前句的四个字或三个字，读成七古。但只能顺读，不能倒读。因此严格说来，它不能算是回文体。但宋代桑世昌《回文类聚》中录有这类诗，可见古代的回文范围比较宽泛。为存历史面貌，我们亦将此类诗录入，可以说，这是一种特殊的回文，它与顶真相结合。例如：

1.《采莲》宋·苏轼

```
       飞  酒
     如     力
   马         微
   去         醒
     归     时
        花 赏 暮  已
```

读为：赏花归去马如飞，去马如飞酒力微。酒力微醒时已暮，醒时已暮赏花归。

2.《客怀》宋·秦观

```
       忆
    期    别
  归        离
  阻        时
   久      开
    伊    漏
      思静转
```

读法同前例：静思伊久阻归期，久阻归期忆别离。忆别离时开漏转，时开漏转静思伊。

（三）多种读法的连环回文

《寄范仲淹》宋·宋庠

```
         平沙矶
      接        滩
    阔            露
  野                荻
  麻                槁
    乱            微
      聚        翠
         萤飞花开近
```

《回文类聚》卷二原注："花字藏头，双呼三唤，五七成章，左右通贯。"《趣味诗三百首》记载：这是一首连环回文诗，按字面顺读、倒读成五言两首。例如：

矶滩露荻槁，微翠近开花。
飞萤聚乱麻，野阔接平沙。

沙平接阔野，麻乱聚萤飞。
花开近翠微，槁荻露滩矶。
此外，还可读成五言：
花开近翠微，槁荻露滩矶。
沙平接阔野，麻乱聚萤飞。

滩露荻槁微，翠近开花飞。
萤聚乱麻野，阔接平沙矶。

乱聚萤花飞，开近翠微槁。
荻露滩矶沙，平接阔野麻。
又可读成七言：
平沙矶滩露荻槁，荻槁微翠近开花。
开花飞萤聚乱麻，乱麻野阔接平沙。

滩矶沙平接阔野，阔野麻乱聚萤飞。
萤飞花开近翠微，翠微槁荻露滩矶。

（四）反复体回文图诗

例如，宋代钱惟治《春日登大悲阁》反复体。

```
        闲 亭 碧 天
      歛           临
     月             回
     明               阁
      箔             晴
       冷           雪
        侵 烟 夕 屏 山 点
```

此诗继承了梁代达摩和尚《真性颂》，但比其进一步成熟。读法相同。即20字中任选一字均可左右旋转，顺读倒读反复成诗，所不同的是可得五言绝句40首。如以"夕""烟"二字顺读、倒读，可得绝句四首：

夕烟侵冷箔，明月歛闲亭。
碧天临回阁，晴雪点山屏。

夕屏山点雪，晴阁回临天。
碧亭闲歛月，明箔冷侵烟。

烟侵冷箔明，月歛闲亭碧。
天临回阁晴，雪点山屏夕。

烟夕屏山点，雪晴阁回临。
天碧亭闲歛，月明箔冷侵。

二、回文律诗的产生

唐宋时期，回文诗随着格律诗的产生发展而出现了回文律诗。唐代留传下来的回文律诗不多，作者主要是中晚唐诗人，如潘孟阳、权德舆、皮日休、陆龟蒙等人。诗体主要是五绝、七绝与七律。宋代回文律诗发展较快，除五绝、七绝与七律占多数外，还出现了回文五律。作者主要有王安石、苏轼、秦观、陈朝老、梅窗等。

（一）五绝回文诗

1.《春日雪以回文绝句呈张荐、权德舆》唐·潘孟阳
春梅杂落雪，发树几花开。
真须尽兴饮，仁里愿同来。
倒读为：来同愿里仁，饮兴尽须真。
开花几树发，雪落杂梅春。

2.《和潘孟阳春日雪回文绝句》唐·张荐
迟迟日气暖，漫漫雪天春。
知君欲醉饮，思见此交亲。

3.《春日雪酬潘孟阳回文》唐·权德舆
酒杯春醉好，飞雪满庭闲。
久忆同前赏，中林对远山。

4.《碧芜》宋·王安石
碧芜平野旷，黄菊晚村深。
客倦留甘饮，身闲累苦吟。
《梦长》
梦长随永漏，吟苦杂疏钟。
动盖荷风劲，沾裳菊露浓。
《进月》
进月川鱼跃，开云岭鸟翻。
径斜荒草恶，台废诒花繁。

5.《雨后回文》宋·刘敞
绿水池光冷，青苔砌色寒。
竹深啼鸟乱，庭暗落花残。

6.《因小儿学琴终夜不寐作》宋·陈子高
鸣鹤操音清,兴幽发性情。
听琴爱夜半,明月上残更。

7.《回文二首》(选一)宋·张斛
野旷悲行客,湍惊碍去船。
夜江清泛月,秋草碧连天。

8.《绝句》宋·纡川
小径缘溪绿,低檐傍树阴。
好峰秋入眼,清月夜窥林。
以上诗例均可倒读。

(二)七绝回文诗

1.《四时词》唐·薛涛
春
花朵几枝柔傍砌,柳丝千缕细摇风。
霞明半岭西斜日,月上孤村一树松。
夏
凉回翠簟冰人冷,齿沁清泉夏井寒。
香篆袅风清缕缕,纸窗明月白团团。
秋
芦雪复汀秋水白,柳风凋树晚山苍。
孤灯客梦惊空馆,独雁征书寄远乡。
冬
天冻雨寒朝闭户,雪飞风冷夜关城。
鲜红兽炭围炉暖,浅碧茶瓯注茗清。

2.《富阳登舟待潮回文》宋·杨万里
山接江清江接天,老人渔钓下前滩。
寒潮晚到风无定,船泊小湾春日残。

3.《题织锦图上回文三首》宋·苏轼
其一:
春晚落花余碧草,夜凉低月半枯桐。
人随雁远边城暮,雨映疏帘绣阁空。
其二:

红手素丝千字锦，故人新曲九回肠。
风吹柳絮愁萦骨，泪洒缣书恨见郎。
其三：
差看一首回文锦，锦似文君别恨深。
头白自吟悲赋客，断肠愁是断弦琴。
4.《戏成》宋·曹勋
春光晓看如残梦，院静宜兼竹影疏。
新处触时佳意在，夜寒犹怯枕衾孤。
5.《咏梅》宋·茹芝翁
东溪小步晚烟随，玉点花疏竹外枝。
风袭袖香清满径，匆匆好处恨来迟。
6.《秋江写望》宋·梅窗
寒江暮泊小舟轻，白鹭栖烟丛苇鸣。
宽望远空浮湛碧，老蟾惊玉弄秋清。
7.《即事》宋·王卿月
花落满林春寂寂，乱红流水远飘香。
鸦栖已合暮云碧，斜日看山空断肠。
8.《拟题窦滔妻织锦图送人》宋·秦观
悲风鸣叶秋宵凉，丝寒萦手泪残妆。
微烛窥人愁断肠，机翻云锦妙成章。
以上诗均可倒读。

（三）七律回文诗

1.《题金山寺》宋·苏轼
潮随暗浪雪山倾，远浦渔舟钓月明。
桥对寺门松径小，槛当泉眼石波清。
迢迢绿树江天晓，霭霭红霞晚日晴。
遥望四边云接水，碧峰千点数鸥轻。
倒读为：
轻鸥数点千峰碧，水接云边四望遥。
晴日晚霞红霭霭，晓天江树绿迢迢。
清波石眼泉当槛，小径松门寺对桥。
明月钓舟渔浦远，倾山雪浪暗随潮。

2.《晓起即事因成回文寄袭美》唐·陆龟蒙
平波落月吟闲景，暗幌浮烟思起人。
清露晓垂花谢半，远风微动蕙抽新。
城荒上处樵童小，石藓分来宿鹭驯。
晴寺野寻同去好，古碑苔字细书匀。
倒读为：
匀书细字苔碑古，好去同寻野寺晴。
驯鹭宿来分藓石，小童樵处上荒城。
新抽蕙动微风远，半谢花垂晓露清。
人起思烟浮幌暗，景闲吟月落波平。

3.《回文诗二首》（其一）唐·徐寅
飞书一幅锦文回，恨写深情寄雁来。
机上月残香阁掩，树梢烟谵绿窗开。
霏霏雨罢歌终曲，漠漠云深酒满杯。
归日几人行问卜，徽音想望倚高台。

4.《奉和鲁望晓起回文》唐·皮日休
孤烟晓起初原曲，碎树微分半浪中。
湖后钓筒移夜雨，竹傍眠几侧晨风。
图梅带润轻沾墨，画藓经蒸半失红。
无事有杯持永日，共君惟好隐墙东。

5.《即席次君礼年兄韵》宋·秦观
情舒喜面山浮翠，袖满薰风凉透时。
萍碎锦鳞金网举，影差帘燕玉钩垂。
轻轻篆鼎凝香细，款款方壶转漏迟。
清兴此来同约久，趣多深意古人诗。

6.《晓起》宋·程俱
霜林一望极空寒，晓鼓催人觉梦残。
黄雾带秋江渺渺，劲风翻影露溥溥。
香飘引篆新添火，发密胜簪慢整冠。
狂拙懒便惟少事，兴来闲借远山看。

7.《上元》宋·高登
情感此宵元切恨，遣怀高唱一声歌。
清澄月满铺迷路，烜赫莲开未绿荷。

觥酒滞时追伴侣，袖香凝处想纨罗。
更深候望遥肠断，爽约人归不我过。
8.《宿龟山次韵》宋·陈朝老
潮回浪溅细沙倾，岸柳平波映眼明。
桥接短亭连野迥，艇横长笛带风清。
迢迢翠草寒烟暝，隐隐疏林暮霭晴。
遥见叠峰青浅黛，客心伤处碧云轻。
9.《夏日同少游诸友登楼即事》宋·桑正国
情闲共悦良朋好，溽暑消来过雨时。
萍水远流青点小，柳堤横暝翠丝垂。
轻烟晚透疏林迥，嫩卉芳迎皎月迟。
清思廊然欣赏地，瞰观遥阁静联诗。
以上诗例均可倒读。

（四）五律回文诗

五律回文诗，宋代时开始有初步尝试，至清代才流行起来。现举王安石回文诗如下：

泊雁
王安石
泊雁鸣深渚，收霞落晚川。
桥随风敛阵，楼映月低弦。
漠漠汀帆转，幽幽岸火然。
壁危通细路，沟曲绕平田。

此诗顺读时为五律，倒读则为五古。

三、回文词的产生与分类

词体虽在唐五代时已经产生，但回文词却最早见于北宋。宋代不仅词作繁荣，而且回文词的创作亦颇可观。主要作家有苏轼、黄庭坚、朱熹、刘焘、梅窗、王文甫等，所采用的词调有《菩萨蛮》《西江月》《阮郎归》《虞美人》《瑞鹧鸪》等，其中以《菩萨蛮》运用较多。回文词的形式主要有逐句回文、分片回文、通体回文及就句回文等，以逐句回文为多。

（一）逐句回文词

所谓逐句回文，又名双句回文，即下句是上句的倒读。上句是顺读，下句则是其倒读。词的上下阙均如此。

《菩萨蛮》词调最适宜于逐句回文，故逐句回文词创作多用《菩萨蛮》词调。

1.《菩萨蛮》(四时四首) 宋·苏轼

春闺怨

翠鬟斜幔云垂耳，耳垂云幔斜鬟翠。春晚睡昏昏，昏昏睡晚春。

细花梨雪坠，坠雪梨花细。颦浅念谁人，人谁念浅颦。

夏闺怨

柳庭风静人眠昼，昼眠人静风庭柳。香汗薄衫凉，凉衫薄汗香。

手红冰碗藕，藕碗冰红手。郎笑藕丝长，长丝藕笑郎。

秋闺怨

井桐双照新妆冷，冷妆新照双桐井。羞对井花愁，愁花井对羞。

影孤怜夜永，永夜怜孤影。楼上不宜秋，秋宜不上楼。

冬闺怨

雪花飞暖融香颊，颊香融暖飞花雪。欺雪任单衣，衣单任雪欺。

别时梅子结，结子梅时别。归不恨开迟，迟开恨不归。

2.《菩萨蛮》(即席二首) 宋·晁端礼

卷帘风入双双燕，燕双双入风帘卷。明月晓啼莺，莺啼晓月明。

断肠空望远，远望空肠断。楼上几多愁，愁多几上楼。

远山眉映横波脸，脸波横映眉山远。云鬟插花新，新花插鬟云。

断魂离思远，远思离魂断。门掩未黄昏，昏黄未掩门。

3.《菩萨蛮》(回文三首) 宋·曹勋

其一：

等闲将度三春景，景春三度将闲等。愁怕更高楼，楼高更怕愁。弄花梅已动，动已梅花弄。梅看几年催，催年几看梅。

其二：

雨昏连夜催炎暑，暑炎催夜连昏雨。长簟水波凉，凉波水簟长。

翠鬟双倚醉，醉倚双鬟翠。香枕印红妆，妆红印枕香。

其三：

玉珰摇素腰如束，束如腰素摇珰玉。宜更醉春期，期春醉更宜。

绣鸳闲永昼，昼永闲鸳绣。归念不曾稀，稀曾不念归。

4.《菩萨蛮》(次圭父回文韵) 宋·朱熹

暮江寒碧萦长路，路长萦碧寒江暮。花坞夕阳斜，斜阳夕坞花。

客愁无胜集，集胜无愁客。醒似醉多情，情多醉似醒。

5.《菩萨蛮》（寓意四首）宋·张孝祥

其一：
落霞残照横西阁，阁西横照残霞落。波浅戏鱼多，多鱼戏浅波。
手携行客酒，酒客行携手。肠断九歌长，长歌九断肠。

其二：
渚莲红乱风翻雨，雨翻风乱红莲渚。深处宿幽禽，禽幽宿处深。
淡妆秋水鉴，鉴水秋妆淡。明月思人情，情人思月明。

其三：
晚花残雨风帘卷，卷帘风雨残花晚。双燕语虚窗，窗虚语燕双。
睡醒风悭意，意悭风醒睡。谁与话情诗，诗情话与谁。

其四：
白头人笑花间客，客间花笑人头白。年去似流川，川流似去年。
老羞何事好，好事何羞老。红袖舞香风，风香舞袖红。

6.《菩萨蛮》（咏梅）宋·梅窗
折来初步东溪月，月溪东步初来折。香处是瑶芳，芳瑶是处香。
藓花浮晕浅，浅晕浮花藓。清对一枝瓶，瓶枝一对清。

7.《菩萨蛮》（寄赵伯山四首）宋·王安中
雨零花昼春杯举，举杯春昼花零雨。诗令酒行迟，迟行酒令诗。
满斟犹换盏，盏换犹斟满。天转月光圆，圆光月转天。
绿笺长写新成曲，曲成新写长笺绿。豪句逗才高，高才逗句豪。
美容歌皓齿，齿皓歌容美。香篆小花团，团花小篆香。
玉纤传酒浮香菊，菊香浮酒传纤玉。弦管沸欢筵，筵欢沸管弦。
局簾珠袖簌，簌袖珠簾局。眉晕浅山低，低山浅晕眉。
浦烟迷处回莲步，步莲回处迷烟浦。罗绮媚横波，波横媚绮罗。
细眉双拂翠，翠拂双眉细。歌意任情多，多情任意歌。

8.《菩萨蛮》（四时四首）宋·赵伯山

春
锦如花色春残饮，饮残春色花如锦。楼上正人愁，愁人正上楼。
晏天横阵雁，雁阵横天晏。思远寄情词，词情寄远思。

夏
雨荷惊起双飞鹭，鹭飞双起惊荷雨。浓醉一轩风，风轩一醉浓。
午阴清散暑，暑散清阴午。斜日转窗纱，纱窗转日斜。

秋

断鸿归处飞云乱，乱云飞处归鸿断。风弄叶翻红，红翻叶弄风。
柳残凋院后，后院凋残柳。楼外水云秋，秋云水外楼。

冬

月天遥照寒窗雪，雪窗寒照遥天月。门掩欲黄昏，昏黄欲掩门。
锦鹓双并枕，枕并双鹓锦。云鬓整纤琼，琼纤整鬓云。

9.《菩萨蛮》（江干）宋·王公明

远风江急潮来晚，晚来潮急江风远。横岸断山青，青山断岸横。
寄书无雁系，系雁无书寄。归梦只江西，西江只梦归。

10.《菩萨蛮回文》（扇图）金·王寂

碧空寒露松枝滴，滴枝松露寒空碧。山远抱溪湾。湾溪抱远山。
竹疏横岸曲。曲岸横疏竹。寒鹭宿平滩。滩平宿鹭寒。

逐句回文有一种变体，即下句倒读时，不是上句的全部倒读，而是借取上句的部分词语。例如：

11.《阮郎归》（元夕）宋·梅窗

皇州新景媚晴春，春晴媚景新，万家明月醉风清，清风醉月明。
人游乐，乐游人，游人乐太平，御楼神圣喜都民，民都喜圣神。

（二）分片回文词

所谓分片回文，又名本篇回文，即一首词的本身完成一个回环往复，其下阕是上阕的倒读。如：

1.《西江月》（咏梅）宋·苏轼

马趁香微路远，沙笼月淡烟斜。渡波清彻映妍华，倒绿枝寒凤挂。
挂凤寒枝绿倒，华妍映彻清波渡。斜烟淡月笼沙，远路微香趁马。

2.《西江月》（用僧惠洪韵）宋·黄庭坚

细细风轻撼竹，迟迟日暖开花。香帏深卧醉人家，媚语娇声姹姹。
姹姹声娇语媚，家人醉卧深帏。香花开暖日迟迟，竹撼轻风细细。

3.《西江月》（泛湖）宋·梅窗

过雨轻风弄柳，湖东映日春烟。晴芜平水远连天，隐隐飞翻舞燕。
燕舞翻飞隐隐，天连远水平芜。晴烟春日映东湖，柳弄风轻雨过。

（三）通体回文词

通体回文，有人称为双篇回文，即整首词的全篇回环倒读。从词的结尾倒读至开头。后一首词是前一首词的倒读。倒读时，句式、韵脚有时会有所改变。

1.《瑞鹧鸪》（席上）宋·郭从范
倾城一笑得人留，舞罢娇娥敛黛愁。明月宝鞯金络臂，翠琼花珥碧搔头。
晴云片雪腰肢袅，晚吹微波眼色秋。清露庭皋芳草绿，轻绡软挂玉帘钩。
倒读为：
钩帘玉挂软绡轻，绿草芳皋庭露清。秋色眼波微吹晚，袅肢腰雪片云晴。
头搔碧珥花琼翠，臂络金鞯宝月明。愁黛敛娥娇罢舞，留人得笑一城倾。
【注】《瑞鹧鸪》本是七言律诗，后因唐人用作歌词，而成为词调。因均为七言，故倒读后句式不变，韵脚有变。

2.《虞美人》（寄情）宋·王文甫
黄金柳嫩摇丝软。永日堂堂掩。卷帘飞燕未归来。客去醉眠欹枕、瀽残杯。
眉山浅拂青螺黛，整整垂双带。水沉香熨窄衫轻。莹玉碧溪春溜、眼波横。
倒读为：
横波眼溜春溪碧，玉莹轻衫窄。熨香沉水带双垂，整整黛螺青拂、浅山眉。
杯残瀽枕欹眠醉，去客来归未？燕飞帘卷掩堂堂，日永软丝摇嫩、柳金黄。
（按：此词倒读时，句式、韵脚均有所改变）

（四）就句回文

就句回文又称句内回文，即在一句内往复回环。词的就句回文多在七言句内，数量不多。如：

（1）《蝶恋花》（暮春）宋·苏轼
凭仗飞魂招楚些。我思君处君思我。……

（2）《天下乐》（雪后雨儿雨后雪）宋·杨无咎
雪后雨儿雨后雪。镇日价，长不歇。……

上二例中的"我思君"与"君思我"、"雪后雨"与"雨后雪"即句内回文。

第七节 仿拟

从唐宋到明清仿拟辞格的运用一直方兴未艾，是文人墨客所普遍喜爱并擅长的文学表现手法和修辞技巧之一。这个时期仿词、仿句、仿篇、仿段、仿调等不同类型的仿拟都可以找到很多例证，尤其是仿句和仿篇相对使用频率更高。为了和不同时代的体裁变化相适应，也为了行文表述的条理性，我们对不同时期不同体裁中的仿拟现象予以分别阐述。

一、诗歌的仿拟

（1）安得大裘长万丈，与君都盖洛阳城！（白居易《新制绫袄成感有咏》）

此诗句仿拟杜甫《茅屋为秋风所破歌》末段："安得广厦千万间，大庇天下寒士俱欢颜！"两者句法立意都很相近，仿句意象新奇但有造作之嫌，整体来看不及原句之自然精到。再请看白居易另一首诗《新制布裘》末尾：

（2）丈夫贵兼济，岂独善一身。
安得万里裘，盖裹周四垠。
稳暖皆如我，天下无寒人。

后四句字数和结构虽然不同于杜诗诗句"安得广厦千万间，大庇天下寒士俱欢颜"，词汇方面也仅保留了"本体"中的少数几个，如"安得""万""天下""寒"等。但从思想和立意上还是基本可以看出其仿拟痕迹的——也许按照传统的说法应该算作"化用"，而所谓的"化用"似乎可以理解为仿拟时对"本体"语句句法句式作了较大变动而已。

（3）凤凰台上凤凰游，凤去台空江自流。
吴宫花草埋幽径，晋代衣冠成古丘。
三山半落青天外，二水中分白鹭洲。
总为浮云能蔽日，长安不见使人愁。

（李白《登金陵凤凰台》）

读了李白的这首诗，有一种似曾相识的感觉，稍稍搜索一下记忆库，我们马上会联想起崔颢的《黄鹤楼》：

昔人已乘黄鹤去，此地空余黄鹤楼。
黄鹤一去不复返，白云千载空悠悠。
晴川历历汉阳树，芳草萋萋鹦鹉洲。
日暮乡关何处是？烟波江上使人愁。

将两首诗稍作比较，就会发现"仿体"与"本体"立意相同，意象相似。而且李诗用韵与崔诗相同，甚至后两联的韵脚用字也完全一样，都是"洲"和"愁"，作为一代"诗圣"的李白如此刻意仿拟《黄鹤楼》，不可不谓用心良苦矣！但仿拟的效果如何呢？严羽《沧浪诗话》："唐人七言律诗，当以崔颢《黄鹤楼》为第一。"元辛文房《唐才子传》记述李白登黄鹤楼本欲赋诗，因见崔颢此作，说："眼前有景道不得，崔颢题诗在上头。"后来仍然心有不甘，先后作《鹦鹉洲》与《登金陵凤凰台》二诗，都是仿拟《黄鹤楼》的，因为是整首的仿拟，所以属于"仿篇"，又因为仿诗与原诗的格调相近，所以也可以说是"仿调"。事实上，崔颢的《黄鹤楼》也是有所本的，是仿拟沈佺期《龙池篇》的，属于整首的"仿调"，相对而言，仿拟出来的崔诗比"本体"更加格高调响,意象深邃开阔,使人神思,是难得的仿拟佳作。

(4) 生情镂月为歌扇,出性裁云作舞衣。
照镜自怜回雪影,时来好取洛川归。
(张怀庆《窃李义府诗》)

这是仿拟唐代李义府的诗"镂月成歌扇,裁云作舞衣。自怜回雪影,好取洛川归"而来的,只是将原诗的五言句每句句首添加了两个字而已,别无新意,正如这首诗的题目《窃李义府诗》,确实有剽窃之嫌,所以不算是成功的仿拟。

二、宋元诗词曲的仿拟

(一) 诗的仿拟

(1) 众芳摇落独暄妍,占尽风情向小园。
疏影横斜水清浅,暗香浮动月黄昏。
霜禽欲下先偷眼,粉蝶如知合断魂。
幸有微吟可相狎,不须檀板共金尊。
(林逋《山园小梅》)

这首诗三、四句"疏影横斜水清浅,暗香浮动月黄昏"历来被视为自古咏梅佳句之冠,其实它也是仿拟别人诗句而来的。据李日华《紫竹轩杂缀》云:

江为诗:"竹影横斜水清浅,桂香浮动月黄昏。"林君复改二字为"疏影""暗香"以咏梅,遂成千古绝调。诗字点化之妙,譬如仙者丹头在手,瓦砾皆金矣。

林逋爱梅,与陶渊明爱菊、周敦颐爱莲齐名,辉映千古,并垂不朽。江为原作用"竹影""桂香",虽然是佳作,但经林逋用"疏""暗"二字加以替换之后,比原诗意象上显得更加灵动有致,含蕴隽永。"疏影横斜"绘梅之姿态摇曳,"暗香浮动"写梅之馨气递送,情致高妙脱俗,不愧是梅的知音。同时,这两句诗可以说是仿拟的成功代表。

(2) 山鸡照影空自爱,孤鸾舞镜不作双。
天下真成长会合,两凫相倚眠秋江。
(黄庭坚《题画睡鸭》)

这首诗是仿拟南朝陈代徐陵《鸳鸯曲》的:
山鸡映水那相待,孤鸾照镜不成双。
天下真成长会合,无胜比翼两鸳鸯。

黄诗在意象、构思,以及句法、措辞上都是仿拟徐诗的,读来清新淡雅,别有情趣,是宋代诗歌仿拟中的成功例子。

（二）词曲的仿拟

宋词中的仿拟也不乏其例，例如秦观《满庭芳·山抹微云》词：

山抹微云，天连衰草，画角声断谯门。暂停征棹，聊共引离尊。多少蓬莱旧事，空回首、烟霭纷纷。斜阳外，寒鸦万点，流水绕孤村。

这是词的上阕，其中"寒鸦万点，流水绕孤村"是仿拟隋炀帝《短句》诗中的"寒鸦千万点，流水绕孤村"而来，只将原句的"千万"改为"万"，可以说是很典型的"仿句"。

第八节　析字

一、盛行于唐代

中国诗歌到了唐代已走向最辉煌、最鼎盛的时期，尤其是格律诗更是空前成熟繁荣，所取得的成就也是横亘千古，世所共叹。而离合析字诗作为大唐诗海里的一个小小花絮，也大大超过前代，在诗人们中间广为流行，盛极一时。其中，最有名的是权德舆的《离合诗赠张监阁老》：

（1）黄叶从风散，共嗟时节换。
忽见鬓边霜，勿辞林下觞。
躬行君子道，身负芳名早。
帐殿汉官仪，巾车塞垣草。
交情剧断金，文律每招寻。
始知蓬山下，如见古人心。

全诗共十二句，两句成一组，其首字离析得"田、心、弓、长、八、厶"六个构字部件，然后部件按顺序两两相加组合成"思张公"三字。此诗当时曾引起许多诗人的兴趣，一时和者众多，成为诗坛上的一段趣事佳话。其中，受赠的张公就是张荐，当然也酬和了一首：

（2）移居既同里，多幸陪君子。
弘雅重当朝，弓旌早见招。
植根琼林圃，直夜金闺步。
劝深子玉铭，力竟相如赋。
间阔向春闱，日复想光仪。
格言信难继，木石强为词。

用的是同样手法，离析而得"禾、厶、木、又、门、各"六个构字部件，两两相合则得"私权阁"。"私"有偏爱之意，也与思字通，而"阁"即阁老，是唐时对资深官员的敬称，此三字也与"思张公"意思相似，而且相互对仗，是一种文字上的回赠。

此外，崔邠、杨于陵、许孟容、冯伉、潘孟阳、武少仪等文人骚客之间也经常写离合析字诗以相互唱和，成为当时诗坛上的一道风景。这些酬和诗，水平参差不齐，从离合析字的技巧角度而言，以潘孟阳所作《和权载之离合诗》较佳。例如：

（3）咏歌有离合，永夜观酬答。
笥中操彩笺，竹简何足编。
意深俱妙绝，心契交情结。
计彼官接联，言初并清切。
翔集本相随，羽仪良在斯。
烟云竞文藻，因喜玩新诗。

每两句离析出构字部件：第一句的"咏"减去第二句的"永"字而得"言"字，以下依此类推而先后析出"言、司、音、十、羊、火"，然后两两相加合并可得"词章美"（美字的下面旧体也写作"火"）三字。

此后，又有皮日休与陆龟蒙以离合体诗相唱和。此二人在文学史上号称"皮陆"，诗风清秀平淡，在晚唐别成江湖隐逸一派，颇有名气。皮、陆二人自结交后，所作大多是你一首我一首的唱和诗，并首创依次用同样韵脚的所谓"次韵唱和"，还自编其唱和诗为《松陵唱和集》。皮陆二人又喜欢作各式各样的诗，他们的诗集中都有一卷《杂体诗》，离合析字体诗也是其中的一种。

皮、陆的离合析字诗有两种形式，一为"单字离合"，先是陆龟蒙写了一组《闲居杂题五首》分别以"鸣蜩早""野态真""松间斟""饮岩泉""当轩鹤"为题。如"鸣蜩早"：

（4）闲来倚杖柴门口，鸟下深枝啄晚虫。
周步一池销半日，十年听此鬓如蓬。

这首诗诗题是三个字，也是析字离合的对象，即对诗题的每个字进行析字而构成一首"析字诗"。具体手法是：先把这三个字都分成两个部件——每个部件又都能单独充当独体字："鸣"分成"口"和"鸟"，"蜩"分成"虫"和"周"，"早"分成"日"和"十"，然后把它们按照顺序分别放在一二句，二三句、三四句的交接处（即前句之末，后句之首）三个句组的尾首二字结合，即成诗题"鸣蜩早"。这种离合诗和自孔融始的离合体大不一样，形式倒有点像蝉联格，都是把题字嵌在一头一尾中。

皮日休当然不甘落后，酬和了一组《奉和鲁望闲居杂题五首》。鲁望是陆龟蒙的字，诗的数量和手法完全一样，只是所离合的题字不同，分别是"晚秋吟""好诗景""醒闻桧""寺钟暝""砌思步"。兹举其中第一首"晚秋吟"为例：

（5）东皋烟雨归耕日，免去玄冠手刈禾。
火满酒炉诗在口，今人无计奈侬何。

这里吟咏的就是晚秋情景，切合诗题；同样，也是把诗题"晚秋吟"三个字分别拆开离析成"日""免""禾""火""口""今"，然后再分别镶嵌于各句的首尾位置，自然贴切，浑然天成。

唐代的析字诗以离合析字法为主而构成，但还出现了藏头式析字诗。例如，大诗人白居易作过一首《游紫霄宫（藏头拆字体七言）》：

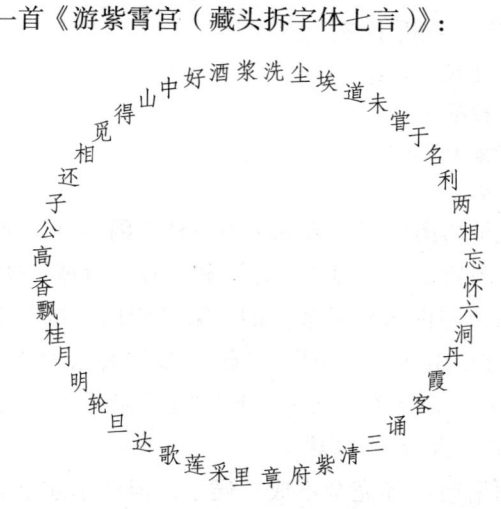

觅得山中好酒浆洗尘埃道未尝于名利两相忘怀六洞丹霞客诵三清紫府章采莲歌达旦轮明月桂飘香高公子还相（椭圆形排列）

我们之所以把它叫作藏头析字诗，是因为每个诗句（第一句除外）的头字（首字）在原诗中的字由上并没有单独而完整地出现，而是作为一个构字部件暗藏于其前面诗句末字里，因而古代就称之为"藏头诗"，但因为这种藏头显然是不同于镶嵌手法的藏头的，而且又运用了析字修辞手法，为了区别起见，我们认为称其为"藏头析字诗"似乎更准确些。由于它的书面排列通常是竖立的椭圆形，给人视觉上以新奇感，会促使阅读者注意它的解读方法。如果是行家的话，应该不难解读和"破译"出诗的蕴涵的。这首诗应该这样读：

水洗尘埃道未尝，甘于名利两相忘。
心怀六洞丹霞客，口诵三清紫府章。
十里采莲歌达旦，一轮明月桂飘香。
日高公子还相觅，见得山中好酒浆。

可以看出第二句首字"甘"取自第一句末字"尝"，第三句首字"心"取自第二句末字"忘"，其余类推。

总的来说，唐代的析字诗，参与创作的人和创作数量虽然很多，看起来很兴盛、很热闹，但无论从诗体或析字手法来看，主要是继承而缺乏创新；后来更是简单化，只是把题字或拆或不拆，然后分别嵌入诗句的首末，甚至于直接嵌入句中，逐渐失去了当初的风味，到了宋元时代，析字诗最终进入尾声。

二、衰微于宋元

唐代以后析字诗不再像以前那么热闹了，这与诗歌发展整体步调似乎也相一致。当然，作为一种流行于诗坛的文学样式，也并不是说一夜之间就衰落掉的，只是比以前有所减少而已。其间间或还是可以看到它偶尔一闪的光彩。例如，宋代《茗溪集》中就载有一首析字诗：

（1）日月明朝昏，山风岚自起。
　　石皮破乃坚，古木枯不死。
　　可人何当来，意若重千里。
　　永言咏黄鹤，志士心未已。

这首诗与前面所举的离合析字或藏头不一样：因为这里是通过每句的前两字相加合成第三字的。例如，第一句的"日"和"月"合成"明"字作第三字，而不是从字中离析出某个部件来构成某字的，第二句的"岚"也是由其前面"山"和"风"上下叠合而来。其余依此类推："石""皮"叠合为"破"，"古""木"叠合为"枯"，"可""人"叠合为"何"，"千""里"叠合为"重"，"永""言"叠合为"咏"，"士""心"叠合为"志"。

析字诗到了元明清时已经完全不成气候了，但偶尔还是有文人把玩一下的。例如，明宣宗有《偶成赐太监王瑾》的诗：

（2）今朝避暑到琼林，木叶含风雾气侵。
　　人喜轩窗开朗霁，齐听笙歌动清音。
　　日长偏称从容难，佳饮何妨潋滟斟。
　　斗酒金瓶须慢泻，写怀诗句醉时吟。

这是一首析字式藏头诗：第二句的首字"木"藏于第一句的末字"林"中，第三句的首字"人"藏于第二句的末字"侵"中，其余类推。

第九节　镶嵌

唐宋是镶嵌的发展期。发展的标志主要有三：一是新建了在南北朝基础上的第四种镶嵌类别，即嵌字成句类，同时，原有的一部分镶嵌品类也有所发展；二是镶嵌方法既有继承又有创新，呈现出灵活多样的特点；三是文体有所扩展。总体而言，三条纵线均有所发展。

一、新逢镶嵌类别：嵌字成句类——嵌字成句诗词

所谓嵌字成句，即将组成特定句子的字词，按顺序分别嵌入诗词的句首，然后将句首的嵌字顺序连缀成句，其句义即为作者所嵌入的真实意义。嵌字成句类与南北朝时已有的镶嵌杂名类、杂数类、复辞类有所不同。主要不同点在于：嵌字成句类所镶嵌的是组成特定句子的字词，所以必须将嵌字连缀成句，方显作者目的；而南北朝时的三类所镶嵌的并不是组成特定句子的字词或词组，所以不必将嵌字连缀起来。因此，我们将嵌字成句诗词列为新的类。有人称此类为"嵌字诗词"。其实从广义来说，镶嵌杂名类、杂数类、复辞类也可以称为"嵌字诗词"。为避免混淆，故称之为"嵌字成句诗词"。新建"嵌字成句诗词"的史料当以宋代苏轼的《减字木兰花》词为较早。

郑庄好客，容我尊前先堕帻。落笔生风，籍籍声名不负公。

高山白早，莹骨冰肌那解老。从此南徐，良夜清风月满湖。（宋·苏轼《减字木兰花·赠润守许仲涂》）

将苏轼这首词每句句首所嵌字组合起来，便是"郑容落籍，高莹从良"两句八个字。这两句的意义与全词无关。这是苏轼为营妓郑容、高莹二人所写的判牍。一些诗话中对此均有记载。如《东皋杂录》云："东坡自钱塘被召，过京口，林子中作守，郡有会，坐中营妓出牒，郑容求落籍，高莹求从良。子中命呈东坡，坡索笔为《减字木兰花》书牒后云：'郑庄好客，……'暗用此八字于句端也。"《苕溪渔隐》曰："《聚兰集》载此词，乃东坡《赠润守许仲涂》，且以'郑容落籍，高莹从良'为句首，非林子中也。"清代赵翼《陔余丛考》亦载有此事。

苏轼所创嵌字成句诗词对后世影响深远，元明清时期的杂剧、小说体和现代的诗歌、广告中都有这类手法，并有所发展变化，如嵌入的不完全是句子，位置也不限于句首等。可见此类手法具有较强的生命力。

二、镶嵌方法灵活多样

唐宋时期，镶嵌方法有了较大的发展变化。三大镶嵌类别中均有一部分品类继承了前代，又有所创新，从而形成镶嵌方法"灵活多样"的特点，推动了镶嵌的深入发展。这一部分品类有镶嵌杂名类的姓名诗、药名诗、星名诗、歌名诗、建除诗等；镶嵌杂数类的数名诗、四色诗、十二属性诗、八音诗以及镶嵌复辞类的嵌复诗等。镶嵌方法灵活多样，可大体分为两类：一是新创的方法，主要有整嵌法、分嵌法、离合法、扩展法、句首法、顺逆双嵌法、顺序灵活法、单一数字法等；二是继承原有方法中有所变化，主要有谐音法、位置灵活法、联首法等。现分述如下。

（一）新创镶嵌方法

1. 整嵌法、分嵌法

姓名诗中镶嵌方法的变化是改变南北朝时的嵌姓不嵌名法为整嵌和分嵌古人姓名法。

第一，整嵌法，即将古人姓名完整的嵌入同一诗句内。例如：

（1）《古人名诗》（唐·权德舆）

藩宣秉戎寄，衡石崇势位。
年纪信不留，弛张良自愧。
樵苏则为惬，瓜李斯可畏。
不顾荣官尊，每陈丰亩利。
家林类岩巚，负郭躬敛积。
忌满宠生嫌，养蒙恬胜智。
疏钟皓月晓，晚景丹霞异。
涧谷永不谖，山梁冀无累。
颇符生肇学，得展禽尚志。
从此直不疑，支离疏世事。

此诗共十联，每句均嵌入一个古人姓名，因而共嵌有20人，大多是两汉魏晋时人。例如，"宣秉"，东汉人，官至大司马；"石崇"，两晋人；"纪信"，两汉刘邦的部将；"张良"，汉代人，封留侯；"苏则"，东汉人，魏文帝时任东平相；"李斯"，秦国大臣；"顾荣"，晋吴郡人；"陈丰"，古姓氏；"林类"，春秋时人；"郭躬"，东汉人；"满宠"，三国魏人，封伏波将军；"蒙恬"，齐人，秦国大将；"钟皓"，东汉隐士；"景丹"，东汉人，封栎阳侯；"谷永"，西汉人，光禄大夫；"梁冀"，东汉大臣；"符生"，东晋时人；"展禽"，春秋鲁国人；"直不疑"，西汉人，御史大夫；"支离疏"，《庄子》中人名。（转引自徐元选注《趣味诗三百首》）

（2）《寒日古人名》（唐·陆龟蒙）

初寒朗咏裴回立，欲谢玄关早晚开。
昨日登楼望江色，鱼梁鸿雁几多来。

此诗写初冬时分，登楼吟咏，眺望江色时所发的感叹。诗中嵌入的姓名有：东汉人寒朗、楼望、梁鸿和晋人谢玄。此诗是一首七绝。作者与皮日休唱和人名诗均用此体。

（3）《奉和鲁望寒日古人名一绝》（唐·皮日休）

北顾欢游悲沈宋，南徐陵寝叹齐梁。
水边韶景无穷柳，寒被江淹一半黄。

此诗是皮日休和陆龟蒙的《寒日古人名》诗新作。诗中嵌入六个古人名。"顾欢",南朝宋人。"沈宋"即沈佺期、宋之问,均为唐初人。"徐陵",南朝陈人。"边韶",东汉人。"江淹",南朝梁人。

(4)《古人姓名诗》(宋·王安石)

老景春可惜,无花可留得。

莫嫌柳浑青,终恨李太白。

王安石此诗嵌入人名,即"景春"(战国时人,纵横家)、"留得"(谐刘德,不详)、"柳恽"(浑与恽谐音,南朝梁时人)、"李太白"(即李白,字太白)。所嵌人名,语意双关,自然妥帖。

第二,分嵌法,即将古人姓名分别嵌入不同诗句内。如:

(5)《戏赠谢师直》(宋·梅尧臣)

古锦裁诗句,斑衣戏作临。

木奴今正熟,肯效陆郎无?

梅尧臣此诗镶嵌人名的方法与他人不同。谢师直的小名为"锦衣奴",梅氏将此"锦、衣、奴"三字分别嵌入前三句中,以诗为戏。

宋孔平仲撰有镶嵌古人名诗多首。《清江三孔集》卷二十六载有《和萧十六人名》六首,卷二十八载人名诗七绝二首:《和徐道腴波字》(题下注:"虔州作人名")、《席上口授杜伸观》(题下注:"虔州作人名"),卷二十七载有专咏妇人名诗二首。此外,陈造、方岳等人也有人名诗,兹不赘录。

2.离合法

南北朝时多将一个地名或药名镶嵌在同一诗句内,唐宋时期则一个地名或药名可嵌在两个诗句内,创新出离合法。

地名离合法,即将地名诗与离合诗相结合,先将地名分离为二,分别嵌入前一句的末字与后一句的首字,然后组合为一个地名。药名离合法亦同此。例如:

(1)《怀鹿门县名离合二首》唐·皮日休

山瘦更培秋后桂,溪澄闲数晚来鱼。

台前过雁盈千百,泉石无情不寄书。

十里松萝阴乱石,门前幽事雨来新。

野霜浓处怜残菊,潭上花开不见人。

这两首诗写了鹿门(今湖北襄阳地区)景色。诗中嵌入县名六个,即"桂溪""鱼台""百泉""石门""新野""菊潭"。各县名均分别嵌入两句诗内。此诗将县名诗与离合诗相结合。

(2)《和袭美怀鹿门县名离合二首》唐·陆龟蒙

云容覆枕无非白,水色侵矶直是蓝。

田种紫芝餐可寿,春来何事恋江南。
竹溪深处猿同宿,松阁秋来客共登。
封径古苔侵石鹿,城中谁解访山僧。

这两首七绝叙写山乡与山寺景色,嵌入县名:白水、蓝田、寿春、宿松、登封、鹿城。各县名均用离合法分嵌入相邻两句诗内,如"白水"的"白"嵌入第一句末字,"水"嵌入第二句首字,二字结合即成为县名"白水"。

(3)《药名离合夏日即事三首》唐·陆龟蒙
乘屐著来幽砌滑,石罂煎得远泉甘。
草堂只待新秋景,天色微凉酒半酣。

避暑最须从朴野,葛巾筠席更相当。
归来又好乘凉钓,藤蔓阴阴著雨香。

窗外晓帘还自卷,柏烟兰露思晴空。
青箱有意终须续,断简遗编一半通。

这三首七绝药名离合诗,分别叙写新秋煎茶饮酒,夏季乘凉垂钓,晨晓读书。其嵌用药名的特点是"离合",即将一个药名先分嵌于上句之末和下句之首,两字合读成一药名。这三首所嵌药名即:滑石、甘草、景天、野葛、当归、钓藤、卷柏(又名万年松)、空青(又名杨梅青)、续断(又名接骨草)。

(4)《奉和鲁望药名离合夏日即事三首》唐·皮日休
季春人病抛芳杜,仲夏溪波绕坏垣。
衣典浊醪身倚桂,心中无事到云昏。

数曲急溪冲细竹,叶舟来往尽能通。
草香石冷无辞远,志在天台一遇中。

桂叶似茸含露紫,葛花如绶蘸溪黄。
连云更入幽深地,骨录闲携相猎郎。

皮日休这三首七绝药名离合诗是和陆龟蒙上诗而作,因而其嵌用药名的特点与上诗相同。三首诗依次嵌入药名为:杜仲、垣衣、桂心、竹叶、通草、远志、紫葛、黄连、地骨。

宋代也有离合法的药名诗,并有所发展,即不仅上句之末与下句之首离合成一药名,而且每首诗的末句末字与首句首字亦离合成一药名。例如:

(5)《药名离合四时四首》宋·孔平仲
草满南园绿,青青复间红。

花开不扫地，锦绣径相通。

浆寒饮一石，密液和严桂。
心渴望天南，星河粲垂地。

参旗挂采木，通夕凉如水。
银汉耿半天，河桥暝烟紫。

雪片拥颓垣，衣裘冷如甲。
香醪不满榼，藤枕欹残腊。
（6）《药名离合寄孙虢州》（宋·孔平仲）
孙八远在虢，丹霞绚崖苍。
耳目虽清远，志愿多参商。
陆沉众人中，白首滞铅黄。
耆英绍前烈，当复佐兴王。

朴也才通贯，众安无吠狗。
杞菊饭家常，山泉消昼漏。
芦雁来蔽空，青眼思朋旧。
历日惊晚景，天涯情更厚。

孔平仲上二例药名离合诗与皮日休、陆龟蒙的药名离合诗体制基本相同，所不同的是每首末句末字与首句首字亦离合为药名，如《药名离合四时》的"通草""地浆""紫参""腊雪"即是，《药名离合寄孙虢州》的"王孙""厚朴"也是。此可谓孔氏的创造。

3.扩展法

星名诗中与南北朝不同的是采用了扩展法，即将嵌入一般星名扩展为将二十八宿名顺次嵌入诗内。黄庭坚的诗可谓是代表作。例如：

《二十八宿歌赠别无咎》宋·黄庭坚
虎剥文章犀解角，食未下亢奇祸作。
药材根氐罹剽掘，蜜虫夺房抱饥渴。
有心无心材慧死，人言不如龟曳尾。
卫平哆口无南箕，斗柄指日江使噫。
狐腋牛衣同一燠，高丘无女甘独宿。
虚名挽人受实祸，累棋既危安处我。
室中凝尘散发坐，四壁蛊蛊见天下。
奎蹄曲隈取脂泽，娄猪艾豭彼何择。

倾肠倒胃得相知，贯日食昴终不疑。
古来毕命黄金台，佩君一言等觜觿。
月没参横惜相违，秋风金井梧桐落。
故人过半在鬼录，柳枝赠君当马策。
岁晏星回观盛德，张弓射雉武且力。
白鸥之翼没江波，抽弦去轸君谓何？

黄庭坚这首七古诗抒发了诗人对人生命运祸福无常，才智之士常招灾祸的沉痛感叹，抒写了真诚的友谊及惜别之情，最后隐喻自己归隐之志。这首星名诗与南北朝不同的是：在七古诗内将二十八宿名按次序逐一嵌入句中，实为罕见。以前的星名诗多嵌入部分星名，而且不是顺序嵌用。所以黄氏此诗既新颖，又有相当难度，是对星名诗的发展。何谓二十八星宿？古代天文学家把太阳和月亮所经天区的恒星，分成二十八个星座，称为"二十八宿"。《辞海》"星座"条，解释为："为了便于认识星空，古人将天球划分为许多区域，叫作星座。……我国古代将星空分为三垣和二十八宿。"黄庭坚将二十八宿依顺序嵌入诗中为：角、亢、氐、房、心、尾、箕、斗、牛、女、虚、危、室、壁、奎、娄、胃、昴、毕、觜、参、井、鬼、柳、星、张、翼、轸。每句嵌入一星名。此体大约为黄氏所创，后来晁补之有《二十八舍歌》，孔平仲有《二十八宿寄芸叟》均与黄氏所嵌相同。

（二）继承中有所变化的镶嵌方法

1. 谐音法

南北朝时虽已有谐音法，但运用较少。唐宋时期与南北朝不同处是谐音法的运用大幅度增加，尤其在药名诗中多见。例如：

（1）《和微之药名劝酒》宋·王安石
赤车使者锦帐郎，从客珂马留闲坊。
紫芝眉宇倾一坐，笑语但闻鸡舌香。
药名劝酒诗实好，陟厘为我书数行。
真珠的皪鸣槽床，金罂琥珀正可尝。
史君子细看流光，莫惜觅醉衣淋浪。
独醒至死诚可伤，欢华易尽悲酸早，人间没药能医老。
寄言歌管众少年，趁取乌头未白前。

此诗嵌入药名有赤车使者、珂、紫芝、鸡舌香、陟厘、琥珀、史君子、独醒、没药、乌头等共15个，其中谐音的有：从容（谐肉苁蓉，略"肉"字）、真珠（谐珍珠）、金罂（谐金樱子，省"子"字）、酸早（谐酸枣）、管众（谐贯众）5个，占全诗药名的三分之一。

（2）《荆州即事药名诗》宋·黄庭坚

前湖后湖水，初夏半夏凉。

夜阑乡梦破，一雁度衡阳。

黄氏此诗共八首，兹录其第二首。诗中嵌药名共4个，谐音的便有3个，如前湖（谐前胡）、阑乡（谐兰香）、度衡（谐杜衡），占全诗药名四分之三。

（3）《生查子·药名闺情三首》宋·陈亚

相思意已深，白纸书难足。字字苦参商，故要槟郎读。

分明记得约当归，远至樱桃熟。何事菊花时，犹未回乡曲。

小院雨馀凉，石竹风生砌。罢扇尽从容，半下纱厨睡。

起来闲坐北庭中，滴尽真珠泪。为念婿辛勤，去折蟾宫桂。

浪荡去未来，踯躅花频换。可惜石榴裙，兰麝香销半。

琵琶闲抱理相思，必拨朱弦断。拟续断朱弦，待这冤家看。

2. 联首法与顺嵌法

唐宋时期八音诗、数字诗、建除诗等数量增多，因而继承原有联首法与顺嵌法的现象也增多。例如：

（1）《八音诗》唐·权德舆

金谷盛繁华，凉台列簪组。

石崇留客醉，绿珠当座舞。

丝泪可销骨，冶容竟何补。

竹林谅贤人，满酌无所苦。

匏居容宴豆，儒室贵环堵。

土鼓与污尊，颐神则为愈。

革道当在早，谦光斯可取。

木雁才不才，吾知养生主。

（2）《数诗》宋·欧阳修

一室曾何埽，居闲俗虑平。

二毛经节变，青监不须惊。

三复磨圭戒，深防悔吝生。

四愁宁敢拟，高咏且陶情。

五鼎期君禄，无思死必烹。

六奇还自秘，海宇正休兵。

七日南山雾，彪文幸有成。

八门当鼓翼，凌厉指霄程。

九德方居位，皇猷日月明。

十朋如可问，从此卜嘉亨。
以上二例均为运用顺嵌法与联首法相结合的例子。
宋代黄庭坚、晁补之、陈与义、程俱、方岳等人均有八音诗；唐代权德舆和宋代的程俱、孔武仲、吕南公、苏过等人均有数名诗，宋代晁补之、范成大、洪炎、方岳等人均有建除诗，其中多继承了顺嵌法与联首法。

三、镶嵌文体的特点

镶嵌所适用的文体，比南北朝时有所扩展。南北朝时镶嵌多用于五言诗。唐宋时则除五言诗外，还有七言诗、近体格律诗与词体，也有极个别用于散文体。

第十节 顶真

隋唐宋金元的诗歌体与唐宋词体的顶真修辞有较大发展变化，主要表现在三方面：一是联珠格运用十分广泛，单蝉式以三字单蝉与不等字单蝉较有特色，双蝉式的类别与连用有所发展。二是连环体，诗歌由章与章之间以词语蝉联，发展为段与段之间以句子蝉联。词体的连环体则多为上下片之间以词语或句子蝉联。三是句中顶真运用频率增多，与以前五言诗多于七言诗的情况相反，七言诗、七言词的句中顶真较多，且出现不少一联内二句均为句中顶真的现象。

一、联珠格

1. 单蝉式的三字单蝉与不等字单蝉

联珠格中一字、二字单蝉大量涌现，因篇辐所限，不予举例。三字单蝉与不等字单蝉多出现在古体诗、乐府诗中。词体的三字单蝉多出现在词牌《忆秦娥》中。

（1）《秋夜长》王勃
秋夜长，殊未央。月明白露澄清光，层城绮阁遥相望。遥相望，川无梁，北风受节雁南翔，崇兰委质时菊芳。
鸣环曳履出长廊，为君秋夜捣衣裳。纤罗对凤凰，丹绮双鸳鸯。调砧乱杵思自伤。
思自伤，征夫万里戍他乡。鹤关音信断，龙门道路长。君在天一方，寒衣徒自香。
（2）《渡江秋怨二首》权德舆
秋江平，秋月明，孤舟独夜万里情。万里情，相思远，人不见兮泪满眼。
渡秋江兮渺然，望秋月兮婵娟。色如练，万里遍，我有所思兮不得见。
不得见兮露寒水深，耿遥夜兮伤心。

（3）《襄阳古乐府三首其一·野鹰来》苏轼

野鹰来，城东有台高崔巍。台中公子著皮袖，东望万里心悠哉。心悠哉，鹰何在？……

（4）《忆秦娥》（箫声咽）李白

箫声咽，秦娥梦断秦楼月。秦楼月，年年柳色，灞陵伤别。

乐游原上清秋节，咸阳古道音尘绝。音尘绝，西风残照，汉家陵阙。

（5）《忆秦娥》（云垂幕）朱熹

梅花发。寒梢挂著瑶台月。瑶台月。和羹心事，履霜时节。

野桥流水声呜咽。行人立马空愁绝。空愁绝。为谁凝伫，为谁攀折。

以上数例，例（1）的"遥相望""思自伤"，例（2）的"万里情""不得见"，例（3）的"心悠哉"均为三字单蝉的诗例。例（4）的"秦楼月""音尘绝"，例（5）的"瑶台月""空愁绝"则为三字单蝉的词例。

（6）《飞龙引二首》（其二）李白

鼎湖流水清且闲，轩辕去时有弓剑，古人传道留其间。

后宫婵娟多花颜，乘鸾飞烟亦不还，骑龙攀天造天关。

造天关，闻天语，长云河车载玉女。

载玉女，过紫皇，紫皇乃赐白兔所捣之药方。

后天而老凋三光，下视瑶池见王母，蛾眉萧飒如秋霜。

（7）《白云歌送刘十六归山》李白

楚山秦山皆白云，白云处处长随君。

长随君，君入楚山里，云亦随君度湘水。

湘水上，女萝衣，白云堪卧君早归。

（8）《草茫茫》白居易

草茫茫，土苍苍。苍苍茫茫在何处，骊山脚下秦皇墓。墓中下涸二重泉，当时自以为深固。……

（9）《鹦鹉洲送王九之江左》孟浩然

昔登江上黄鹤楼，遥爱江中鹦鹉洲。洲势逶迤绕碧流，鸳鸯鸂鶒满滩头。

滩头日落沙碛长，金沙熠熠动飙光。舟人牵锦缆，浣女结罗裳。月明全见芦花白，风起遥闻杜若香。君行采采莫相忘。

（10）《寄萧二十三庆中》卢仝

萧乎萧乎，忆萧者嵩山之卢。卢扬州，萧歙州。

相思过春花，鬓毛生麦秋。千灾万怪天南道，

猩猩鹦鹉皆人言。山魈吹火虫入碗，鸩鸟咒诅鲛吐涎。

就中南瘴欺北客，凭君数磨犀角吃，我忆君心千百间。

千百间君何时还，使我夜夜劳魂魄。

以上四例均为不等字单蝉。例（6）中有三字、二字顶接，例（7）有一字、

二字、三字顶接，例（8）（9）均为一字、二字蝉联，例（10）有一字、三字蝉联。

2. 单蝉式的多层次：增至十六层次以上

这一时期诗歌单蝉式的层次比之秦汉南北朝时更有增加，一般二层次的居多，亦有三、四、五、六层次甚至十七层次的。例如：

（1）《凉州馆中与诸判官夜集》岑参
弯弯月出挂城头，城头月出照凉州。
凉州七里十万家，胡人半解弹琵琶。
琵琶一曲肠堪断，风萧萧兮夜漫漫。
河西幕中多故人，故人别来三五春。
花门楼前见秋草，岂能贫贱相看老。
一生大笑能几回，斗酒相逢须醉倒。

（2）《长相思》陈羽
相思长相思，相思无限极。相思苦相思，相思损容色。
容色真可惜，相思不可彻。日日长相思，相思肠断绝。
肠断绝，泪还续，闲人莫作相思曲。

（3）《杂体联锦》韦庄
携手重携手，夹江金线柳。江上柳能长，行人恋尊酒。
尊酒意何深，为郎歌玉簪。玉簪声断续，细轴鸣双榖。
双榖去何方，隔江春树绿。树绿酒旗高，泪痕沾绣袍。
袍缝紫鹅湿，重持金错刀。错刀何灿烂，使我肠千断。
肠断欲何言，帘动真珠繁。真珠缀秋露，秋露沾金盘。
金盘湛琼液，仙子无归迹。无迹又无言，海烟空寂寂。
寂寂古城道，马嘶芳岸草。岸草接长堤，长堤人解携。
解携忽已久，缅邈空回首。回首隔天河，恨唱莲塘歌。
莲塘在何许，日暮西山雨。

以上三例均为单蝉式的多层次。例（1）蝉联为"城头""凉州""琵琶""故人"四层次。例（2）蝉联为"相思""相思""容色""相思""肠断绝"五层次。例（3）的蝉联有"尊酒""玉簪""双榖""树绿""袍""错刀""肠断""真珠""金盘""秋露""无迹""寂寂""岸草""长堤""解携""回首""莲塘"十七个层次。

3. 双蝉式的分类：主要是全分式、分合式

秦汉至南北朝时期双蝉式的分类主要是全分式与合分式。这一时期双蝉式的分类略有不同，主要是全分式与分合式。

（1）信知生男恶，反是生女好。
生女犹得嫁比邻，生男埋没随百草。（杜甫《兵车行》）

（2）中人爱富贵，高士慕神仙。

神仙须有籍，富贵亦在天。

莫恋长安道，莫寻方丈山。（白居易《归田三首》其一）

（3）买石尚饶云，买山当从水。

云可致无心，水能为鉴止。

性以无心明，情由鉴止已。

二者不可失，出彼而入此。（邵雍《重游洛川》）

以上三例均为全分式双蝉。如从顺、逆顶的角度看，例（1）（2）为逆顶式，例（3）为顺顶式。

（4）一向花前看白发，几回梦里忆红颜。红颜白发云泥改，何异桑田移碧海。（卢僎《十月梅花书赠》）

（5）金缸灭，啼转多。掩妾泪，听君歌。

歌有声，妾有情。情声合，两无违。

一语不入意，从君万曲梁尘飞。（李白《夜坐吟》）

（6）当默用言言是垢，当言任默默为尘。

当言当默都无任，尘垢何由得到身。（邵雍《言默吟》）

以上三例均为分合式双蝉。

二、连环体的发展

唐宋时期出现诗与词的连环体。诗的连环体发展为段与段之间以句子蝉联。词的连环体发展为以上下片之间以词、词组或句子蝉联。

1. 诗的连环体：段与段间以句子蝉联

（1）覆舟山下龙光寺，玄武湖畔五龙堂。

想见旧时游历处，烟云渺渺水茫茫。

烟云渺渺水茫茫，缭绕芜城一带长。

蒿目黄尘忧世事，追思尘迹故难忘。

追思尘迹故难忘，翠木苍藤水一方。

闻说精庐今更好，好随残汴理归艎。（王安石《忆金陵三首》）

（2）披衣开户几宵兴，永夜无眠魂九升。

坐觉飞霜明瓦屋，天如寒鉴月如冰。

天如寒鉴月如冰，僵卧家僮唤不应，

却忆少年游太学，萧然独对短檠灯。

萧然独对短檠灯，引睡翻书睡几曾。
自笑年来忧患熟，跏趺真作坐禅僧。

跏趺真作坐禅僧，不学窗间故纸蝇。
湛若琉璃含宝月，此中无减亦无增。（朱之才《连珠诗四首》）

以上两例均为全诗连环体。例（1）的第一段末句与第二段首句以"烟云渺渺水茫茫"相蝉联；第二段的末句与第三段首句以"追思尘迹故难忘"相蝉联。例（2）第一段与第二段以"天如寒鉴月如冰"相蝉联；第二段与第三段以"萧然独对短檠灯"相蝉联；第三段与第四段以诗句"跏趺真作坐禅僧"相蝉联，从而构成全诗连环体。除了上述句子相蝉联的连环体外，还有继承前代以词语相蝉联的连环诗。例如：

（3）新月生魄迹未安，才破五六渐盘桓。
今夜吐艳如半璧，游人得向三更看。

三更向阑月渐垂，欲落未落景特奇。
明朝人事谁料得，看到苍龙西没时。
苍龙已没牛斗横，东方芒角升长庚。
渔人收筒及未晓，船过惟有菰蒲声。

菰蒲无边水茫茫，荷花夜开风露香。
渐见灯明出远寺，更待月黑看湖光。
湖光非鬼亦非仙，风恬浪静光满川。
须臾两两入寺去，就视不见空茫然。（苏轼《夜泛西湖五绝》）

此诗第一绝结末与第二绝起始以"三更"相顶接，第二绝结末与第三绝起始以"苍龙"相顶接，第三绝结末与第四绝起始以"菰蒲"相顶接，第四绝结末与第五绝起始以"湖光"相蝉联。

诗体的部分连环，隋代时还出现，如杨素的《赠薛播州诗》，全诗共十四章。其中第九章至第十四章的章与章之间相连环。隋代以后，这种连环便少见了。

2. 词的连环体：上下片之间以词、词组或句子蝉联

（1）白鸥问我泊孤舟，是身留，是心留？心若留时，何事锁眉头？风拍小帘灯晕舞，对闲影，冷清清，忆旧游。

旧游旧游今在否？花外楼，柳下舟。梦也梦也，梦不到，寒水空流。漠漠黄云，湿透木棉裘。都道无人愁似我，今夜雪，有梅花，似我愁。（蒋捷《梅花引·荆溪阻雪》）

（2）郁孤台下清江水，中间多少行人泪？西北望长安，可怜无数山。

青山遮不住，毕竟东流去。江晚正愁余，山深闻鹧鸪。（辛弃疾《菩萨蛮·书江西造

口壁》）

（3）罗囊绣，两凤凰，玉合雕，双鸂鶒。
中有兰膏渍红豆，每回拈著长相忆。
长相忆，经几春？人怅望，香氤氲。
开缄不见新书迹，带粉犹残旧泪痕。（韩偓《玉合》）
（4）莫风流。莫风流。风流后、有闲愁。花满南园月满楼。偏使我、忆欢游。
我忆欢游无计奈，除却且醉金瓯。醉了醒来春复秋，我心事、几时休。（张先《庆佳节·莫风流》）

以上四例为词的连环体。例（1）（2）的上下片之间以词"旧游""山"相蝉联。例（3）以词组"长相忆"相蝉联。例（4）以"我忆欢游"这一主谓词组充当句子成分，作为上下片之间的顶接。

三、句中顶真的发展

这一时期诗词句中顶真有了进一步发展。诗体句中顶真的发展主要有：一是运用频率增加；二是七言诗的句中顶真多于五言诗的句中顶真；三是前一时期句中顶真多为一联一句顶真，现在则一联内两句均为句中顶真的现象较多。词体句中顶真的发展主要表现为二：一是运用频率增高；二是词的七言句、五言句、四言句中均有句中顶真，一般以七言句最多，五言句次之，四言句较少。现将诗与词体的句中顶真分别论述。

（一）诗体句中顶真

第一，一联内一句句中顶真，七言诗多于五言诗。七言诗句中顶真多为第四字与第五字相顶接。

（1）黑云压城城欲摧，甲光向日金鳞开。（李贺《雁门太守行》）
（2）年去年来来去忙，春寒烟暝渡潇湘。（郑谷《燕》）
（3）嘉陵江曲曲江池，明月虽同人别离。（白居易《江楼月》）

以上七言诗例句中顶真均为第四与第五字相顶接。

（4）湖城城东一开眼，驻马偶识云卿面。（杜甫《湖城东遇孟云卿复归刘颢宅宿宴饮散因为醉歌》）
（5）冬至至后日初长，远在剑南思洛阳。（杜甫《至后》）

以上二例句中顶真为第二字与第三字顶接，这种句子顶真较少。

（6）期君君不至，人月两悠悠。（白居易《城上对月期友人不至》）
（7）粝食拥败絮，苦吟吟过冬。（裴说《冬日作》）
（8）谁重断蛇剑，致君君未听。（杜甫《奉酬薛十二丈判官见赠》）

以上五例为五言诗句中顶真例，均为第二字与第三字相顶接。

第二，一联内两句句中顶真增多。一联两句句中顶真现象，七言诗也多于五言诗。

（9）抽刀断水水更流，举杯消愁愁更愁。（李白《宣州谢朓楼饯别校书叔云》）
（10）深墨画竹竹明白，淡墨画竹竹带烟。（张舜民《题薛判官秋溪烟竹》）
（11）冬夜夜寒觉夜长，沉吟久坐坐北堂。（李白《夜坐吟》）

以上几例为七言诗中一联内二句均为句中顶真的例子，有的第四字与第五字相顶接，也有第二字与第三字相顶接的。

（12）待月月未出，望江江自流。
　　　倏忽城西郭，青天悬玉钩。（李白《挂席江上待月有怀》）

以上为五言诗一联内两句句中顶真的例子。

（二）词体句中顶真

第一，七言句句中顶真较多。七言句句中顶真多数为第四与第五字重复，少数为第二与第三字顶接。

（1）泪眼问花花不语，乱红飞过秋千去。（欧阳修《蝶恋花·庭院深深深几许》）
（2）持酒劝云云且住，凭君碍断春归路。（秦观《蝶恋花·晓日窥轩双燕语》）
（3）把酒送春春不语。黄昏却下潇潇雨。（朱淑真《蝶恋花·送春》）
（4）绮席流欢欢正洽，高楼佳气重重。（洪迈《临江仙·绮席流欢欢正洽》）
（5）寄语红桥桥下水，扁舟何日寻兄弟？（陆游《渔家傲·寄仲高》）

以上几例均为七言中第四与第五字的顶接。

词的七言句中也有第二字与第三字相蝉联的，但较少。如：

（6）送春春去几时回？临晚镜，伤流景，往事后期空记省。（张先《天仙子·水调数声持酒听》）
（7）莫是东君嫌淡素。问花花又娇无语。（真德秀《蝶恋花·两岸月桥花半吐》）

以上二例如若吟读则应为："送春，春去几时回？""问花，花又娇无语。"

第二，五言句、四言句句中顶真。五言句句中顶真多以第二与第三字蝉联。

（8）凝恨对残晖，忆君君不知。（韦庄《菩萨蛮·洛阳城里春光好》）
（9）闲倚户，暗沾衣，待郎郎不归。（韦庄《更漏子·钟鼓寒》）
（10）头白早归来，种花花已开。（辛弃疾《菩萨蛮·稼轩日向儿童说》）

以上为五言句句中顶真的例子。

（11）惜春春去，几点催花雨。（李清照《点绛唇·闺思》）
（12）昨夜夜半，枕上分明梦见。（韦庄《女冠子·昨夜夜半》）
（13）要新诗准备，庐山山色。（辛弃疾《满江红·送李正之提刑入蜀》）

以上为四言句句中顶真的例子，均为第二字与第三字顶接。

第七章　唐宋诗词中的意境构成

第一节　情景交融

诗歌是客观外物所触发的主体情感的表现，是心与物、情与景的矛盾统一。从艺术原理的角度讲，诗在本性上是一种主观抒情的艺术、表现的艺术，是专为主体心灵抒发而存在的艺术，但中国古典诗歌却呈现出一种情景交融的结构。中国古代抒情诗多以自然景物为象。在一般意义上，情与景的关系，实际上是意与象的关系。诗歌的两个基本内构元素是情感及其载体意象，而情景交融是意象内容的核心。意象是对象的感性物态与人的主观情意水乳交融在作品中所形成的物我合一的感性形式，也是作家自我表达，与世界交流的一种方式。它以主体所感受到的物象为基础，又借助于物象的感发，以传达作者的主观情意。在意象中，情与景是互相影响、互相渗透、浑融不分、互相依托的。近代诗论者王国维在评论作品是否有意境时，也是以是否做到了情景交融作为起码的标准。他认为："文学之事，其内足以摅己，而外足以感人者，意与境二者而已。上焉者意与境浑，其次者或以境胜，或以意胜。苟缺其一，不足以言文学。"这里的"意与境浑"与"情景交融"实质是相同的，做到了"意与境浑"是有意境，否则是无意境。意象成了构成诗歌意境的基本单位。事实上，中国的诗歌，无论是传统的还是现代的，绝大多数作品，都是以"意象"经营为主要物质手段，以"意象"的创造为最高的追求目标。

在中国古典诗歌中，诗人可以因自然景象和特定的心情相呼应而达到表现的效果。正因为如此，古代诗人们都特别注重营构情景交融性意象，使诗歌呈现为一种情景交融的意象美。

一、深情蕴藉的情意美

诗歌所要表达的核心是"意"，意在诗中主要是指主体以情感为核心的审美心态。它包括情感，也包括引发情感的动力。情与意在诗中其实是一体的。作家抒发情感，同时也就已经达意。朱熹在《朱子语类》中阐述情与意的关系时说：

"爱那物便是情,所以去爱那物便是意";"情如舟车,意如人去使那舟车一般"。情意是抽象的、无形的,必须借助于感性形态才能获得具体的表达。而情景交融的意象创构,它往往能使诗意得以很好的表现。因为诗歌讲究含蓄、蕴藉,讲究趣味,这样,意就不宜直接陈述,而必须借景,以情景合一的方式表现出来。或者如王夫之在《姜斋诗话》中所说:"以写景之心理言情,则身心中独喻之微,轻安拈出。"这种表达方式,有利于从有限的感性形态传达出无穷的意味。情景交融的意象对于情感具有很好的替代作用和对于情感的渲染、烘托作用,使表达的情意富有审美效应。

情景交融的意象,由于蕴涵无穷的意味,因而常能使人感到诗中所呈现的广阔的空间和恢宏的境界。杜甫的《登高》:"风急天高猿啸哀,渚清沙白鸟飞回。无边落木萧萧下,不尽长江滚滚来。万里悲秋常作客,百年多病独登台。艰难苦恨繁霜鬓,潦倒新停浊酒杯。"诗人在这里连续运用了八个情景交融性意象表现了他强烈深沉的身世家国之痛:风在高天呼啸而过、凄凉的猿啼一声一声传来、江边清冷空阔、鸟在天空盘旋、无边的落叶萧萧而下、不尽的江水滚滚而来……这样一连串情调相似的写景抒情性意象,极强烈有力地表现、渲染了诗人无比悲愤的情感,其情感表现就如一曲悲壮的交响乐,有一种强烈回旋的效果。

二、含蓄隽永的意境美

诗歌往往通过创造意境,来构成一种内在的、含蓄的、意味深长的艺术意境,是情景交融的境界,它一方面以自然景物的意象描述为主,另一方面也必然熔铸进作家的思想情感和审美情趣,从而形成情景交融性审美意象,让人们从中领悟出无穷的"象外之象""景外之景",乃至于某种说不清道不明的深层意蕴。作为传统诗歌美学的至佳境界,意境消除了物我界限,使人在欣赏时完全进入了一种审美境界。王维的名篇《山居秋暝》:"空山新雨后,天气晚来秋。明月松间照,清泉石上流。竹喧归浣女,莲动下渔舟。随意春芳歇,王孙自可留。"描绘出秋日将晚时山间的景色,山雨初霁,万物一新,山象清冽,皓月当空,犹如世外桃源一般。诗人置身其中,写自己的所见、所闻、所感,情景交融、以景传情,这里景已内化为情,情已外化为景。全诗无一字直言情,然而又显得字字言情,于诗情画意中寄托着诗人高洁的情怀和对理想境界的追求。这种主客同一的鲜明而又朦胧的境界,产生了一种只可意会不可言传的审美意象。

优秀的诗篇,可以说都富于含蓄隽永的境界美。但是在情景交融性意象中,更富于美的神韵。韦应物的《滁州西涧》"独怜幽草涧边生,上有黄鹂深树鸣。春潮带雨晚来急,野渡无人舟自横。"正是情景交融性意象使诗构成含蓄隽永的意境美，景中之意难以言说，却又含味不尽。杜牧的《泊秦淮》："烟笼寒水月笼沙，夜泊秦淮近酒家。商女不知亡国恨，隔江犹唱后庭花。"含蓄隽永的境界美，从情景交融性意象中渗透出来。元朝马致远的小令："枯藤老树昏鸦，小桥流水人家，古道西风瘦马。夕阳西下，断肠人在天涯。"构成背景的风景，分别从不同角度呈现出一幅黄昏时凄凉的画面，这些画面由天涯断肠人的情绪潜流网结起来，便构成了极有深意的意境。在意境的创造中，多幅画面的组合，形成了密集的意象，有利于意象的碰撞和迅速转换，拓展了时空结构。意象的大幅度跳跃又加强了作品的容量，还留下许多空白让读者去努力填补，使意境有了更为深远的意义。

三、和谐统一的契合美

中国的表意文字本身就是一个个饶有趣味的意象，由此所构成的诗的情景交融性意象，能够表现出情与景的高度契合美，使表面看来单纯的写景达到抒情的目的，使诗"含不尽之意，见于言外"。王夫之说："情景名为二，而实不可离。神于诗者，妙合无垠。巧者则有情中景、景中情。"在这里，"情"与"景"具有着高度的异质同构性，"景"能够表现"情"，在某种程度上它还能替代情感的直接表达。由此产生的情景交融性意象，大大开拓了写景抒情领域，使千差万别的景能表现丰富复杂的情，情与景恰好称合。如温庭筠《商山早行》："晨起动征铎，客行悲故乡。鸡声茅店月，人迹板桥霜。槲叶落山路，枳花明驿墙。因思杜陵梦，凫雁满回塘。"诗表现的是一种羁旅愁思，但它又不是一般的愁思，而是客子在天色蒙蒙亮时独自从一个异乡走向另一个异乡时的愁思。为了表现这种独特的孤独、冷清、形影相吊之感，诗中以"鸡声茅店月，人迹板桥霜""凫雁满回塘"等情景交融性意象，予以表现。那种凄清孤寂的情绪与"鸡声""茅店""月""人迹""板桥""霜"等物象相互契合。

一般来说，作为优秀的诗人，不论表达什么情感，他总是能根据自己的情感需要找到最切合的自然意象，如李颀《送刘昱》"八月寒苇花，秋江浪头白。北风吹五两，谁是浔阳客。鸬鹚山头微雨晴，扬州郭里暮潮生。行人夜宿金陵渚，试听沙边有雁声。"整首诗，除了一句"谁是浔阳客"是"点"，其余全是写景抒情的"染"。这就要求诗的情景交融性意象具有更高程度的契合性。"八月寒苇""秋江浪头""北风"，使青草更青的"山头微雨"，令人顿生落感的"暮潮"，沙边凄凉的"雁声"等情景交融性意象，都能很好地渲染、表现这种离愁别绪，使全诗境界立现，大大地扩充了诗的情绪空间。正是情与景二者的高度契合，许多诗人因此为我们留下了大量具有情景交融性意象美的名句。如杜甫的"无边落木萧萧下，不尽长江滚滚来"（《登高》）、孟浩然的"野旷天低树，江清月近人"（《宿建德江》)、王维的"行到水穷处，坐看云起时"(《终南别业》)、晏殊的"无可奈何花落去，似曾相识燕归来"(《浣溪沙·一曲新词酒一杯》)、贺铸的"若问闲愁都几许。一川烟草，满城风絮，梅子黄时雨"(《青玉案·凌波不过横塘路》)、周邦彦的"叶上初阳干宿雨，水面清圆，一一风荷举"(《苏幕遮·燎沉香》)，等等。不过，情、景之间常常很难简单地浑融为一。这就需要作者在情景交融意象的创构中，通过审美的思维方式，凭借想象力加以创构，并且运用赋、比、兴等艺术手法加以表达，使之空灵剔透，情趣盎然。

四、清新独特的风格美

意象的选择体现着创造性与文化继承性，诗人选择的意象乃是从他的日常的生活经验中分离出来的，是他熟悉的物象，诗人习惯运用的意象系统，会成为反映其艺术风格的一种标记。我国古代诗歌批评就常常从意象入手评论诗人，有杜甫诗"多用一自字"，李贺诗"善用白字"，许浑"千首湿"，张先为"张三影"的说法。诗人在选象、造象、组象的过程中，由于诗人所处的社会地理环境不同，诗人的禀性气质、审美意趣及文体意识不同，诗人生存环境及生命情态不同，在意象选择上总是体现一定兴趣，在意象的运用上又体现不同的把握方式，从而显现出不同的风格。

中国古典诗，尤其是唐宋诗词特别重视情景交融意象的运用，刘勰曾说："诗之景阔，词之言长。"清沈德潜也说："唐诗蕴蓄，宋诗发露，蕴蓄则流韵言外，发露则意尽言中。"唐诗意境深远、含蓄蕴藉，宋词轻丽婉约，各自的风格不同。一般来说，成熟的诗人在意象的把握上总是要突出其中一类意象，或沉郁顿挫，或精致清丽，或豪放飘逸，或兼而有之，以其倾向不同而见出各自的风格。例如，李白的诗多表现为扩张意象，而见豪放飘逸的诗风。杜甫诗多表现为沉郁意象，而具沉郁顿挫风格。风格独特的李贺，他的诗中以扩张意象与精致意象结合。陆游评李贺时说："贺诗如百家锦纳，五色玄耀，光夺眼目，使人不敢熟视。"我们可以从许多富有情景交融意象美的古典诗歌中，体味出不同的风格。

第二节 动静结合

我国传统美学中，对于文学作品的审美，往往强调"情"。《毛诗序》中说过情动于中而形于言，对于诗歌而言，晋代文学家陆机在《文赋》中说过"诗缘情而绮靡"，诗歌更以"情"制胜，"情"是其本质。而对于"情"的表现，诗歌往往是借景言情，寓情于景，王国维在《人间词话》中说："昔人论诗词，有景语、情语之别。不知一切景语皆情语也。"一切写景都是为了写情，他还说："有我之境，以我观物，故无皆着我之色彩。"的确，同样的自然景色，因观者的心情而产生迥然不同的感受。同样是秋景，在唐代诗人王绩眼里是"树树皆秋色，山山唯落晖"，而在杜牧眼里却是"停车坐爱枫林晚，霜叶红于二月花"，因而我们欣赏诗歌作品时，要想真正把握景物所蕴含的诗人的情感，就得从具体的景物描写手法入手，尤其对于"中国古典诗歌而言'贵含蓄，忌直露'，有情不直言情，有恨不直说恨，诗人惯用的手法便是借景达情，于是产生了众多的写景诗"。我们鉴赏此类诗歌时，关键是要从诗人描写景物的方式入手，这样才能准确把握景物所寓含的诗人的情感。古诗景物描写的方式与角度是多样的。总的说来，有正面描写和侧面描写，而侧面描写中的动静结合便是诗人常常采用的传统表现方式。

一、动静结合艺术手法的表现方式

动静结合艺术手法的表现方式是多样的，其中最主要的方式有以下四种：一是以静衬动，即通过描写、渲染静态，反衬、突出动态。李白的《望庐山瀑布》，其中第二句"遥看瀑布挂前川"，诗人写遥看瀑布的第一眼形象，就是从静态的角度来表现瀑布倾泻而下的动态之美。诗人将流动的"水"写成静止的"布"，瀑布就像一条巨大的白练挂在山间，"挂"字极其传神，化动为静，惟妙惟肖地表现出倾泻的瀑布在遥看中的生动形象，以静衬动，显现出瀑布冲天直下的动感和气势。南宋诗人叶绍翁的《西溪》："一条横木过前溪，村女齐登采叶梯。独立衡门春雨细，白鸡飞上树梢啼。"首句总领，"横木"为静景描写，统摄以下各景，通过此景我们可以想象：在横木下面，河水清澈，流水潺潺，在阳光的照耀下闪着点点星光，它涓涓不断，日夜流淌，渐渐消失在山的转弯处。这幅优美生动的动态画面，就是在"横木"这一静景的衬托下构成诗歌的美妙境界，也正是在这样一幅美妙背景的衬托下，才使以下句中村女的"登""采"，白鸡的"飞""啼"这些动态更加生动活泼，充满生机。

二是以动衬静，即通过描写、渲染动态，反衬、突出静态。此法在古诗中运用得最为频繁，是古代诗人常用的"诗家守法"。贾岛的《题李凝幽居》全诗所描绘的景致十分幽静，其中的名句"僧敲月下门"，一个"敲"字动感十足，有动作有声音，以动衬静，以响衬静，在月夜寂静之中，一阵"敲"声，反而更显环境的寂静，更精确地描绘出了诗歌的深远意境。王维的《鸟鸣涧》，其中"月出惊山鸟，时鸣春涧中"，也是以动写静，一"惊"一"鸣"，是用声音衬托出山里的幽静与闲适：月亮从云层中钻了出来，静静的月光流泻下来，几只鸟儿从睡梦中醒了过来，不时地鸣叫几声，和着春天山涧小溪的水流声，烘托出山林的寂静。整首诗写云溪夜景的娴静。花落、月出，都是以动态写静，鸟鸣是以声音写静，花落、月出、鸟鸣，都是动态，因而诗人用以动衬静的手法，收到"鸟鸣山更幽"的艺术效果。苏轼的词《临江仙·夜归临皋》："夜饮东坡醒复醉。归来仿佛三更。家童鼻息已雷鸣，敲门都不应，倚杖听江声。"以动衬静，用有声衬无声，家童鼻息如雷和作者谛听江声，营造了一个极其安静和恬淡的境界，因而在这个静谧的夜晚，在敲门不应的时候，能够悠悠然"倚杖听江声"，使人有身临其境之感，遐思联翩，从而为下篇作者对人生的反思做好了铺垫。宋代诗人叶采的《书事》："双双瓦雀行书案，点点杨花入砚池。闲坐小窗读周易，不知春去几多时。"开篇两句写书室的宁静，是由动态的画面表现出来的：在垂柳飞絮的春季，几只麻雀悠闲自在地漫步在书桌上，柳絮轻盈地随风飘落在砚台上。用麻雀闲步书案、柳絮安卧砚台的动态来衬托书室的安静，从而进一步衬托出"闲坐小窗读周易"的静景，这里正是用以动衬静的手法，来表现环境的宁静、读书的投入以至达到忘我的境界，书室的宁静正衬托出诗人的宁静。王维的《田园乐（其六）》"花落家童未扫，莺啼山客犹眠"，同样以声衬静，动静结合。表现出田园幽静安适的特点。王籍的《入若耶溪》中的"蝉噪林逾静，鸟鸣山更幽"更是以动衬静的典范。

　　三是以动衬动，就是用运动的事物来衬运动的事物（包括把静止的事物当作运动的事物）。《文心雕龙·物色》："物色之动，心亦摇焉。""情以物迁，辞以情发。"人们的心理与自然形态是一致的。苏轼的《江上看山》："船上看山走如马，倏乎过去数百群。前山槎牙忽变态，后岭杂沓如惊奔。仰看微径斜缭绕，上有行人高缥缈。舟中举手欲与言，孤帆南去如飞鸟。"其中前四句，显然用了以动衬动的手法，因人在船上看山，所以诗人让原本静态的群山在眼前"倏乎过去"，让原本静态的众岭"杂沓如惊奔"，赋予群山众岭以"飞驰""惊奔"的动态，衬托出舟行之快，这样的描写使全诗情趣盎然。

　　四是动静互衬，就是既描写运动的事物又描写静止的事物，二者相互衬托。如李白的《望天门山》以"天门中断楚江开"写出了水力之巨大，突出了水神奇的"动"；又用"碧水东流至此回"写出了山雄奇险峻的静，突出了山强大力量的"静"；然后又用"两岸青山相对出"写静，又静中有动；"孤帆一片日边来"又动中有静，动静相衬，运笔如神。刘攽的《雨后池上》："一雨池塘水面平，淡磨明镜照檐楹。东风忽起垂杨舞，更作荷心万点声。"一、二两句以"水面平""明镜""照檐楹"等写出了荷花池塘雨后幽美迷人的静态。三、四两句用"忽起""垂杨舞"以及雨滴被风吹到荷叶上发出的万点声响，表现了雨后池上的动态之美。诗中以静显动，又以动衬静，动静结合，组成了一幅雨后池塘春景图。

二、动静结合手法绝妙的艺术表现效果

东晋大诗人陶渊明是最早运用动静结合手法的诗人,特别是他的田园诗在写景中最善于将动静巧妙结合,达到了炉火纯青的地步,体现了他田园诗高超的艺术表现力。例如,他的《归园田居》:"少无适俗韵,性本爱丘山。误落尘网中,一去三十年。羁鸟恋旧林,池鱼思故渊。开荒南野际,守拙归园田。方宅十余亩,草屋八九间。榆柳荫后檐,桃李罗堂前。暖暖远人村,依依墟里烟,狗吠深巷中,鸡鸣桑树巅,户庭无尘杂,虚室有余闲。久在樊笼里,复得返自然。"诗中的"方宅""草屋""榆柳""桃李",从视觉入笔,由远及近,写静景;"狗吠深巷中,鸡鸣桑树巅",则从听觉入笔,写动景,由远而近的狗吠鸡鸣的动景。这是以动衬静,给宁静的乡村生活带来生动的情趣,更显出自然朴素风格,展现了一派动静悠然、诗意醇厚的乡村田园风景。陶渊明的田园诗以善于化动为静,以静写动而著称。如他的《归园田居(其三)》:"种豆南山下,草盛豆苗稀。晨兴理荒秽,带月荷锄归。道狭草木长,夕露沾我衣。衣沾不足惜,但使愿无违。"其中,"带月荷锄归"一句脍炙人口,历来被文学评论家们称道。最为绝妙的是诗人将流动的"月"写成可随身携带的物品,极为传神,"带"字化动为静,生动形象,活灵活现,寥寥数语就塑造出一个"种豆南山下""带月荷锄归"的劳动者形象。

动静巧妙结合的艺术手法,被后世诗人传承和发展,尤其是唐代诗人。例如,王维的《山居秋暝》:"明月松间照,清泉石上流。""明月松间照"展现的是一幅在皎洁如银的月光照耀下,郁郁葱葱的松树,以及月光穿过树叶的缝隙在林间留下斑驳倩影的画面,突出了山中的静谧与清幽;"清泉石上流"则以动衬静,更反衬出山中的宁静。王维在他的《鹿柴》中把动静结合的手法用得更为巧妙,仅用十个字就表达了"空山之寂":"空山不见人,但闻人语响"。以"响"衬"寂",空谷传音,愈见空山之空,空山人语,愈见空山之寂。而"蝉噪林逾静,鸟鸣山更幽"的名句,通过"蝉噪""鸟鸣"的动景描写,更加突出地显示了春涧的幽静。杜甫的《绝句》:"泥融飞燕子,沙暖睡鸳鸯。"揭示的是一幅动中有静,静中有动的和谐画面。诗人选择"燕子"来勾画春景,春暖花开,泥融土湿,冬去春归的"燕子",正繁忙地飞来飞去,衔泥筑巢。春日融融,日丽沙暖,"鸳鸯"也要享受这春天的温暖,在溪边的沙洲上静睡不动。从景物的描写来看,"鸳鸯"与"飞燕"相对照。动静相间,相映成趣,构成一幅色彩鲜明、意气勃发的初春景物图,反映了诗人对初春时节自然界的一派生机、欣欣向荣的欢愉情怀的向往。唐代诗人张旭的《桃花溪》:"隐隐飞桥隔野烟,石矶西畔问渔船,桃花尽日随流水,洞在清溪何处边?"起句"隐隐飞桥隔野烟"出神入化:在深山野谷之中,云烟缭

绕；透过云烟望去，那横跨山溪之上的长桥，忽隐忽现，似有似无，恍若在虚空里飞腾。这境界是多么的美妙与神奇啊！令人朦朦胧胧，恍入仙境。在这里，静止的桥和浮动的云烟相映成趣：云烟使桥化静为动，虚无缥缈，临空而飞；桥使云烟化动为静，宛如垂挂的一道轻纱。隔着这轻纱看桥，使人更觉一种朦胧美。唐代诗人常建的《题破山寺后禅院》一诗后两联："山光悦鸟性，潭影空人心。万籁此俱寂，但余钟磬音。"同样将动静结合手法运用得美妙生动，优美的山光景色使得鸟儿欢悦，倒映在潭中的影子触动了诗人的心声，使诗人为摆脱尘世的烦忧而内心清静，从而达到了物我两忘的崇高境界。在万籁俱寂中，诗人只听到钟、磬的余音袅袅。这是静中之动，更加强化"静"，而禅院的幽静，实际衬写出诗人的心静，从而抒发自己万念俱灭的思想感情。贾岛的《暮过山村》："数里闻寒水，山家少四邻。怪禽啼旷野，落日恐行人。初月未终夕，边烽不过秦。萧条桑柘处，烟火渐相亲。"诗的首联描写出山村的宁静，首先从听觉上用数里外就听到水声，来以响衬静，接着从视觉上写人烟稀少的静，为以下各联做了铺垫并且与其他各联相配合，描绘出一幅和平安宁的山村图景。唐代诗人张继的《枫桥夜泊》："月落乌啼霜满天，江枫渔火对愁眠。姑苏城外寒山寺，夜半钟声到客船。"首句就采用了动静结合的写法："月落"是静，"乌啼"是动，"霜满天"似静而实动，是动而似静。整句诗营造出凄冷沉寂的氛围，使人倍感悲苦，诗的第二、三句是静态描写，是环境的静，而最后一句对"钟声"的描写，是动态描写，沉沉的"钟声"打破了天地间的死寂，使人不禁为之心悸！诗人正是巧妙地运用了动静结合的艺术手法，将落魄者夜泊的特定情景描绘得淋漓尽致。李白常常采用动静结合的手法来写景，并将动静结合的手法运用得娴熟自如，十分巧妙，他的《访戴天山道士不遇》诗，前四句："犬吠水声中，桃花带雨浓。树深时见鹿，溪午不闻钟。"用桃花深处传来的泉水声和狗吠声烘托山中的"静"来，接着用树林深处不时见到鹿的跑动，进一步突出山中幽静无人的境界，最后再点出"溪午不闻钟"，没敲午钟，说明道士不在了。全诗采用了以动衬静的艺术手法，创造优美娴静的意境。再如他的诗《独坐敬亭山》："众鸟高飞尽，孤云独去闲。相看两不厌，只有敬亭山。"首句"众鸟高飞尽，孤云独去闲"，一群喧闹的山鸟飞去之后山中格外幽静，随着一片云彩飘去，更感到特别幽静，以此境界来烘托诗人心灵的孤独与寂寞，运用"以动衬静"的反衬手法，衬托出环境的幽静，为诗的三、四句写诗人对敬亭山的喜爱之情作了很好的铺垫。

受诗歌影响，宋元的词曲作家也继承了动静结合的艺术手法，他们运用此法创作的词曲往往形成如临其境、如闻其声、如见其人的艺术效果。形象鲜明可感，大大增强了作品如亲历其境的现场感，真实地表现了事物的特点。例如，周德清的《塞鸿秋·浔阳即景》:"长江万里白如练,淮山数点青如淀,江帆几片疾如箭,山泉千尺飞如电。晚云都变露,新月初学扇,塞鸿一字来如线。"作者写景时明显采用了"动静结合"的写法,曲中一、二句写长江、写淮山,用形象的比喻,描绘出大江远山的雄伟壮阔的远景,是静态画面。三、四句镜头拉近,写江帆、写山泉,同样用比喻,描绘出江帆、山泉之疾速飞奔之态,是动态画面。五、六句写晚云和新月的神奇变化之态,又是动景。全曲动静交替、互衬,描绘出了一幅变幻多姿、立体壮观的风景画,使读者如临其境,大大增强了作品的艺术感染力。又如,辛弃疾的《西江月·夜行黄沙道中》:"明月别枝惊鹊,清风半夜鸣蝉。稻花香里说丰年,听取蛙声一片。七八个星天外,两三点雨山前。旧时茅店社林边,路转溪桥忽见。"着重表现了作者因丰年而引起的欢快情绪。一、二两句动静结合,着意于静境的描绘,其中"明月""清风"是静景,"鹊惊""蝉鸣"则动中寓静,不仅衬托出环境的幽静,更把半夜"明月""清风"下的景色描绘得令人神往。三、四两句也是动静结合,却着重于动境的点染,"蛙声一片""说丰年",烘托出一片浓郁的"丰年"欢快热闹的氛围。词的下阕,"天外七八个星"与"旧时茅店社林"构成静景,二、四两句山前下起"两三点雨"与"忽见"又写动态,再用"转"字、"忽"字,突出作者的喜悦心情。总之,全词选择明月、惊鹊、清风、鸣蝉、稻花、蛙声、星斗、夜雨、茅店、溪桥等典型的乡村景物,用以动衬静、以静衬动、动静相映的艺术手法描绘出了一幅清丽优美、恬静宜人的江南水乡盛夏月夜图,全词活泼自然的情调以及村野成趣的乡土气息,又如一首夏夜小夜曲,充满诗情画意,给读者带来了极大的愉悦和丰富的美感。

通过上述对古诗词中动静结合艺术手法表现力的赏析,我们可以充分体会到古诗词运用动静结合手法所产生的绝妙的艺术审美效果:它能够使描写的对象更加有声有色,能够更好地用环境渲染气氛,能够使读者产生如闻其声、如见其人、如临其境的感觉,从而形成强烈的现场感;能够使描写的对象动者更动,静者更静,一动一静,相映成趣;能够使诗歌形象更加鲜明可感,从而真实生动地表现出事物的特点;等等。总之,动静结合的手法妙处众多,因而被古代诗人在其作品中广泛而巧妙地运用,为其作品增色添彩,极大丰富了作品的艺术感染力和审美情趣。因此,在我国文学史上留下了许多脍炙人口的经典佳作,成为我国文学艺术宝库中的瑰宝。另外,诗人们妙用此法,借景抒情,充分表达了自己内心各种复杂的情感,在文学艺术表现手法上,推动了我国古典诗词的创作并达到了古典诗词所追求的最高艺术境界,对后世的诗歌创作艺术手法产生了深远的影响。清代王夫之《姜斋诗话》卷二说:"情景名为二,而实不可离。神于诗者妙合无垠。巧者则情中景,景中情。"的确,诗就是借景言情,即"一切景语皆情语",写景都是为了写情。动静结合的艺术手法，充分展现出诗歌的这一特点，并且创造出了"妙合无垠"的艺术境界。在我国传统美学审美价值中意义非凡，可以说它代表了我国文学艺术审美价值的典范，对我国诗歌艺术创作也必将产生更为深远的影响。

第三节 虚实相间

虚与实是中国古典美学中的一个重要范畴，是艺术创作的重要方法。它广泛地应用于诸如雕刻、建筑、绘画、书法和文学作品中，尤其为古代诗人们所偏爱。

古代杰出的诗人们都自觉或不自觉地使用着虚实结合的方法，而这种方法并没有明确的、硬性的界定，甚至直到今天，我们看它似乎也只是一种可意会但不易言传的朦胧感觉。禅宗有一句话是："才涉唇舌，便落意思。"比较能说明在表述诗词中虚实现象时的困惑。尽管不易言说，但我们还得把本来浑然一体的作品强行解剖，以便于更多人阅读欣赏诗词。这就是说，本来诗词中的虚实是水乳交融的，但为了让人看得清楚，我们得明确指出"水""乳"的界限。于是，我们简单化地说：在诗词中，写景、写人事是"实"，抒情言志是"虚"。诗人创造的艺术形象是"实"，引起读者的想象是"虚"。情景交融和"意""境"统一就是虚实的结合。能做到虚中有实，实中有虚，虚实相济的诗就是人们称颂的好诗。

在诗词创作中，虚实结合的形式多种多样，现就其在古诗词中常见的几种表现形式做初步的探讨。

一、依景言志，以实带虚

中国文学史上历来有"诗言志，词言情"之说，但"诗言志"并非直白言说，往往依托景物，就近联想，含蓄地表达。例如，《登鹳雀楼》（王之涣）："白日依山尽，黄河入海流。欲穷千里目，更上一层楼。"再如，《马诗》（李贺）："大漠沙如雪，燕山月似钩。何当金络脑，快走踏清秋。"《登鹳雀楼》中前两句写的是登楼望见的景色，景象壮阔，气势雄浑。后两句则即景生意，把景物与心胸融成一片，从视野的开阔，可以想见诗人远大的抱负、向上进取的精神、高瞻远瞩的胸襟，还可从中悟出站得高才能看得远的生活哲理。后面远大的理想抱负是有感于前面雄浑壮阔的境界而发，前者是实，后者为虚，虽然由实带虚，但虚实融化得天衣无缝。《马诗》中，诗人因看到"大漠""燕山"这样有边关征战背景的景象，自然生发男儿驰骋疆场、建立功勋的愿望，而这愿望是通过与背景相关的形象来表达的，虚实也是恰然暗合。

二、化景物为情思，化实为虚

宋人范晞文《对床夜语》中说："不以虚为虚，而以实为虚，化景物为情思，从首至尾，自然如行云流水，此其难也。"艺术创作，将客观的真实境、象转化为充满作者主观情意的艺术形象，再由艺术形象的创作，到扬起读者的思想情绪，这其中境像为实，融入境象之意为虚。这种由美的意境构成的新世界，正是虚与实圆通契合的统一体。范晞文所说"化景物为情思"，就是我们通俗所讲的寓情于景。古诗词中这种化景物为情思的作品极多。如柳中庸的《征人怨》："岁岁金河复玉关，朝朝马策与刀环。三春白雪归青冢，万里黄河绕黑山。"此诗是一首写征人怨情的边塞诗。全诗一句一景，通篇没有一个"怨"字。诗人从时间和空间两角度落笔，让"岁岁""朝朝"的戎马生涯与"三春白雪"，与"黄河""黑山"之类的自然景象现身说法，表现无穷无尽、单调困苦的征战生活。诗虽不直接发为怨语，但怨恨之情弥漫始终。再看张继的《枫桥夜泊》："月落乌啼霜满天，江枫渔火对愁眠。姑苏城外寒山寺，夜半钟声到客船。"诗人通过"月落""乌啼""霜满天""江枫""渔火""寒山寺""夜半钟声""客船"这些或所见或所闻的景象，营造出客旅时水乡秋夜的幽寂清冷的氛围。虽然是客观地写景，但诗人孤单、寂寞、愁怨的心境隐约可感。就是一千多年后的我们读之，自己的闲愁苦恨也会随之汹涌而来。真可谓"不着一字，尽得风流"。

以上两诗皆抒哀怨伤感之情，古诗词中借景抒欢快愉悦之情的作品亦有不少。例如下面两诗，《西归绝句》（元稹）："五年江上损容颜，今日春风到武关。两纸京书临水读，小桃花树满商山。"《早发白帝城》（李白）："朝辞白帝彩云间，千里江陵一日还。两岸猿声啼不住，轻舟已过万重山。"元稹的诗中，写诗人饱受五年的贬官屈辱生活，容颜憔悴，一旦奉召回京过武关，则春风和煦，阳光明媚，艳丽的桃花开满商山。"春风"和"花树"含蓄又张扬地展示着诗人愉快的心情。而李白的诗中，写李白流放夜郎途中，忽获赦免消息时极其兴奋喜悦的心情。豪放洒脱的李白此时也未曾直抒胸臆，而是借用"彩云间""千里""一日还""轻舟"这些具体情景来宣泄其不可抑制的豪情，其虚由实生，实仗虚行。

在化实为虚的作品中，还有值得注意的是即景怀古之作。刘禹锡的两诗则是其中的代表。《石头城》："山围故国周遭在，潮打空城寂寞回。淮水东边旧时月，夜深还过女墙来。"《乌衣巷》："朱雀桥边野草花，乌衣巷口夕阳斜。旧时王谢堂前燕，飞入寻常百姓家。"诗人把石头城写在沉寂的群山中，写在带凉意的潮声中，写在朦胧的月中。只写山水、明月，而六朝繁华豪奢，俱归乌有。诗中句句是实景，然而无景不融合着诗人故国萧条、人生凄凉的深沉感伤。《乌衣巷》所写皆寻常景物，但朱雀桥、乌衣巷、夕阳斜、旧时燕，分明能唤起我们丰富的历史联想，这些有深厚积淀的意象渲染出寂寥、惨淡的氛围。诗人的感情藏而不露，寄寓在景物描写中，读来有一种蕴藉含蓄之美。而这种蕴藉含蓄之美就是虚实相生的魅力。

三、情感物化，化虚为实

所谓情感物化，就是作者把情绪、心境和感触等用具体形象表现出来，变无形为有形。如贺铸的《青玉案·凌波不过横塘路》："凌波不过横塘路，但目送，芳尘去。锦瑟华年谁与度？月桥花院，琐窗朱户，只有春知处。飞云冉冉蘅皋暮，彩笔新题断肠句。若问闲情都几许？一川烟草，满城风絮，梅子黄时雨。"此词是贺铸因倾慕一女郎不得而写的名作。其中"试问闲情都几许？一川烟草，满城风絮，梅子黄时雨"，深得情感物化之妙。"闲情"乃抽象之物，看不见，摸不着，人们虽屡屡为其所困，但常常难以准确表达。作者巧用当时季节风物，连举三个比喻。试想，草、絮、雨，本已是极其繁密之物，又适值春末夏初草长絮飞，愁霖不止，用来形容闲情，那闲情该是何等稠密、琐碎、深广、缠绵。而这种描述又是多么准确传神！

李煜的"问君能有几多愁？恰似一江春水向东流"和李白的"桃花潭水深千尺，不及汪伦送我情"也属此类。变无形为有形，化虚为实的手法，有时也见于诗人通过物境描写表现对时空的特殊感受，从而反映他在特定环境里的曲折心态。如李益的《宫怨》："似将海水添宫漏，共滴长门一夜长。"委婉地体现了一个失宠的宫妃孤守冷宫，长夜难熬的怨悱之情。

四、境生象外，虚藏实中

所谓境生象外，就是要有"象外之象，景外之景"。通过已有的实像实景，暗示出更深广的空间，以此启发读者的想象与联想，进入一个更神秘虚幻的境界。如王维的《少年行》："新丰美酒斗十千，咸阳游侠多少年。相逢意气为君饮，系马高楼垂柳边。"诗的前三句提及的美酒、少年和游侠，均为实写，最后一句"系马高楼垂柳边"则是侧面虚写。系马、高楼、垂柳，暗示出少侠们特有的浪漫、潇洒的生活情调。但字面仅写出了一种情调，至于那令人神往的具体场面、细节，诸如他们在高楼上如何"相逢意气"，如何情趣相投，则需读者根据生活经验去想象。有多少读者就有多少种具体场面。没有这一句，整首诗的景象一览无余；有了这一句，就有了无法穷尽的意境。这颇似绘画中虚实相济的方法："山欲高，尽

出之则不高,烟霞锁其腰则高矣。水欲远,尽出之则不远,掩映断其脉则远矣。"(郭熙语)

又如杜牧的《清明》:"清明时节雨纷纷,路上行人欲断魂。借问酒家何处有?牧童遥指杏花村。"在凄清而又美丽的清明时节,诗人客行他乡,落寞无助。他希望有个小店,避避雨,歇歇脚,暖暖身,消解消解愁绪。问路的结果是:"牧童遥指杏花村。"诗只写到"遥指杏花村"就戛然而止。剩下的,行人怎样的闻讯而喜,怎样的寻寻觅觅地找到酒店,酒店是何等光景,诗人怎样在酒店里过夜,等等,都付与读者的想象。这无疑为读者开拓出一片远比文字所显示的更为广阔的想象余地。正如王船山说:"墨气所射,四表无穷,无字处皆其意也。"亦如清笪重光所说:"虚实相生,无画处皆成妙境。"

五、对景驰神,由实造虚

古诗词中有很多先写眼前实景,然后借助想象,虚拟造景以达到扩大意境,深化主题目的的诗。例如王昌龄的《送魏二》:"醉别江楼橘柚香,江风引雨入舟凉。忆君遥在潇湘月,愁听清猿梦里长。"前两句写送别时的景象,后两句虚拟造景,设想分别后朋友所处的孤单寂寞的环境,表现对朋友的强烈的关心,其惜别之意更加浓厚。

白居易的《邯郸冬至夜思家》也有类似情形:"邯郸驿里逢冬至,抱膝灯前影伴身。想得家中夜深坐,还应说着远行人。"诗人由客行他乡、对影成双的特定情景,想象虚拟家里人如何想念自己,借此表达诗人对亲人思念的深度和广度,正所谓"心已神驰到彼,诗从对面飞来。"

王维的《九月九日忆山东兄弟》中的"遥知兄弟登高处,遍插茱萸少一人"和杜甫的《月夜》中"遥怜小儿女,未解忆长安",均属此类,从实处下笔,凭虚处传神,令读者驰骋想象于虚实之间。

以上是古诗词中虚实结合、虚实相生的几种模式。大量诵读古诗词,我们发现"虚"为情志、"实"为景物,形象是"实"、想象是"虚"的说法只是一个总的印象,实际上"虚实结合"演化在写作中更加复杂多变。例如:一首诗如果既写景又写人事时,有时是写景为实,人事为虚;有时又是人事为实,写景为虚。像赵嘏的《江楼感旧》:"独上江楼思渺然,月光如水水如天。同来望月人何处?风景依稀似去年。"前两句为眼前景物,后两句则神驰去年人事。前者为实,后者为虚。而王勃的《山中》:"长江悲已滞,万里念将归。况属高风晚,山山黄叶飞。"诗中久居山中思念故乡的内容为具体实事,而"山山黄叶飞"渲染作者无穷无尽、连绵稠密的愁绪,类似于辛弃疾的"欲说还休,却道天凉好个秋"的神韵,宕开一笔,避开实事,以景物传神。这说明"虚实结合"是古人写作时普遍追求的境界,但具体怎样结合,诗人们则各有其法,各逞其能。

总之,虚实结合是古诗词创作的重要表现方法。因此,我们注意它、探讨它,对欣赏诗词将大有裨益,甚至可以说,不充分地了解虚实结合的方法,是无法真正欣赏古代诗词的。

参考文献

[1] 吴廷玉.中国诗学精要[M].成都：四川大学出版社，2012.

[2] 张志英.唐诗宋词全鉴（珍藏版）[M].北京：中国纺织出版社，2017.

[3] 宗廷虎，陈光磊，吴礼权，等.中国修辞史[M].长春：吉林教育出版社，2007.

[4] 蔡镇楚，龙宿莽.唐诗宋词文化解读[M].北京：北京图书馆出版社，2004.

[5] 王力.诗词格律[M].北京：中华书局，2000.

[6] 谢桃坊.诗词格律教程[M].成都：四川文艺出版社，2017.

[7] 周汉申.古典诗词艺术与写作[M].西安：三秦出版社，2010.

[8] 袁晖，宗廷虎.汉语修辞学史[M].太原：山西人民出版社，1995.

[9] 赵霞.思与诗[D].长春：东北师范大学，2015.

[10] 覃德清.诗性思维理论与中国诗学精神特质[J].广西民族学院学报（哲学社会科学版），1997（4）：61-65.

[11] 刘渊，邱紫华.维柯"诗性思维"的美学启示[J].华中师范大学学报（人文社会科学版），2002（1）：86-92.

[12] 杨子怡.引譬连类与诗性思维：从先秦用诗看中国文化诗性特征之形成[J].首都师范大学学报（社会科学版），2006（2）：55-62.

[13] 王吉凤.从"诗性智慧"看中国传统的诗性思维[J].河南科技大学学报（社会科学版），2006（5）：53-56.

[14] 郝书翠.诗性思维与中国传统文化[J].青海社会科学，2008（4）：91-94.

[15] 陈欣.诗性的思维与诗性的美学：论东方美学的特征之一[J].湖北理工学院学报（人文社会科学版），2013，30（1）：41-44，53.

[16] 李园.诗性思维与修辞策略：以唐诗宋词为例[J].现代语文（学术综合版），2015（7）：28-30.

[17] 向荣.诗性正义：当代文学的主题和价值[J].小说评论，2012（2）：4-15.

[18] 黄文虎.诗性思维：大学教育的精神天平[J].现代大学教育，2012（4）：41-43，111-112.

[19] 李良彦. 概念整合理论关照下的诗性隐喻认知研究 [J]. 外语学刊, 2012（5）: 98-101.

[20] 张卫东. "诗性"概念的谱系 [J]. 汉语言文学研究, 2012, 3（4）: 113-121.

[21] 胡壮麟. 诗性隐喻 [J]. 山东外语教学, 2003（1）: 3-8.

[22] 李建中. 儒道释文化的诗性精神与中国古代文论的诗性特征 [J]. 文艺理论研究, 2003（1）: 20-27.

[23] 李咏吟. 文学的诗性综合解释方法的理论价值 [J]. 东疆学刊, 2003（4）: 9-20.

[24] 任昕. 诗性：海德格尔诗学的内在精神 [J]. 国外文学, 2015（3）: 1-9, 156.

[25] 颜翔林. 美学新概念：诗性主体 [J]. 社会科学辑刊, 2013（5）: 159-165.

[26] 张悦文, 金云峰. 唐宋文人园林与文人书法的诗性审美 [J]. 住宅科技, 2016, 36（5）: 18-21.

[27] 裴萱. "归"：中国诗性美学一个关键元范畴 [J]. 云南师范大学学报（哲学社会科学版）, 2013, 45（6）: 80-87.

[28] 姜剑云. 论诗性精神与文学精神 [J]. 太原师范学院学报（社会科学版）, 2006（1）: 70-76.